상허 이태준 평설 2

상허 이태준 평설 2

정춘근 지음

실천문학사

차례

▲ 상허 이태준이 졸업한 철원 봉명학교

◀《시대일보》오몽녀

◀ 상허 이태준에게 영향을 미친
　나도향

▲ 나운규 유작, 오몽녀 영화 포스터

▲ 오몽녀 영화 촬영 현장

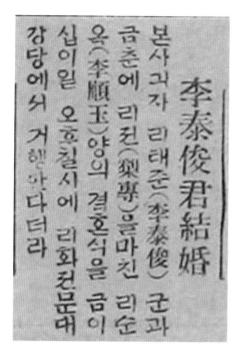

◀ 상허 이태준 결혼 《중외일보》 기사

▲ 1930년 결혼식 사진

▲ 상허 이태준의 부인 이순옥 여사

◀ 상허 이태준의 싱북동 초간사
간 탐방 기사

▲ 상허 이태준이 건축한 〈수연산방〉

◀ 이순옥 여사가 쓴 상허 이태준 관련 기사

◀ 상허 이태준의 원산 객줏집 시절

▲ 고향 용담에서 낚시 중인 상허 이태준(오른쪽)

구인회 1기 멤버

이태준 정지용 김기림 유치진
이무영 이효석 이종명 조용만 김유영

구인회 2기 멤버

이태준 정지용 김기림 유치진
박태원 박팔양 이 상 조용만 박영희

구인회 3기 멤버

이태준 정지용 김기림 김유정
이무영 박태원 외 상 김상용 박팔양

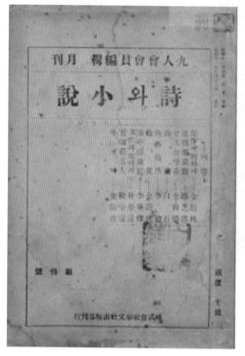

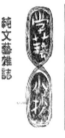

상허 이태준 촌뜨기 길 총람도

16

발간사

 나는 전문 평론가가 아니다. 철원에서 시를 쓰는 사람이다. 지역에서 문학 활동을 하면서 철원 출신 상허 이태준을 알게 됐다. 단편소설의 완성자라고 평가를 받지만 월북 작가라는 이유로 제대로 된 문학관 하나 없다는 사실 앞에 문학인으로서 빚을 지고 있는 느낌이었다. 그런 마음으로 내가 할 수 있는 일은 상허 이태준에 대해서 관련 자료를 수집해서 정리하는 것이었다. 일제 강점기 발간된 고서들을 구입했고 1988년 해금된 이후에 출판된 책들도 구입, 꼼꼼히 읽고 나름대로 자료를 정리해서 향후 설립될 상허 이태준 문학관에 기증할 계획을 세워 놓고 있었다. 또 상허 이태준을 알리기 위해 지역 신문에 매주 연재를 하는 일을 시작했다. 그렇게 시작한 것이 현재 3백 회를 넘고 있다. 투고하는 원고가 쌓이자 몇 년 전에 『상허 이태준 평설1』이라는 제목의 책을 세상에 내놓았다. 통상적으로는 평전이라는 이름을 붙이고 있지만 전문 평론가가 아니고 원고에도 전문성이 부족해 보여서 평설이라는 별호를 붙이는 궁여지책을 썼었다.

 이번 원고는 지역 신문에 투고했던 것 일부를 정리한 것이다. 전문

연구를 하는 분들에게는 부끄러운 책이지만 그래도 독자들에게 상허 이태준을 알고 이해하는데 도움이 되었으면 하는 바람이다. 평설에서 부족한 부분이 있으면 보완을 할 생각이며 포기하지 않고 지역 신문에 상허 이태준의 삶과 문학을 알리는 일을 지속적으로 할 각오이다. 신문 투고가 끝나면 상허 이태준 평설 1,2,3호로 묶어서 《실천문학사》를 통해서 출판해보고 싶은 생각을 갖고 있다.

본 평설을 발간하는데 도움을 주신 철원에서 문학 활동을 하는 단체와 회원들에게 감사를 드리고 변변치 않은 원고 지면을 내주신 《철원신문》 변영수 대표와 출판에 적극 협조를 한 윤한룡 《실천문학사》 대표와 지원을 아끼지 않으신 『강원문화재단』에 감사를 드리는 바이다.

2022년 초겨울

정 춘 근

I 일본 유학 중에 만난 나도향과 「오몽녀」로 등단

I

일본 유학 중에 만난 나도향과 「오몽녀」로 등단

상허 이태준이 작가로서 변곡점이 되는 부분이 1925년 《시대일보》를 통해서 작품 「오몽녀」를 발표하고 등단한 것이다. 당시 지독한 생활고에 시달렸음에도 단편 소설을 투고한 것은 경이로운 일이라는 생각이다. 휘문고보에서 퇴학을 당하고 친구 김연만 도움으로 일본 유학 길에 올랐던 상허 이태준은 상지대 예비학과(정경학부)에 등록을 했지만 가혹한 생활고를 극복하지 못하고 결국 포기해야 했다. 비록 원하던 공부를 못했어도 「오몽녀」로 등단을 한 것은 귀국 후에 문단 활동하는데 기반이 되었다는 점에서 중요한 성과였다. 1924년 휘문고보 시절에 교지 《휘문》에 쓴 글과 불과 1년 사이에 쓴 「오몽녀」는 차원이 다른 작품이다. 이렇게 획기적으로 글의 실력이 발전한 것은 특별한 영향을 미친 요인이 있다는 생각으로 그 과정을 알아보고자 한다.

가. 동경에서 나도향과 만남

상허 이태준이 은사라고 표현한 사람이 미국인이면서 일본에 선교사로 와있던 버닝 호프 박사이다. 일본 유학에서 지대한 영향을 미쳤음에도 상허 이태준 연보에는 기록이 없다. 일본 유학 시절 절대적 영향을 미쳤던 것으로 판단되는 그와 만나는 과정을 소개해 보면 다음과 같다.

휘문고보에서 동맹휴학을 주도한 혐의로 퇴학 처분을 받은 상허 이태준은 친구의 도움으로 일본 유학길에 올랐다. 동경에 도착한 그의 주머니에는 일 원 육십 전이 남아 있었다. 이런 상황에서 가장 필요한 것이 생활고를 해결할 돈을 벌 수 있는 일자리였다. 그래서 이리저리 돌아다니다 사흘 만에 '가구라사끼' 신문점에 무작정 들어갔는데 마침 배달부 한 명을 급히 쓴다는 광고를 발견하고 취직한다. 그 곳에서 했던 일은 아사히 등 다섯 가지 신문을 300집 정도 돌리는 일이었고 조건은 한 달 월급 18원, 신문점에서 밥과 숙식 제공하는 비용 12원을 제하고 나머지 6원이 수입이었다. 이런 조건에서 더 힘이 든 것은 좁은 6명의 직원이 팔조방(88센티미터*175센티미터 정도의 다다미 8개를 놓은 방)에서 잔다는 것으로 상허 이태준이 서울에서 가져온 이불을 같이 덮고 자야 했었다.

상허 이태준이 신문 보급소에서 배달을 하는데 벤덴조(辨天町)의 언덕에 《동경조일》을 보는 서양사람 집이 있었다. 그 사람의 집은 이 층이었는데 '정구 코트'가 있고 그 옆으로는 살림집의 4~5배는 되는 4층 집이 있었고 지하실도 있는데 아무도 살고 있지 않았다. 어느 날 신문을 배달하는데 하루는 '키가 크고 얼굴이 이글이글한 중노인 서양 남자(버닝 호프)'가 하나 나타났다. 그것이 상허 이태준과의 첫 만남이었고 다음과 같은 대화가 오고갔다.

> "저 건물은 무슨 집인데 늘 비어둡니까?"
> "저건 야학 청년회 기숙사였더랬소."
> "그럼 그냥 비어 있는 동안 저이 같은 고학생이 좀 들어 있을 수 없습니까?"
> "글쎄."
>
> *─《을유문화사》, 「사상의 월야」, 1946년*

당시 버닝 호프 박사는 일본에 온 지 18년이 되었고 와세다(早稲田) 대학에서 미국 정치사를 가르치고 있고 자신의 집에 예배와 성경공부, 영어학습, 실내운동을 하는 「스코트 홀」이라는 건물을 짓고 전도 봉사를 하고 있었다. 마침 건물 신축으로 기숙사가 이전하는 바람에 비어 있었는데 상허 이태준이 신문 배달을 하면서 발견하고 물어본 것이었다. 버닝 호프 박사는 상허 이태준을 잠깐 유심히 보고 난 뒤에 '출신 국가', '연령', '진로 학교' 등을 물어본 뒤에 '기독교를 믿으라'고 권했다. 이어 사십여 개의 방 중에서 마음에 드는 것을 골라서 사용하고 전기 요금으로 매달 1원만 내는 조건으로 허락을 하였다. 상허 이태준은 당장

감사 인사를 하고 3층 방 하나를 정하고 이부자리를 옮겼다. 다행이도 신문 보급소 주인도 '신문과 끼니만 어기지 말라'고 허락을 해서 자기만의 숙소를 마련할 수 있었다. 그렇게 생활하던 어느 날, 저녁 초대를 받아서 식사를 하던 중에 버닝 호프 박사가 다음과 같은 제안을 했다.

"지금 신문배달 생활에 만족하오?"

이태준은 사실대로 책을 살 여유도 공부할 틈도 없는 것을 말하였더니 뻬닝호프 씨는

"그러면 내가 한 달에 이십 원씩 줄 터이니 우리 집에 있어 보지 않겠소?"

"댁에 제가 할 일이 있겠습니까?"

"일이야 여러 가지가 있지요. 나도 일간 피서지로 가니까 팔월 말까지는 여기 마당과 테니스 코트에 풀이나 뽑고 있으면 되오."

─《을유문화사》, 「사상의 월야」, 1946년

위의 제안은 상허 이태준에게는 최고의 선물이었다. 일단 숙소를 정했다는 것과 쉬면서 공부를 할 수 있는 자리가 생겼다는 것은 행운이었다. 그곳에서 생활을 하던 중에 지진 현상을 경험하고 과학적인 글쓰기에 관심을 갖게 된다. 당시 일본에서는 과학을 중심으로 한 인문서들이 많이 발행되는 상황이라서 쉽게 접할 수 있었다. 시간적 여유가 있었던 상허 이태준은 당시 일본에서 출판되는 과학 관련 서적을 쉬지 않고 읽었다는 것을 자전적 소설 「사상의 월야」에서 '마침 책사마다 도서관마

다 그런 책이 범람했고 미처 읽어내기 바빴다'고 밝히고 있다. 이후 버닝 호프 박사와 조선 학생들에 대한 견해 차이를 보이면서 그 집을 나와서 와세다(早稻田)대학 중심으로 운영 중인 '우애학사'에서 생활을 했다. 이 기숙사에서는 조선 유학생들과 어울리게 되었는데 그때 같이 생활을 하면서 가장 많은 영향을 미친 유학생이 나도향이었다.

나. 나도향과 동경 생활

우선 상허 이태준의 연보를 보면 다음과 같이 기록되어 있다.

* 1924년(21세) 휘문고등보통학교 학예부장으로 활동. 동맹휴교 주모자로 퇴학당함. 일본으로 건너감. (버닝 호프와 만나서 문학에 눈을 뜬 부분을 기록하지 않음)

* 1925년(22세) 일본에서 처녀작 「오몽녀」를 《조선문단》에 투고하여 입선되어 문단에 나옴.

(이 기간 동안 어떤 생활을 했는지 기록이 없음)

* 1926년(23세) 동경상지대학 예과에 입학. 신문, 우유 배달 등을 하며 매우 궁핍한 생활 속에 나도향 등과 교우.

* 1927년(24세) 11월 상지대 중퇴 후 귀국. 일자리를 구하나 취업난에 허덕임.

휘문고보에서 동맹휴교 주모자로 퇴학을 당하고 일본 유학길에 오른 것이 1924년이고 《조선문단》에 투고를 해서 등단을 한 것이 1925년이니까 1년 정도 시일이 흐른 것이다. 그 기간 동안 상허 이태준에게 많은 변화가 일어났는데 작품으로 유학 가기 전과 후에 작품을 비교해 보면 해답이 있을 것 같아 소개한다.

때는 이른 봄이었습니다. 멀리 부산부두에 뵈는 듯 마는 듯한 아지랑이 장막이 드리워있고 새파란 속닙 돋는 절영도 부근에는 비단 같은 물결 위에 봄맞이 노릿배들이 여기, 저기 얇은 돗을 날리고 있습니다.

-《휘문》 제2호, 「물고기 이야기」, 1924년

이 서수라에서 십 리쯤 북으로 들어가면 바로 두만강이요, 동해변인 곳에 삼거리(三街里)라는 작은 거리가 놓였다. 호수는 사십여에 불과하나 주재소가 있고 객주집이 사오 처나 있고 이발소 하나 있고 권련, 술, 과자, 우편절수 등을 파는 잡화점이 하나 있고, 그리고는 색주가 비슷한 영업을 하는 집 외에는 모두 농가들이다. 그런데 이 사오 처 되는 객주집의 하나인 제일 웃머리에 지참봉네라고 한다.

- 「오몽녀」(《시대일보》, 1925년 7월 13일, 《조선문단》에 입선을 했으나 지면관계로 시

대일보에 실리 게 된 것으로 알려짐)

위의 작품을 보면 휘문고보 교지에 발표된 「물고기 이야기」는 음풍농월식으로 글을 아름답게만 꾸미는 형태를 취하고 있다. 반복되는 형

용사 표현으로 현장감을 떨어뜨리고 있다. 이렇게 쓰는 이유는 직접 경험을 하지 못하고 책상에 앉아서 머리로 쓰는 글들이 갖고 있는 약점을 드러내고 있다. 이에 반해 등단 작품「오몽녀」는 '부친 이창하의 사망으로 조선으로 귀국 중에 풍랑을 만나 정착을 했던' 함경도 배기미 지명을 바탕으로 글을 쓰고 있다. 즉 상허 이태준 이「사상의 월야」에서 지진을 경험하고 외쳤던 '땅이라면 이 세상 무엇보다 미덥직한 것인데 그게 흔들리다니!' '모든 관념 속에서 균을 찾아내야 한다.'라는 생각을 바탕으로 쓴 것을 알 수 있다. 그런 문학적 깨우침을 느꼈다고 해도 위의 두 작품을 보면 같은 사람이 쓴 것이라고 볼 수 없을 정도로 차원이 다른 표현을 나타내고 있다. 그것도 1년 만에 차원이 다른 글을 창작하게 된 것은 당시 같이 생활했던 나도향 영향을 받은 것이라는 추측을 하게 한다. 연보에서는 1925년 등단을 하고 1926년 교류를 한 것으로 기록되어 있지만 '버닝 호프 박사 집을 나온 상허 이태준, 나도향이 있던 우애학사에서 같이 생활을 하면서 등단작을 완성 시킨 것' 같다는 심증을 갖기에 충분해 보인다.

  실제로 둘은 단순한 교우 관계를 넘어 특별한 사이였다. 나도향의 경우 집안에서 의사를 권했지만 그것을 뿌리치고 문학을 택했고 자신의 재능을 꽃피워 보지도 못하고 폐결핵으로 25살의 나이로 요절했다. 나도향과 상허 이태준과 관련된 자료들을 총괄적으로 정리해보면 다음과 같다.

다. 상허 이태준이 나도향에 대해 쓴 글

나도향은 1925년에 「벙어리 삼룡이」, 「물레방아」를 연이어 발표하는데, 이때까지 모은 원고료를 가지고 다시 일본으로 건너가 상허 이태준과 함께 지낸다. 상허 이태준이 쓴 나도향 관련 자료를 보면 당시 C라는 여자를 그가 흠모하고 있었다. C에 대해 모든 것을 걸고 나도향이 구애를 했지만 상대방은 냉담했다. 그런 상황에서 폐결핵으로 건강이 악화돼 귀국했고 결국 우리 나이 25세로 병사하고 말았다.(1902-1926)

그의 말년을 지켜보았던 상허 이태준은 「도향 생각 몇 가지」에서 다음과 같은 내용으로 나도향의 폐결핵 상태를 소개하면서 추모하고 있다.

…작년(1926년) 어느 이른 봄날이었다. 동경 일모리(日暮里)역 건너편 동산에 어우러진 춘(椿)나무 꽃이 바람에 휘날리며 길을 붉게 덮었다. 도향은 걸음을 멈추고 앞서가던 나를 불러 세웠다. 그 하얗게 질린 얼굴을 지금도 기억한다. 그는 자기 앞에 떨어진 꽃잎보다 더 붉은 핏덩어리 하나를 굽어보고 섰던 것이다. 기침 한번을 다시 하더니 또 하나를 뱉어 놓았다.

―「상허문학독본 평론」, 《서음 출판사》, 「도향 생각 몇 가지」, 1988년

위 내용은 나도향이 폐결핵에 걸렸다는 것을 설명하는 부분이다. 상허 이태준은 나도향에게 '언제부터?'라고 묻고 '이게 첨이야.'라는 대답

을 듣는다. 그러나 상허 이태준은 전차를 탔을 때나 걸을 때도 전염을 피하기 위해 의식적으로 간격을 유지했는데 나중에는 미안한 마음을 갖게 되었다고 이야기를 하고 있다. 이렇게 나도향이 폐결핵이 악화된 것은 동경 우애학사에서 생활을 할 때 '공기만 먹고 살아 보려든 세 엉터리(한 엉터리는 김지원 金志遠)'라고 할 정도로 제대로 식사를 할 수 없는 환경이었다. 또 운이 좋아서 음식을 얻어먹은 경우에는 바로 소화가 될까 봐 몇 끼가 지나도록 누워서 지낼 정도로 굶기를 밥 먹듯이 했던 것으로 기록돼 있다. 나도향의 경우 폐결핵으로 몸이 쇠약해진 상태에서 음식조차 제대로 못 먹었으니 병이 악화 될 수밖에 없었다.

이런 상황에까지 몰렸으면서 나도향이 귀국을 하지 않았던 이유는 C라는 여자를 짝사랑하고 있었기 때문이었다. 당시 C는 나도향에 관심이 갖지 않았을 뿐만 아니라 폐결핵에 걸린 것을 알고 '병이나 다른 병 갖했서도'라는 말로 표현할 정로도 의식적으로 멀리한 것으로 알려지고 있다. 그런 C의 마음을 얻기 위해서 나도향은 '돈이 생기면 양과자를 사들고 갈 정도'였지만 효과가 없었다. 나도향의 병세가 뼛골까지 깊은 상태에서 마지막으로 지팡이를 짚고 C를 찾아 갔을 때 그녀는 기숙사로 입사한 뒤였다. 결국 나도향은 조선으로 귀국을 한 뒤에 폐결핵으로 사망하고 말았다.

이런 나도향 대한 안타까운 기억을 1927년 8월《현대평론》에 추도 형식의 글을 쓴 것을 보면 보통 사이가 아니라는 것을 알 수 있다. 그 내용을 소개해 보면 다음과 같다.

나도 작품을 더러 잃어 버렸다. 도향이 죽은 이듬해인가 서해 형이 《현대평론》에 도향 추도호를 낸다고 추도문을 쓰라고 하였다. 원고 청이 별로 없던 때라 감격하여 여름 단열 밤을 새어 썼다. 고치고 고치고 열 번은 더 고쳐 《현대평론사》로 보냈더니 서해 형이 받기는 받았는데 잃어 버렸으니 다시 쓰라는 것이다.

-「무서록」, 《깊은샘》, 「작품애」, 1988년

상허 이태준에게 폐결핵 환자에 대한 경험이 크게 두 가지가 있다. 하나는 앞에서 이야기한 나도향이 있고 또 다른 하나의 기억은 '기침이 나셨다. 기침 뒤엔 고개를 돌려 무엇을 배앝고 모새(모래)로 덮곤했다.'로 묘사된 어머니가 폐병에 걸려 사망을 한 것이었다. 그런 경험들이 모여서 상허 이태준 대표작이라고 할 수 있는 폐결핵 환자인 묘령의 여자와의 만남을 리얼하게 그려 낸 「까마귀」를 집필할 수 있는 토대가 만들어진 것으로 판단된다.

라. 나도향 작품에 영향을 미친 상허 이태준

우리 문학계에는 잘 알려진 사실이 아니지만 나도향 소설에 상허 이태준이 지대한 영향을 미쳤다는 증거는 여러 곳에서 나타난다. 그것은 둘 사이에는 사이에 상당한 대화와 교감을 통해 서로 창작에 영향을 주고받았다는 명백한 증거라 할 수 있다. 그것을 알아보기 위해 상허

학회에서 정리한 상허 이태준 연보를 보면 '1926년(23세) 동경상지대학 예과에 입학. 신문, 우유 배달 등을 하며 매우 궁핍한 생활 속에 나도향 등과 교우.'로 두 사람이 1926년부터 교류가 있었던 것으로 기록되어 있다. 그러나 상허 이태준 등단한「오몽녀」가《시대일보》를 통해서 발표되었기 때문에 나도향과는 상관이 없는 것으로 판단되기 쉽다. 그러나 1926년 이전부터 서로 교우를 하고 있었다는 것을 증명하는 것이 '뽕'이라는 작품이다.「뽕」은 1925년 12월《개벽(開闢)》에 발표되었다. 나도향의 후기 사실주의를 대표하는 작품으로 알려졌는데 그 내용 중에 상허 이태준이 태어난 철원과 관련 있는 내용이 아래와 같이 등장한다.

강원도 철원(鐵原) 용담(龍潭)이라는 곳에 김삼보(金三甫)라는 자가 있으니 나이는 삼십오륙 세나 되었고, 키는 작달막하여 목은 다가붙고 얼굴빛은 노르께하며 언제든지 가죽창 박은 미투리에 대갈편자를 박아 신고 걸음을 걸을 적마다 엉덩이를 내저으므로 동리에서는 그를 '땅딸보 김삼보', '아편쟁이 김삼보', '오리궁둥이 김삼보'라고 부르는데 한 달에 자기 집에 붙어 있는 날이 이틀이라면 꽤 오래 있는 셈이요, 그 노름꾼 김삼보의 여편네가 아까 말하던 안협집이니 안협(安峽)은 즉 강원, 평안, 황해, 삼도 품에 있는 고읍(古邑)의 이름이다.

위의 내용을 보면 우리나라 단편 소설의 백미라고 불리는 나도향의 작품「뽕」의 무대가 강원도 철원 용담이라는 곳으로 배경을 삼고 있다.

인용한 나도향의 연보를 보면 서울 출생이고 의사의 맏아들로 철원과는 연관성이 없다. 또한 나도향이 뽕을 발표할 시기 철원은 금강산 철도가 개설되는 시기였으며 철원역이 중심지였다. 그런 곳을 놔두고 비교적 작은 고을이던 용담을 배경을 한 것은 특별한 경우라는 생각이다. 여기에다가 주인공이라고 할 수 있는 김삼보의 처를 안협집이라고 부른 것은 누군가 특별하게 가르쳐 준 것이라 유추할 수 있다. 그것은 '우애학사'라는 곳에서 같이 생활하던 상허 이태준의 영향이라고 할 수 있다. 상허 이태준의 고향이 강원도 철원 용담이고 양자로 입양을 해서 고생을 했던 곳도 안협이었다는 점을 생각하면 분명해진다. 더 연관성을 생각하게 만드는 것이 상허 이태준이 귀국 후의 첫 직장이 《개벽》이었다는 것도 특별한 인연이 있었다는 판단이다.

마. 등단작 「오몽녀」 발표 과정

상허 이태준의 등단 작품은 자신이 함경도 배기미에서의 경험을 바탕으로 구성한 「오몽녀」이다. 이 작품은 지진의 경험을 겪고 나서 과학적 생각으로 문학을 해야 한다는 자각을 통해서 얻어진 것이다. 그동안 읽었던 작가들의 경향에서 완전히 벗어나 새로운 세계 즉 '현장을 바탕으로 한 정확한 인물 묘사를 통한 성격 표현'이라는 상허 이태준의 독창성을 확보했다는 점에 주목을 해야 한다. 그런데 《조선문단》에 투고해서 당선된 작품이 《시대일보》에 게재된 것을 두고 논란이 있는데 그 이유에 대해서 알아보면 다음과 같다.

*《조선문단》1925년 7월호 발표 내용

사고: 이태준 씨의 소설 「오몽녀」는 당선 되었으나 사정이 있어 발표치

못하옵는 바 작자의 현주소를 통지하여 주소서

－ 심사위원

이광수, 전영택, 주요한

바.《조선문단》에 작품 발표를 하지 못한 사정

《조선문단》에 발표하지 못한 것에 대한 편집 및 발행인을 맡고 있었

던 방인근 씨와 상허 이태준이 밝힌 이유는 다음과 같다.

'이태준 씨가 「오몽녀」를 투고하였는데 압수되어 발표하지 못한 기억이

있으며…'

－《조선문단》, 「방인근, 문학운동의 중축」

'그 끄적거리던 것 속에서 처음 제목을 붙여《조선문단》투고한 것이

「오몽녀」였다. 편집자로부터 곧 소식이 왔다. 실릴만한 수준이나 본지에

는 통과되지 않을 듯한 대목이 있어《시대일보》에 보내었다 하였고, 메칠

뒤에《시대일보》로부터 「오몽녀」 전편이 완재된 신문이 왔다.

일본은 문학 작품의 검열을 강화해서 문제가 되는 것은 압수를 하고 있었다. 상허 이태준의 작품에는 성추행, 매춘강요, 계획된 양민 살인과 자살 위장, 재산 갈취 등의 장면이 있어 검열을 통해 압수될 가능성이 높았다. 만약 압수가 되었을 경우에는 원고가 발표될 수 없는 것은 상식이다. 《시대일보》를 통해서 발표된 것은 압수가 된 것이 아니라 '검열에 걸릴 것을 염려한 《조선문단》 편집진들이 자발적으로 이 원고를 넘긴 것'이라는 생각이다. 또한 상허 이태준의 「오몽녀」를 두고 편집진 간에 갈등이 있었던 것은 분명하다. 우연인지는 몰라도 춘원 이광수 집에서 같이 기거를 하면서 《조선문단》을 운영하던 방인근이 「오몽녀」 발표 이후 다른 곳으로 거처를 옮겼기 때문이었다.

사. 등단작 「오몽녀」와 사전 검열과 작품 평

일본은 우리나라를 지배하면서 문학작품에 대한 사전 검열을 실시하였다. 검열을 통과하지 못한 작품은 압수하는 방식을 택했다. 압수된 작품은 돌려받을 수가 없는 것은 당연한 것이었다. 따라서 《시대일보》심사위원회 측에서는 상허 이태준의 「오몽녀」가 일본 심사 기준에 문제가 있을 것 같아 지면으로 발표를 못한 것으로 추측 된다. 그러나 다행히도 검열을 통과, 《조선문단》을 통해서 발표가 되기는 했지만 추후 이런 논란이 발생하자 상허 이태준은 뒷날 이 작품을 발표할 때 문제가 되는 부분을 고쳐서 출판한 것으로 알려지고 있다. 개작된 부분은 여러 군데가 있지만 가장 대표적으로 삭제된 곳을 인용하면 다음과 같다.

'그런데 그 중에 남순사라는 자는 오몽녀를 볼 때마다 남다른 생각을 품어 왔다. 아이를 둘이나 낳고, 이제는 살이 나리고, 얼굴에 주름이 잡히기 시작하여 점점 쪼글아저 들어갈 뿐인 자기 처를…'

'남순사가 오기 전에 방가라는 순사가 있었다. 그는 술만 먹으면 이유 없이 백성을 함부로 치든 이다. 지금 이 남순사도 사람을 잡치고 제 부모 같은 노인을 욕 잘하고 이 거리를 제 세상으로 알고 돌아다니지마는 그래도 방가 보다는 낫다는 평판을 듣는다.'

―「오몽녀」 원작에서 삭제된 부분 일부

위의 내용은 일제 앞잡이 순사를 비판하는 것으로 당국의 심기를 건드릴 수 있다는 판단을 내리고 전부를 삭제한 것으로 보여 진다. 그럼에도 불구하고 「오몽녀」는 당시 작가들에게는 지대한 영향을 미친 것으로 알려지고 있다. 대표적인 예가 1925년 9월 《조선문단》에서 발표한 《조선문단》 합평회 「오몽녀」에 대한 평이다.

* 나도향의 작품평 : 이 작품을 볼 때에는 김동인 군의 「감자」가 자꾸 생각납니다. 처음보는 작자로서 이만큼 얌전한 작품을 내어놓는 것은 반

가운 일입니다.

* 백화 양건식의 평(白華, 1889년 ~ 1938년) : 이 작도 이 달 발표된 작중에 대단히 좋은 작으로 압니다. 그 구상도 좋거니와 그 필치도 비교적 유창하여 성공한 작이라고 할 수 있고 게다가 묵직한 힘이 있어서 독자로하여금 강렬한 인상을 주어 한번 생각하는 작입니다. 작자의 노력을 감사합니다.

* 춘해 방인근의 평 : 건실한 필치, 치밀한 묘사와 구상, 현실을 예술화하여 실감을 주는 작자의 수완과 정신 어떤 점으로 보든지 성공한 작품이라고 믿습니다. 그러나 작자의 인생관이라든지 태도가 희미합니다.

아. 상허 이태준 작품 성향이 아닌 「오몽녀」

「오몽녀」를 보면 우선 성적으로 문란한 관계를 보이는 것이 특징이다. 소경이면서 남편 역할을 하고 있는 '지참봉', 오몽녀가 생선을 훔쳐 오던 고기잡이배 주인 '금돌이', 객보 기록을 안 썼다는 핑계로 오몽녀와 관계를 맺은 '남순사' 등이 얽혀서 난잡한 성을 드러내고 있다. 등단 이후 발표된 작품에는 이런 형태의 작품 성향을 보이지 않고 있다. 권의사와 궐녀 사이를 그린 「어떤 젊은 어미」(1933년 10월 잡지《신가정》) 정도가 유사성을 갖고 있지만 이 작품도 여러 사람이 등장하는 난잡함을 느낄 수 없다. 이런 작풍에 비추어 보면「오몽녀」는 등단 초기에 문학 세계가 구축 되지 않은 상태에서 의욕이 앞선 작품이거나 다른 사람의 것을 참조했다는 의문이 든다. 또 등단 이후 함경도 사투리 대화체로 발표된 단편「바다」(1936년 7월 잡지 《사해공론》)에서는 '정혼자 왈룡이가 결혼 준비를 위해 무리하게 출항을 했다가 폭풍우에 휘말려 돌아오지 못하게 되고 부모 빚을 갚기 위해 청진으로 팔려 나갈 운명에 처한 옥순이가 자살을 선택 하는 내용'에서 보이는 정조 관념과는 상반된 표현을 하고 있다.

따라서「오몽녀」에 등장하는 난잡한 관계는 창작 능력을 완성하는 과정에서 나도향이 갖고 있었던 토속적 에로티즘이 영향을 미친 게 아닌가 한다.

그것은 나운규 영화감독이 생전 마지막 작품으로「오몽녀」를 촬영해서 개봉을 했을 때 상허이태준이 직접적으로 보인 반응에서 알 수 있다.

저의「오몽녀」가 영화화 되었는데 고인 나운규씨에게 대해서는 미안한 말이지만 감독이란 머리가 작가보다도 치밀해야 하겠드군요. 또 애욕묘 사장면도 감독이 작가와 동등의 교양이 없을 때에는 너무도 추하게 표현 되는 것을 보았습니다.

　　　　　　　　　－《동아일보》,「이태준 박기판 양씨대담 영화와 문학과 교류」, 1938년

신문 대담에서 상허 이태준이 가장 불만을 지적한 것은 영화「오몽녀」에 나오는 애욕 장면이 너무 추하게 표현되었다는 점이었다. 즉 상

허 이태준 문학의 숨은 뜻을 이해 못하는 나운규 감독에 대한 비판으로 자신은 에로티즘에 관심이 없다는 점을 분명히 하고 있다. 당대의 최고 감독이 만들었고 우리 영화 역사에서도 10대 작품으로 꼽히는 「오몽녀」에 대한 심한 거부감을 표현한 것은 상허 이태준 소설가가 추구하고 있는 문학과 다른 방향임을 분명히 밝히고 있다.

자. 나가는 말

앞에서 설명한 내용을 정리해 보면 상허 이태준의 등단작 「오몽녀」를 쓴 시기 및 과정, 그리고 나도향과 같이 생활하면서 상호 미친 영향에 대한 좀 더 깊은 연구가 필요하다. 여기에 더해 상허 이태준의 어린 시절 꿈은 아버지 이창하가 '덕원 감리(광무8년 6월 9일 관보)' '김화군수(광무9년 2월12일)'를 역임했고 일제의 국권 침탈이 본격화 되던 시기에는 전 가족을 데리고 '일본 세력이 미치지 않는 블라디보스톡(해삼위)에 망명'을 감행할 정도로 정치적인 영향을 많이 받았었다. 철원 봉명학교에 다닐 때 꿈은 '도장관'이었고 휘문고보 입학 전에는 청년회관에서 열린 대중 토론회에 참석 할 정도로 정치적 성향이 깊었다. 또 자전적 소설 「사상의 월야」에서는 연인이었던 장은주와 대화에서 '장래 꿈을 정치가'라고 이야기하고 있고 일본 유학을 가서는 와세다 대학 정치경제학부 예비과정에 등록을 했었다. 이렇게 정치적 야망을 갖고 있었던 상허 이태준이 소설가로 변한 것에 대한 명확한 규명이 있어야 하겠다.

II
상허 이태준과 어린이 문학

양친 부모를 잃고 한겨울에도 맨발로 다녔고 추석에도 단벌치기 누더기 옷을 입어야 했고 영월 군수 집으로 시집을 가는 누나가 혼인을 하던 날에도 새 옷을 입지 못하고 산에서 숨어서 봐야 했던 상허 이태준에게는 고아시절의 아픔이 평생 잊히지 않았을 것이다. 그러는 한편 자신이 받았던 고아 시절 응어리를 어린이 문학으로 풀어내려는 노력했던 것으로 보인다. 상허 이태준의 작품에 대한 연구와 평가는 단편 또는 수필, 신문소설에 집중되어 있지만 이제는 어린이 문학에 대해서 눈을 돌려야 할 시기라는 판단이다. 상허 이태준의 동화는 기존 동화 작가의 수준을 뛰어넘고 있다는 마음에서 정리해 보았다.

상허 이태준이 쓴 글 중에서 1935년《조선 중앙일보》「5월 5일에 어린이날 특집」으로 발표된 동시를 인용해 보면 다음과 같다.

오늘은 어린이날

아기들아! 우리는 종달새처럼, 기차처럼

활발하고 기운세자

남한테 지기나 잘하고

쿨쩍쿨쩍 우는 것은 바―보

노래하자

달음박질 하자

싸움도 하자

만세만세

위에 동시처럼 어린이들이 어떤 굴레에 속박 받지 않고 자유롭게 지내기를 바라는 것이 작가의 마음이면서 그들이 겪어야 했던 아픔을 다양한 작품에서 반영하고 있다.

가. 생활고로 일본 귀국 후 본격 활동

상허 이태준은 생각보다 어린이를 대상으로 하는 동화, 동시를 많이 썼다. 이런 결과물이 나오게 된 것은 식민지 시대 어린이들을 생각한 것도 있을 수 있지만 실제로는 직업을 찾아 안착을 하는 과정에서 필요에 의해 창작이 이루어졌다. 상허 이태준이 일본 유학을 '극심한 생활고로 포기를 하고 귀국'을 한 뒤에는 마땅한 직업이 없었다. 그의 아래와 같은 연보를 보면 어려운 시기를 보냈다는 것을 알 수 있다.

- 1926년(23세) 4월 동경 상지대학(上智大學) 예과에 입학. 신문, 우유 배달 등을 하며 매우 궁핍한 생활 속에 나도향 등과 교우. 도쿄미술대학 의 김용준 교우.
- 1927년(24세) 11월 상지대학을 중퇴하고 귀국함. 각 신문사와 모교 를 방문 일자리를 구하나 취업난에 허덕임.
- 1929년(26세) 《개벽》사에 입사. 《학생》, 《신생》 등의 편집에 관여함. 이때 소년물과 꽁뜨를 다수 발표.

일본에서 24살에 귀국을 해서 26살이 되어서야 겨우 《개벽》사에 입 사를 해서 안정을 찾은 것으로 나와 있다. 그렇게 어렵게 취업을 한 뒤 에는 《학생》, 《신생》 등의 편집에 참여를 하는 등의 일을 하게 되면서 동화를 쓰게 되는 기회를 갖는다. 그때 많은 작품을 발표하면서 주목 을 받기도 했는데 상허 이태준은 단편 작가로 명성을 날릴 때도 '동화' '소년물' 등을 꾸준하게 창작을 하고 있다. 이런 작품들 중에 가장 뛰어 난 것은 상허 이태준의 전성기에 창작이 되고 있다. 상허 이태준의 '동 시'와 '동화'와 '소년물' 등의 작품 연보를 알아보면 다음과 같다.

* 1924년 6월 童話 「물고기 이약이」 -『徽文』
* 1929년 1월 童話 「어린 守門將」 -《어린이》
* 1929년 2월 童話 「불상한 少年美術家」 -《어린이》

* 1929년 5월 童話 「슬픈 명일 秋夕」 -《어린이》

* 1929년 6월 童話 「쓸쓸한 밤길」 -《어린이》

* 1929년 7,8월(합병호) 童話 「불상한 三兄弟」 -《어린이》

* 1930년 1월 童話 「눈물의 入學」 -《어린이》

* 1930년 6월 童話 「6월의 하누님」 -《어린이》

* 1930년 8월 童話 「과꽃 」 -《어린이》

* 1930년 11월 童話 「외로운 아이」 -《어린이》

* 1931년 2월 童話 「몰라쟁이 엄마」 -《어린이》

* 1931년 6월 童話 「6월과 구름」 -《어린이》

* 1932년 7월 童話 「슬퍼하는 나무」 -《어린이》

* 1933년 童話 「꽃장수」 -《어린이》

* 1938년 童話 「엄마마중」 -『조선아동문학집』

* 1940년 12월 童詩 「약」, 「잠자는 아이」 -《소년》

나.《개벽》사와 특별한 관계로 취업 가능성

상허 이태준이《개벽》에 취업을 한 것은 철원 봉명학교와 특별한 관계가 있었던 것으로 보인다.《개벽》은 1920년 6월에 창간해서 1926년 8월 폐간 되었는데 주간과 편집인을 맡았던 이돈화(李敦化, 1984~1950)가 상허 이태준이 다닌 철원 봉명학교 주최로 1922년 4월 1일 철원 군내 예배당에서 열린 '강연회'에 연사로 참여한 것으로《동일일보》기사로 실린 사실이 있다.

또 1923년 11월 3일 철원 봉명학교 추계운동회에 철원읍 예배당《개벽》사 철원지사 김창윤이 기부한 내용이 있는 것으로 볼 때 일본에서 유학을 포기하고 귀국한 뒤에 취업난에 시달리다가《개벽》에 첫 직장으로 취업하게 된 것은 특별한 연관이 있어 보인다.

다. 상허 이태준이 쓴 동시

상허 이태준이 작품 연보에는 몇 편의 동시를 발표한 것으로 기록되어 있다. 그것도 1940년 12월경에 쓴 것으로 나와 있다. 이 동시는 세상에 많이 알려져 있지 않은 상태인데 전문을 알아보면 아래와 같다.

시커멓고 쓴 약
아버지가 지어오신 약
한 탕기나 되는 약
어머니가 대리신 약.

시커멓고 쓴 약
아버지도 먹으라고만
한 탕기나 되는 약
어머니도 먹으라고만.

눈 딱 감어도 시커먼 약

입 딱 벌리어도 안 넘어가는 약.

―《소년》, 「약」, 1940년

아빠는 밭에 가시고

엄마는 물 길러 가시고

아가는 기다리다 기다리다

잠이 들었네.

혼자 자는 아가는

벼개를 안고

혼자 자는 아가는

눈물이 났네.

아빠는 밭에 가시고

엄마는 물 길러 가시고

아가는 기다리다 기다리다

잠이 들었네.

혼자 자는 아가는

제비가 보고

혼자 자는 아가는

구름이 보네.

－《소년》, 「혼자 자는 아기」, 1940년

위의 글을 보면 상허 이태준의 특유 섬세한 표현이 보이지 않는다. 또 리듬을 잡기 위해 같은 어구를 반복하는 단점이 노출되고 있다. 자신의 작품에 등장하는 인물을 정확히 묘사하고 독창적인 소재를 정하는 특징이 동시에서는 보이지 않는다. 이런 동시 경향은 상허 이태준이 쓴 시에도 반복 되고 있다. 예를 들자면 다음과 같은 시들이다.

산넘어 벌들이요

벌안마다 동산 있소

다양(多陽)도 하온마을

한손인들 소복해라

붉은데 푸른 그늘은

버들인가 하노라

－《동아일보》, 「시 차창에서」, 1931년

적은 새와 가티 어엽브게 살엇던 너야

미틴 개와 가티 더럽게 죽어가는 너야

무슨 미서운 상징을 나의 가슴에 색여노코 가느냐

－《시대일보》, 「시 죽는 너야」, 1925년

위에 인용한 시들을 보면 당대를 울리던 상허 이태준 작품이라고 보기 어려울 정도로 평범하다. 이런 일이 벌어진 것은 분명히 '운문'과 '산문'이 전혀 다른 분야이기 때문일 것이다. 마치 100미터의 제왕 우샤인 볼트(자메이카 출신 21세기 최고 단거리 육상선수)가 장거리 육상 종목에서 두각을 나타내지 못하는 것과 같은 이치일 것이다. 그렇지만 상허 이태준의 단편이나 수필에서는 시적인 안목으로 봐도 완성도가 높은 글들이 많다. 당시 시를 대표하던 정지용 시인이 상허 이태준의 수필「용담 이야기」를 읽고 다음과 같은 구절을 발견하고는 절망을 했다고 할 정도로 운문에 독창적인 재능이 있었다.

이따끔 우르르하고 기차가 도시풍경을 가득가득 담은 차창들을 끌고 지나갈 때 나는 꽃이면 꽃을 들고 고기꾸럼지면 고기꾸럼지를 들고 높이 휘둘러 원산 금강산으로 가는 아름다운 아가씨들의 일빈(一嚬:한번 찡그림)을 낚아 보는 것도 한내다리에서나 할 수 있는 낚시질이다...

-《신동아》,「용담 이야기」, 1932년

정지용은 위의 내용을 아래와 같이 행을 나눠보고 탄식을 했다고 한다.

'이따끔 우르르하고 기차가
도시풍경을 가득가득 담은
차창들을 끌고 지나갈 때
나는 꽃이면 꽃을 들고

고기꾸럼지면 고기꾸럼지를 들고

높이 휘둘러

원산 금강산으로 가는

아름다운 아가씨들의 일빈(一嚬)을 낚아 보는 것도

한내다리에서나 할 수 있는 낚시질이다'

— [출처] 22. 감성의누가 | 작성자 지촌나루

이 기막힌 표현들을 정지용 시인 자신도 할 수 없는 높은 경지에 있다는 것을 알고 상허 이태준을 따랐고 '구인회'를 결성할 당시 좌장을 맡도록 한 것으로 보인다. 당시 정지용은 상허 이태준의 입체적 풍경 묘사를 당대 비평가인 이원조(1909년~1955년) 가 정의했던 '전아하고 유려한 문장 속에 흐무레 녹은 풍자'라는 말에 동의를 할 수밖에 없었던 것으로 알려지고 있다. 그런 뛰어난 운문 재능이 있는 상허 이태준이 동시나 시에서 평범한 작품으로 일관한 것은 일제 강점기에는 '문학=이야기'라는 개념이 구축 되지 못한 시대의 탓도 있어 보인다.

라. 휘문고보 교지에 발표된 글

상허 이태준이 쓴 시는 유학시절에 《학지광》에 투고한 시 1편, 그리고 앞에서 소개한 동시 2편과 신문에 발표한 시 몇 편이 전부이다. 그밖에는 소년물과 동화를 많이 창작했다. 그 배경에는 1929년(26세) 《개벽》사에 입사한 후《학생》,《신생》등의 편집에 관여하면서 작품을 발표한 지면을 얻었던 것으로 보인다. 또 당시에는 「오몽녀」를 통해 등단을 했지만 단편 소설에 대한 방향을 잡지 못하고 있었던 시기로 여러 장르의 작품 세계를 시도 해 본 것으로 판단되고 있다. 그런 것을 반증하는 것이 당시에 발표된 작품들의 수준이 높지 않고 완성도에서도 높은 평가를 받기 어렵다는 점이다. 상허 이태준 동화 중에 유명세를 타는 것들 대부분이 '작가로서 전성기를 구가하던 시절' 창작된 것임을 생각해 보면 더욱 분명해 진다. 우선 1924년 6월 휘문 교지에 발표한 「물고기 이야기」는 완성도가 극히 떨어지는 습작 수준이라고 할 수 있는데 일부를 소개해 보면 다음과 같다.

'때는 일은 봄이었습니다. 머ー르니 부산부두에 뵈는 듯 마는 듯한 아지랑이 장막이 드리워잇고 샛파란 속닙 돗는 절영도 부근에는 비단 같은 물결 우에 봄마지 노릿배들이 여기, 저기서 얇은 돗을 날리고 잇습니다. 그러나 바다속에는 그와 반대로 이 구석 저 구석에서 애처럽은 송별회가 열니게 되니… 겨울 동안은 부산 바다속에서 한류의 고기들과 난류의 고기들이 자미있게 모혀 놀다가 이때가 되면은 한류의 고기들은 할 수 업시 북방으로 떠나게 되는 까닭임니다.'

—《휘문》제2호, 「물고기 이야기」, 1924년

위의 동화를 보면 압축이 되어 있지 않고 도입 부분도 평범한 구조로 되어 있어서 상허 이태준의 특징인 '간결하고 그림 그리는 듯한 정교한 묘사가 보이지 않는다. 이름을 바꾸어 놓아도 이상하지 않을 정도로 글쓴이의 색깔이 드러나 있지 않다. 아마 이 글은 습작기에 작품으로 분명한 한계를 보여주고 있는데 1929년에 쓴 두 번째 동화 작품에서는 그것을 뛰어 넘어서 구체적인 형상화 단계까지 발전한 것을 보여 주고 있다.

여름이었으나 장마 끝에 바람 몹시 부는 어느 날 밤이었습니다. 어머니는 이런 말씀을 하셨습니다.

"윗집에 장군네가 살 때는 장군 아버지가 술이 골망태가 되어도 우리 마당을 지날 때마다 기침 소리를 내어 한결 든든하더니…, 그이가 떠난 후에는 그 소리나마 들을 수가 없구나. 이제는 개라도 한마리 길러야지 문칸이 너무 횅—해서 어디 적적해서 견디겠니."

자는 줄 알았던 누이동생이 이 말을 기다리고 있었던 것처럼

"참, 어머니. 저— 윗마을 할먼네 개가 오늘 새끼를 낳았대요. 다섯 마리나 낳다는 걸요."

－《어린이》, 「어린 守門將」, 1929년

인용된 두 개의 작품을 보면 시작 부분부터 차원이 다른 양상으로 전개되고 있다. 불과 5년이 지난 뒤에 완전히 다른 작품 수준을 보여주는 것은 남다른 노력과 타고난 재능이라는 것을 확인할 수 있다. 특히 주목해야 할 것은 「어린 守門將」에서 이야기를 전개하면서 등장인물들의 대화를 통해서 현실감을 높이고 있다는 점이다. 실제 창작을 할 때

육하원칙에 의해 사건을 장황하게 이야기를 풀어 놓는 시행착오를 오랜 기간 거친 뒤에야 대화 형식으로 바뀐다는 것을 생각해 볼 때 엄청난 발전이다. 그럼에도 불구하고 내용의 전개는 세련된 문장보다는 전개에 집중을 함으로서 간결하게 다듬어졌다는 느낌을 갖지 못하게 만든다. 특히 '얻어 온 강아지가 첫날밤을 보내고 자기 집으로 가다가 물에 빠져 죽은 부분이 장황하게 설명 되어 있고 마지막 부분은 억지로 꾸민 듯한 느낌'을 준다.

> 그 어린 목숨의 가련한 죽음은 그날 밤새도록 나의 꿈자리를 산란하게 하였습니다. 그 후 며칠 못 되어 나는 윗마을에 갔다가 그 어미개와 마주치게 되었습니다. 그는 자기 자식 하나를 그처럼 비참한 운명으로 끌어 내린 나임을 아는 듯이 불덩어리 같은 눈알을 아른거리며 앙상한 이빨을 벌리고 한걸음 나섰다 한걸음 물러섰다하면서 원수를 갚으려는 듯한 자세를 돋구고 있었습니다. 그때 마침 그 댁 할머님이 나오시다가『네가 양복을 입고 와서 그렇게 짖는구나. 이개 이개.』하시고 개를 쫓아주셨습니다. 딴은 내가 양복을 입고 가기는 하였습니다.
>
> ―《어린이》,「어린 守門將」, 1929년

위의 인용된 글을 보면 주인공이 어미 개를 만나 '자식을 복수를 하려는 듯이 행동하는 것' 같다는 식으로 이야기를 전개하고 마침 주인 할머니가 등장해서 동화를 끝을 맺는다. 상허 이태준이 작품 기법은 1933년 11월《중앙》발표한「달밤」의 끝맺음처럼 '달밤은 그에게도 유감한 듯하였다.'라는 식으로 전체 상황을 단순화 시키는 방법이 특징이다. 따라서 「어린 守門將」의 마지막은 '그 후 며칠 못 되어 나는 윗마을에 갔다가 그 어미개와 마주치게 되었습니다.'에서 정리를 하는 방식이 되어야 한다는 판단이다.

이런 약점들은 1930년 11월에 《어린이》에 쓴 「외로운 아이」에서는 많이 개선되고 있다. 또한 이야기의 주제를 담배꽁초와 아버지를 한정시켜서 동화의 내용이 읽는 사람을 편안하게 만들고 있고 상허 이태준의 문장 특징이 처음부터 잘 드러나고 있다.

순길이는 무슨 장한 것이나 발견한 것처럼 우쭐렁거리며 사무실로 뛰어갔습니다.

"뭐야, 왜 이렇게 후당탕거리고 뛰어들어?"

선생님이 물으셨습니다.

순길이는 경주에 나가 일등을 해서 상이나 탈 것처럼 씨근거리며 신이 나서 대답하였습니다.

"저어 인근이가 담배를 먹나 봐요."

"담배? 어디서 먹든?"

"먹는 건 보지 못했어도 길바닥에서 담배 깜부기를 주어서 호주머니에 넣겠지요. 지금 봤는데요."

"정말?"

"네!"

선생님은 순길이를 내보내고 인근이를 부르셨습니다.

위의 글을 읽어보면 평범한 동화들이 갖지 못하는 약점 중에 하나인 긴장감이 살아 있다. '다음이 뭘까?' 하는 궁금증을 자아내게 하면서 동화가 다른 세계 이야기가 아니라 우리 주변에서 쉽게 일어날 수 있는 친근감을 보여주고 있다. 또한 복잡한 묘사로 읽는 사람에게 혼란을 주는 것을 피하기 위해 가장 명징한 표현으로 작품 완성도가 높다. 그리고 이 동화는 말미 부분에 오해가 풀리고 주인공의 진심이 밝혀지는 감동까지 느끼게 하고 있어서 주목해서 볼 작품이다.

마. 고아 경험을 동화로 창작

상허 이태준의 동화에서는 구박을 받는 어린아이가 자주 등장을 한다. 밝고 희망을 이야기하는 것보다는 절망적 상황에서 항거할 수 없는 폭력에 시달리는 내용이 많다. 이것은 부모를 잃고 돌아온 고향 용담은 장기 이씨 집성촌이었지만 인심은 넉넉하지 못했던 것 같다. 할머니는 용담에서 삼십 리나 떨어진 진맹이라는 곳에 사는 시동생 집에서 살아야 했고 누나와 여동생은 용담의 오촌 당숙집, 상허 이태준은 칠십 리나 떨어진 안협 오촌 아저씨네로 양자로 가서 살았었다. 이렇게 천덕꾸러기처럼 자라야 했던 상허 이태준은 그 시절의 아픔을 이야기한 작품이 많은데 특히 어린이 동화에서는 간접적으로 담아내고 있다. 대표적인 작품이 「쓸쓸한 명일 추석」이다. 한가윗날은 많은 사람들에게 풍요를 가져다주지만 고아인 상허 이태준에게는 아픈 기억으로 남은 것 같다. 그런 내용을 자전적 소설 「사상의 월야」에 등장을 하고 있는데 이 동화에서는 조금 더 구체적이라 할 수 있다.

다른 아이들은 저녁마다 달을 보고 추석을 기다리는 바로 그 동리에 무슨 명일이든지 잠자는 밤중에 얼른 지나갔으면 하고 명일이 오는 것을 무서워하고 겁을 내는 이상한 아이 남매가 있었습니다.

명일이면 다른 아이들이 모조리 비단옷을 입는 것이 무서웠습니다.

무슨 명일에든지 자기 남매와 같이 다 떨어진 누더기를 그대로 입고 나오는 아이는 없었습니다. 다른 날은 동무들 축에 끼어 놀다가도 오히려 헌 옷을 입은 자기 남매끼리만 남들이 보지 않는 구석을 찾아 무슨 죄나 지은 것처럼 쓸쓸하게 눈물로 보내는 것이 슬펐습니다.

―《어린이》, 「슬픈 명일 秋夕」, 1929년

위의 내용은 추석날에도 누더기 옷을 입고 지내야 하는 자신들의 처지를 동화에 등장하는 인물을 빌어서 표현을 하고 있다. 다른 아이들 모두 비단옷을 입는 것이 무서웠던 당시 상황을 자전적 소설 「사상의 월야」에서는 다음과 같이 묘사하고 있다.

남 다 새 옷을 입는 날(추석 날) 혼자 헌옷채로 견딜 것이 싫기보다 두렵기까지 하다.

누나는 저고리만 빨아 입은 듯 하얀 것이었으나...버선과 집세기는 분명코 너덜너덜하는 것 신던 것 그대로였다. 여동생은 아래 위가 입던 옷 맨발 그대로다.

-《을유문화사》, 「사상의 월야」, 1946년

하인들조차 새 옷을 입고 서울에서 비단옷을 맞춰 입는 용담에서 추석날에도 헌 옷을 입고 지내야했던 상허 이태준의 머릿속에서는 서러운 기억이 남을 수밖에 없었을 것이다. 자존심이 유독 강했던 상허 이태준은 추석이면 뒷산에 올라가서 혼자 시간을 보내다 헌옷 새옷 구분이 되지 않는 밤이 돼서야 내려와 친구들과 어울렸다. 그런 아픔을 바탕으로 쓴 동화는 과장된 상상력이 동원됐지만 다음과 같이 전개되고 있다.

* 동화 속에 주인공 남매가 사는 작은 집에는 아들이 한 명 있는데 작은아버지 작은 어머니는 자기 아들은 귀하게 여기면서 남매들이 잘못 보이면 피가 나도록 매질을 하고 굶겨 재우는 일이 늘 벌어지고 있었다.
* 추석날 아침 작은어머니가 아들에게 입힐 옷을 다리미질을 하면서 여동생에게 새 옷을 받치고 있으라고 했는데 그만 놓쳐서 아침밥도 못 얻어먹고 매를 맞고 쫓겨나게 됨.
* 동생은 울면서 바로 뒷산에 있는 어머니 산소로 갔고 오빠인 주인공도 따라 가게 됨.
* 둘이서 하루 종일 울다가 잠이 들었고 오빠가 깨었을 때 저녁 됨.

* 오빠는 여동생이 잠을 자고 있는 것을 보고 먹을 것을 가지러 작은어머니 집으로 와서 바가지에 송편과 음식을 담아서 부리나케 산소로 달려옴.

* 오빠가 음식을 가지러 간 사이에 늑대들이 여동생을 물고 감.

* 늑대 울음소리가 들리는 골짜기로 오빠가 동생을 부르면서 달려가다가 소리가 끊어짐.

* 엄마 산소 앞에는 두 남매가 먹으려던 떡 바가지만 놓여 있는 것으로 동화가 끝이 남.

-《어린이》, 「슬픈 명일 秋夕」, 1929년

　인용된 동화 원본은 옛날 문체로 구성되어 있어서 읽기가 어려운 것은 현대적으로 고쳐서 사용했다. 그런 연유로 이 동화는 많은 사람들이 주목을 하지 않지만 내용은 구박 받는 아이들의 이야기가 사실적으로 잘 묘사하고 있다. 상허 이태준만이 표현하는 독창적인 인물 묘사가 어느 정도 완성된 시기의 작품으로 판단되고 있다.

바. 상허 이태준 심정을 담은 「쓸쓸한 밤길」

　상허 이태준의 경험을 잘 표현한 동화는 평론가 및 일반 독자들이 주목하지 않는 「쓸쓸한 밤길」이라는 작품이다. 이 동화는 1929년 6월 《어린이》잡지에 발표 됐다. 이 작품에 주목을 하는 이유는 상허 이태준이 가장 고통스러운 기억으로 남았던 '오촌 아저씨 집으로 양자를 갔던' 것을 담고 있기 때문이다. 「사상의 월야」를 보면 양자로 간 집의 자기보다 두 살 어린 여동생이 갖은 구박을 했던 것으로 나타나고 있다. 특히 양자 시절 고난의 대명사로 등장을 했던 시냇가를 배경으로 당시의 겪었던 아픔을 호출해 내는 듯한 내용은 '상허 이태준의 어린 시절을 아는 독자'들에게 공감대를 이끌어 내는 작품으로 보인다.

「쓸쓸한 밤길」에 등장하는 집은 애당초 영남의 집이었는데 부모가 돌아가시자 대근이 식구가 보살펴 준다고 들어와서 차지를 한다. 등장 인물은 주인공 영남이 강아지 바둑이, 자신 보다 세 살 위인 대근이, 그리고 성격이 못된 대근이 엄마 등이 있다. 이들을 작품「사상의 월야」에 등장하는 내용으로 비교를 하면 다음과 같다.

* 영남이 = 어린 이태준
* 강아지 바둑이 = 언제나 이태준 선생 편인 할머니
* 대근이 = 이태준 보다 두 살 어리지만 성격이 못된 정선이
* 대근이 어머니 = 양자로 간 오촌 집 부인

이렇게 놓고 보면 상허 이태준의 동화도 자신의 경험을 바탕으로 구상이 된 것을 알 수 있다. 그렇다면「쓸쓸한 밤길」의 내용은 실제 겪었던 일과 어떤 유사성이 있는지와 전개 내용을 알아보면 다음과 같다.

집집마다 있는 아버지, 아희마다 잇는 어머니가 영남이에게는 어느 한 분도 계시지 않엇습니다.(이런 주인공 설정은 고아인 자신을 모델로 삼았다는 것을 알 수 있다.) 여기 잇는 것을 모르고 한참 차저 단엿다는 드시 이슬에 저즌 꼬리를 흔들며 뛰어오는 큰 개 한 마리가 잇섯습니다. 그 개는 쓸쓸한 영남이의 둘도 업는 동모인 바둑이엇습니다.(상허 이태준 선생이 평생 동지라고 했던 것이 할머니였다) 영남이는 집에 드러오는(소를 들판에 매어 놓고) 길로 안방으로 드러가 사기요강 놋요강을 차저 들고 걸네를 모아들고 압헤 잇는 개울로 나왔습니다.

-《어린이》, 「쓸쓸한 밤길」, 1929년

-적어도 하루 두 번씩은... 조석으로 개울로 나왔다.

-《을유문화사》, 「사상의 월야」, 1946년

위의 내용을 보면 영남이가 바로 상허 이태준 자신임을 알 수 있다. 바둑이를 할머니로 추측을 하는 이유는 이태준 어려움에 빠졌을 때 수호천사처럼 나타난 할머니를 다음과 같이 표현을 하고 있기 때문이다.

걸레를 물에 담그고 헹구다가...그러는 사이에 그만 걸레가 떠내려가고 말았다. 그 흔한 산골에서 저 쓰던 부지깽이 하나 태웠다고도 며칠을 두고 성화를 받는 일이 있는.... 걸레를 찾지 못하고는 들어갈 수 없었다....전에 할머니에게 들은 '콩쥐 팥쥐'이야기가 생각났다. 검정 암소가 할머니 계신 곳에 데려다 주었으면! 그때 하늘에서 할머니 목소리가 났다… 길에서 허연 그림자가 고꾸라질 듯이 급하게 개울로 내려온다.

—《을유문화사》, 「사상의 월야」, 1946년

인용한 글을 보면 할머니는 상허 이태준 어린 시절을 지켜 주던 소중한 존재였다. 이것을 동화 「쓸쓸한 밤길」에서는 '영남이가 기음 매러 가면 밧머리에 나와 섯고 영남이가 나무를 하러 가면 그도 산에 따라와 있었습니다.'라고 설명을 해서 '할머니 = 바둑이'를 만들고 있다.

동화 「쓸쓸한 밤길」에서는 온갖 구박을 받던 주인공 영남이가 단오 날 요강과 걸레를 들고 시냇가에 나가서 일을 하는데 대근이가 밀어서 물에 빠진다. 요강은 바둑이가 물어 와서 다행이었지만 젖은 옷을 벗어 살구나무에 걸어서 말리고 있는데 단오 새 옷을 입은 대근이가 친구들과 같이 와서 영남이에게 '옷을 벗고 올라가 살구를 따먹는다고 돌팔매질을 한다.' 이에 영남이가 뛰어 내려와 대근이를 '형도 아니다 이 집에서 나가면 된다.'라면서 멱살을 잡아 던져버린다. 놀란 친구들이 대근이 어머니에게 일러바쳐서 영남이는 작대기로 종아리와 불기를 맞게 된다. 그날 밤 영남이는 '내 집이지만 떠나자.' 결심을 하고 바둑이하고 쓸쓸하게 밤길을 떠나는 것으로 동화를 끝맺는다.

사. 동화 작가에서 단편으로 변신을 꾀한 「외로운 아이」

상허 이태준의 동화는 단편 작가로 완성되는 과정 중에서 아주 중요한 역할을 한 것으로 판단된다. 물론 극심한 취업난에 시달렸던 일제 시대에《개벽》에 입사를 하면서 얻은 발표 지면이 자매지 성격인《어린이》였다는 점도 있지만 실제 작가는 '발표된 작품'을 통해서 발전을 한다는 측면에서 아주 중요한 역할을 한 것으로 판단된다. 이렇게 발표한 동화는 세월이 흘러 많은 어린이들에게 명작으로 남게 되는데 개인적으로는 내용을 압축해서 선명하게 묘사하는 기법을 익히는 수련 과정이었다는 판단이다. 그런 작품 중에서 1930년 11월《어린이》에 발표한「외로운 아이」는 사건을 선명하게 절제한 상허 이태준 문학을 잘 보여주고 있다는 생각이다. 그 내용을 소개해 보면 다음과 같다.

순길이는 무슨 장한 것이나 발견한 것처럼 우줄렁거리며 사무실로 뛰어갔습니다.

"뭐야, 왜 이렇게 후당탕거리고 뛰어들어?"

선생님이 물으셨습니다.

순길이는 경주에 나가 일등을 해서 상이나 탈 것처럼 씨근거리며 신이 나서 대답하였습니다.

―《어린이》,「외로운 아이」, 1930년

문학 작품에서 중요한 것이 글의 첫 문장이다. 계속 읽을 것인지 그만둘 것인지 결정되기 때문이다. 계속 읽더라도 첫 문장이 평범하면 글을 읽는 느낌이 좋지는 않는 것이 기본이다. 즉 다음 문장이 뭘까 하는 궁금증, 즉 긴장감이 글의 성패를 좌우하기 때문이다. 그래서 수많은 작가들이 시작 부분에 고민을 많이 하게 된다. 그런 개념에서 본다면 이 글의 시작 부분은 과거에 발표한 동화와는 차원이 다르다. 우선 그동안 발표한 다른 동화의 시작 부분과 비교해 보면 잘 드러난다.

여름이었으나 장마 끝에 바람 몹시 부는 어느날 밤이었습니다. 어머니는 이런 말씀을 하셨습니다.

— 「어린 수문장」

지난여름 어느 날 오후였습니다. 날이 어찌 더운지 이층집 삼층집들도 그만 양초처럼 녹아서 주어 않는 것 같거...

— 「불상한 소년 미술가」

아희마다 즐겁게 잠을 깨는 단오날 아츰이엇으나 영남이는 이날도 다른 말 아츰 가티...

— 「쓸쓸한 밤길」

이렇게 다른 동화를 인용해 보면 시작 부분이 전혀 다른 차원으로 변해 있는 것을 알고 있다. 과거의 작품은 6하원칙에 의해 '언제'라는 시작에서 벗어나지 못한 상태였으나 「외로운 아이」는 그 차원을 뛰어넘은 것으로 보인다. 이것은 마치 20세기 최고 작가라고 평가를 받는 유대계 소설가 카프카의 소설 기법을 보는 것 같다.

어느 날 아침 뒤숭숭한 꿈에서 깨어난 그레고르 잠자는 자신이 침대에서 흉측한 모습의 한 마리 갑충으로 변한 것을 알아차렸다.

—「변신」

누군가 요제프 K를 모함했음이 분명하다. 나쁜 짓을 하지 않았는데도 어느 날 아침 체포되었으니 말이다.

—「소송」

훌륭한 첫 문장으로 「외로운 아이」의 이야기는 긴장감을 가지고 전개되고 있다. 그 동안 전통적인 끝맺음인 '권선징악' 주제를 통해서 해피앤딩 방식에서 벗어나 주인공들이 비극적인 결말을 맞는 경우가 많았다. 그러나 이 작품은 끝맺음 방식이 등장인물들이 오해를 하고 있었다는 극적인 반전을 이루고 있어서 눈길을 끈다. 담배꽁초를 줍는 것만으로 흡연하는 것으로 단정 짓는 당시의 단순하고 강압적인 교육 분위기를 드러내면서 병든 아버지를 위한 것이라는 결말을 통해서 억울함을 풀어가고 있다. 이것은 1936년 1월 『조광』에 발표된 '고아의 추억'에서 양자로 가서 구박을 받으면서 나무를 하러 다녔는데 자신이 해 놓은 나무를 누군가 몰래 가져갔을 때 '어디서 놀다 왔다'는 말이 서러웠던 것과 같은 경험들이 모여서 구축된 것이라는 생각이다.

"저어 인근이가 담배를 먹나 봐요."
"먹는 건 보지 못했어도 길바닥에서 담배 깜부기를 주어서 호주머니에 넣겠지요. 지금 봤는데요."

선생님은 순길이를 내보내고 인근이를 부르셨습니다.

"너 바른대로 말해……담배 먹지?"

선생님은 다 헤어진 인근이의 저고리 섶을 와락 잡아댕기며 안 호주머니에 손을 넣으셨습니다.

선생님은 대뜸 무엇인지를 움켜 내셨습니다.

"이놈, 이게 담배가 아니고 무어냐?"

선생님은 역정이 나서서 움켜 내인 담배 깜부기를 책상 위에 놓으시더니, 그 손으로 인근이의 뺨을 철썩 때리셨습니다.

-《어린이》, 「외로운 아이」, 1930년

작가가 작품에서 인물 묘사를 정확히 하는 것이 능력이다. 좋은 작가는 인물을 정확히 표현함으로서 스토리 전개가 물 흐르듯이 하게 만든다. 그런 점에서 보면 앞에서 설명한 「외로운 아이」 동화는 성공작이라는 생각이다. '친구가 주인공 인근이가 담배를 피운다는 것을 의심해서 선생님에게 고자질하고 선생님은 그것을 확인'한다. 이 동화의 전개 뒤에는 다음과 같은 반전이 기다리고 있다.

"벌써부터 담배를 배우다니?"

선생님은 분하셔서 또 뺨을 한 대 때리셨습니다.

인근이는 그 이튿날부터 학교에 오지 않았습니다. 아이들은 그 애가 담배를 먹다 들켜서 벌을 쓰고는 부끄러워 안 온다 하였습니다.

그러나 실상은 그렇지 않았습니다.

인근이는 그만 아버지가 돌아가셨습니다. 여러 날 전부터 앓으시던 아버지가 인근이가 학교에서 벌을 쓰고 간 날 저녁에 돌아가시고 말았습니다. 그래서 살림이 구차한 인근이는 다시 학교에 다닐 수 없게 된 것입니다.

정말은 인근이가 제가 먹으려고 담배를 가진 것이 아니라, 앓으시는 아버지가 돌아가시기 며칠 전까지도 가끔 담배를 찾으셨습니다. 그럴 때마다 인근 어머니는 이 집 저 집 들창 밑에서 주워다 둔 깜부기 담배를 내어 놓곤 하였습니다. 어떤 때는 그것도 없어서 쩔쩔매는 것을 본 인근이는 그날 처음으로 길에 떨어진 담배 도막이 꽤 큰 것을 보고 대뜸 아버지 생각이 나서 주웠던 것이 그만 동무 눈에 띄어서 그렇게 되었던 것입니다.

－《어린이》,「외로운 아이」, 1930년

아. 단편 소설과 동화 사이에 등장한 청소년 소설

위의 글을 보면 주인공 인근이가 담배를 피우는 불량 학생이 아니라 병든 아버지를 위해 담배꽁초를 줍는 착한 아이였다는 것으로 동화를 반전시키고 있다. 이런 형식은 상허 이태준이 전개하는 소설의 특징이라고 할 수 있다. 상허 이태준은 당시 학교 선생님들의 비인간성에 대해서 반발을 하는 내용이 있는데 이것은 아마도 휘문고보 재학 시절 학교 교주(校主)의 일방적인 학사 운영에 대한 반발과 무능력하고 비인격적인 교사들을 직접 경험한 것이 바탕이 된 것으로 파악되고 있다.

그런 것을 여실히 보여주는 것이 1935년 4월『학생』이라는 잡지에「P 군 생각 -학창의 추억」이다. 내용을 보면 당시 교사들의 자질이 수준 이하였다는 것을 충분히 공감할 수 있다.

① 주인공 P군은 경남 어느 촌에 홀어머니만 남겨 두고 휘문고보에 입 학한 고학생
② 월사금을 마련하기 위해 새벽까지 약이나 만주통을 들고 팔러 다 님
③ 어느 날 담임선생님 수업 시간에 지각을 함
④ 담임은 P군을 10분이 넘게 본체만체하면서 수업 진행
⑤ P군이 칠판에 써 놓은 것을 서서 기록을 하다가 시간이 오래되고 담임이 아무 말도 하지 않아서 성큼성큼 자기 자리로 가서 앉음
⑥ 그 모습을 본 담임은 P군에게 달려와서 먹살을 틀어쥐고 밖으로 나 가서 뺨을 여러 차례 올려붙이고 교무실로 끌고 감
⑦ 같이 공부를 하던 학생들도 P군이 '지각을 했으니 맞아도 싸다.'는 식으로 반응을 함
⑧ 돌아온 담임은 수업을 계속하고 끝났는데 P군이 포플러 나뭇가지 10개를 꺾어 들고 와서 자기를 벌해 달라고 함
⑨ 담임은 그것이 자기를 놀리는 것이라고 생각을 하고 교무실로 끌 고 가서 매를 때린 다음 교사 회의를 거쳐서 퇴학을 처리 함
⑩ P군은 밀가루 자루로 만든 책보를 끼고 원망스러운 눈으로 학교를 몇 번이나 돌아보면서 교문 밖으로 사라짐

⑪ 5~6년 뒤에 광화문 앞 네거리에서 구세군 군악소리가 들리는데 자세히 보니 커다란 북을 멘 사람이 P군인 것을 발견하지만 무안해할까봐 아는 척을 하지 않음.

⑫ 그 후에는 P군을 만나지도 볼 수도 없지만 지금은 어떤 모양으로 지내는지 궁금하다는 생각이 절친한 친구들보다 더 생각이 남

이런 식으로 이야기가 끝이 나는데 문제는 P군의 딱한 사정을 담임이 알고 있었음에도 자기감정대로 처리를 하는 무책임을 보여주고 있다. 지각을 했으면 학칙대로 처리를 해야지 추후에 벌어진 문제를 가지고 퇴학이라는 조치를 내린 것은 당시 학교 운영방식이 주먹구구였다는 것을 비판하는 것으로 보인다. 이런 경험은 상허 이태준에게는 선생님에 대한 불신감이 깊어져 동맹 휴학을 주도하게 만든 것으로 판단된다. 또한 나중에 P군을 구세군 연주행진 속에서 발견을 하지만 더이상 만나지 못하는 아쉬움을 나타내고 있다. 특히 가장 친했던 친구들보다 더 생각이 날 정도로 애틋한 마음을 갖고 있다는 점을 드러내고 있다.

인용한 「외로운 아이」 「P군 생각」은 '주인공을 안타까운 눈으로 바라봐야 하는 것'에 유사성이 있다. 이것을 두고 패배자 문학이라는 비평이 있지만 도대체 식민지 시대에 승리자들이 조선 반도에 있었는지 정말 궁금해 진다.

자. 남다른 영역을 구축한 상허 이태준의 동화

상허 이태준은 뛰어난 단편 소설 기법을 동화에 적용한 것은 완성도로를 높이는데 큰 도움이 됐다. 그러나 동화의 주제를 보면 자신이 겪었던 아픔을 바탕으로 하고 있어 편향적이라는 문제가 있다. 또한 주인공만 어린이로 바뀐 단편으로 봐도 될 정도로 성인적 요소가 많다. 물론 그런 작품들이 나쁘다는 것은 아니지만 어딘지 모르게 동화로 보기에는 껄끄러운 면이 있다. 그 문제에 대해서 상허 이태준은 '동시+동화'라는 형식을 통해서 해결을 한 것으로 보인다. 상허 이태준은 동시와 시를 쓴 적이 있다. 뛰어난 단편 문학에 비해서 떨어지고 동시의 경우에는 이름을 지우면 누구 것인지 모를 정도로 평범하다. 그러나 이것에다가 동화를 접목을 했을 때는 전혀 다른 작품이 된다는 것은 남다른 작품 시각을 갖고 있기 때문으로 보인다. 그림을 그리듯 작품의 소재를 배치하는 남다른 능력이 현재에도 많은 독자들에게 사랑 받는 작품이라는 생각으로 소개를 해보고자 한다.

한 아이가 꽃분 앞에 서서 어머니더러

"엄마?"

"왜?"

"꽃장수 용치."

"왜?"

"이렇게 이쁜 꽃을 만들어 보냈으니까!"

"어디 꽃장수가 만들었다든, 기르기만 했지."

"꽃장수가 만들지 않았다면 이 이쁜꽃은 누가 만들었우?"

"만들긴 누가 만들어... 씨를 땅에 심으면 땅속에서 싹이 나오고 싹이 자라면 절루 꽃이 되는 거지."

–《어린이》, 「꽃장수」部, 1933년

위의 글을 보면 작품 연대순은 다르지만 「꽃장수」라는 작품이 독창적이다. 1940년에 발표한 「약」, 「혼자 자는 아가」와는 차원이 다른 글이다. 「꽃장수」는 어린 아이에게 꽃이 피어나는 과정을 자연 질서를 통해서 설명을 하고 또 자연의 섭리를 가르치고 있다는 점에서 지금 이 시대가 요구하는 친환경적 작품으로 적당하다는 생각이다. 또 문학의 출발점이 '맑고 깨끗한 어린이 눈으로 사물을 바라보는 시각'이라는 점에서 주목 받을 만하다. 더 나아가 시간을 거슬러 시대를 초월하는 것은 명작의 특징을 갖고 있다. 예를 들면 1920년대 쓴 김소월의 「진달래꽃」이 현대에도 국민 애송시가 되고 있는 것처럼 명작은 세월을 초월하는 힘을 갖고 있다는 점이다. 그런 사실에 근거를 한다면 상허 이태준의 다음 작품들은 '단편 소설의 완성자'를 넘어서 '동화의 완성자'라는 새로운 평가를 받을 만한 작품들이라는 생각으로 두 편을 소개한다.

어떤 날 아침 노마는 참새소리를 들었습니다.

그리고 엄마한테 물어봤습니다.

참새두 엄마가 있을까요?"

“있구말구”

“엄마새는 새끼보다 더 왕샐까?”

“그럼, 더 크단다. 왕새란다.”

“그래두 참새들은 죄다 똑같은데 어떻게 자기 엄만지 남의 엄만지 아
나?”

“몰—라〜”

“참새들은 새끼라두 죄다 똑같은데 어떻게 제 새끼인지 남의 새끼인지
아나?”

“몰—라〜”

“엄마? 참새두 할아버지가 있을까?”

“그럼!”

“할아버지는 수염이 있어?”

“아—니”

“그럼 어떻게 할아버진지 아나?”

“몰—라〜”

“아이, 제—기, 모두 모르나. 그럼, 엄마? 이건 알아야 해, 뭐...”

“저—어, 참새도 기집애 새끼하고 사내새끼하고 있지?”

“있고 말고”

“그럼 참새두 사내새끼는 머리를 나처럼 빡빡 깎구—?”

“아—니”

“그럼 사내새끼인지 기집애새끼인지 어떻게 알아?”

“몰—라〜”

"이런! 엄마는 몰—라쟁이인가, 죄다 모르게. 그럼, 엄마 나 왜떡 사줘
야해... 그것도 모르면서..."

노마는 떼를 부리기 시작했습니다.

—《어린이》, 「몰라쟁이 엄마」, 1930년

위 글의 특징은 서술적으로 이야기를 전개하지 않는 방식을 도입했
다는 점이다. 엄마와 주인공 노마가 서로 주고받는 문답식으로 작품을
전개한 방식이 눈길을 끈다. 또 노마의 눈을 빌려서 참새에게 궁금한
것을 물어 보는 것은 이야기가 산만하게 꾸며지는 것을 막고 있다. 참
새의 '엄마' '할아버지' '수염' '기집애, 사내' 등을 거론하면서 '사람=참새'
라는 인식으로 전환하고 있다. 이것은 상허 이태준의 수필 「수선」에서
'너는 고향이 어디냐?'라는 식으로 한 개의 인격체로 보는 시각, 「화단」
에서 이웃집 노인의 분재를 보고 부정적인 생각으로 '자연은 신이다.'
라고 표현하고 있는 작가의 생명존중 사상이 담겨 있다.

상허 이태준의 동화 중에서 가장 주목을 받으며 지금까지 사랑받는
작품이 엄마 마중이다. 이 동화는 우리나라뿐만 아니라 일본어와 영어
로 번역이 되어서 인리기에 판매되었던 작품이다. 최근에는 주인공 인
형과 세트로 판매되는 일이 벌어지기도 했다. 그 내용을 알아보면 다
음과 같다.

추워서 코가 새빨간 아가가 아장아장 전차 정류장으로 걸어 나왔습니다.
그리고 '끙'하고 안전지대에 올라섰습니다. 이내 전차가 왔습니다.

아가는 갸웃하고 차장더러 물었습니다.

"우리 엄마 안 와요?"

"너희 엄마를 내가 아니?"

하고 차장은 '땡땡'하면서 지나갔습니다.

또 전차가 왔습니다.

아가는 또 갸웃하고 차장더러 물었습니다.

"우리 엄마 안 와요?"

"너희 엄마를 내가 아니?"

하고 이 차장도 '땡땡'하면서 지나갔습니다.

그다음 전차가 또 왔습니다.

아가는 또 갸웃하고 차장더러 물었습니다.

"우리 엄마 안 와요?"

"오! 엄마를 기다리는 아가구나."

하고 이번 차장은 내려와서,

"다칠라. 너희 엄마 오시도록 한군데만 가만히 섰거라, 응?"

하고 갔습니다.

아가는 바람이 불어도 꼼짝 안 하고, 전차가 와도 다시는 묻지도 않고,

코만 새빨개서 가만히 서 있습니다.

- 『조선아동문학집』, 「엄마 마중」, 1938년

상허 이태준의 동화는 항상 이야기했듯이 시적인 요소가 풍부하다.
이것은 남다른 감수성을 갖고 태어난 부분도 있지만 실제로는 어린 시

설 고아의 경험을 바탕으로 하고 있다. 첩의 자식(장기 李氏 가승을 보면 한양조씨가 큰엄마이고 상허 이태준 엄마는 순흥안씨로 후처이다.)으로 보이지 않는 계급적 냉대를 받아야 했고 조실부모를 한 이후 벌어졌던 참혹한 가난을 체험한 산물이다. 다른 사람들이 체험하지 못했던 다양한 경험들이 「엄마 마중」에서 보이는 쓸쓸함도 그런 감정에서 출발한 작품으로 보인다. 이 「엄마 마중」에 대한 각 언론사의 평은 호의적이다.

  * 추운 겨울, 볼일 보러 떠난 엄마를 정류장에서 기다리는 아이의 마음이 글·그림 모두에 간절히 담겨 있다.

−《조선일보》

  * 동시에 가까울 정도로 짧고 간결한 글이지만, 책장을 덮는 순간 홀연 슬픔의 늪에 빠지게 하는 힘을 품고 있다.

−《한겨레》, 2004년 10월 11일

  * 더할 것도, 뺄 것도 없이 자로 잰 듯 똑 떨어지는 문장은 우리나라 단편 문학의 아버지로 일컬어지는 월북 작가 상허 이태준의 작품

−《서울신문》

  * 특유의 서정 세계를 고스란히 담고 있다. 특히 그의 탁월한 문장력과 아이의 섬세한 모습을 그린 그림은 완벽한 조화를 이루며 잔잔한 감동을 불러일으킨다.

−《세계일보》

이런 평들을 보면 우리가 주목하고 있는 상허 이태준의 단편 소설

의 작은 틀에서 벗어나서 동시와 동화에 대한 연구가 필요해 보인다. 다른 작가와는 다르게 어린이들 관련 작품이 많은 것은 자신이 겪었던 어린 시절의 아픔을 반영한 것이라 할 수 있다. 이것은 개인의 문제가 아니라 식민지 시대에 힘이 없는 약자에 있던 어린이 전체가 안고 있었던 아픔이었다는 측면에서 지금이라도 눈여겨봐야 할 것이다. 또「엄마 마중」은 우리나라뿐만 아니라 일본판(프레이벨 발행)과 영어판으로 번안돼 출판될 정도로 인기를 끌고 있어서 K-POP을 넘어 K-동화 시대를 생각해 볼 필요가 있다.

차. 어린이 전문가 교육에도 앞장을 서다

상허 이태준은 어린이 교육 전문가 배출에도 앞장을 섰다. 상허학회에서 발표한 연보에 따르면 1932년 이화여전, 이화보육학교, 경성보육학교 등에 출강한 것으로 나타나고 있다. 여기서 말하는 보육학교는 유치원 전문 교사를 배출하는 기관으로 알려져 있고 상허 이태준은 작문을 지도했다. 특히 경성보육에서 발간한《보육시대》라는 잡지에 집필진으로 활동을 하였다. 당시 신문 기록을 보면

조선의 유아보육의 실천적인 문제를 가지고 금번 경성보육학교록양회에서는《보육시대》라는 월간 잡지를 발간하게 되었다. 집필하는 이는 일반사회 아동 연구가 또는 아동문제 애호가 이외 다음 제씨가 책임 집필한

다는데 그 씨명은 조재호 정순철 정인섭 민휘식 이태준 이순옥 이헌구

—《조선일보》, 「아동연구월간지—보육시대창간」, *1931년*

상허 이태준은 '대한민국 단편 소설 완성자'라는 수식어가 붙어 있어서 많은 사람들이 소설작품에만 관심을 쏟고 있다. 그러나 여러 편의 미술평론,『무서록』으로 대변 되는 심금을 울리는 수필, 문학 입문자들에게 필독서인『문장강화』에서 보여주고 있는 충실한 문장론 등이 있다는 사실에 비추어 보면 완성형 작가라는 판단이다. 여기에다가 어린이를 위한 창작품은 다른 작가와는 비교 대상이 되지 않을 정도로 뛰어난 「슬퍼하는 나무」, 「몰라쟁이 엄마」란 작품이 있고 또 일본어와 영어로 번역될 정도로 유명한 「엄마 마중」이 있다. 이런 작품들이 소설에 가려서 제대로 평가를 받지 못하고 있는 것은 우리 문단이 풀어야 할 숙제이리라.

III

문학 변곡점이 된 상허 이태준의 결혼

상허 이태준의 인생에서 최대 전환점은 1930년(27세) 이화여전 음악과 출신인 이순옥과 결혼을 한 것이다. 이순옥은 황해도 벽성군 대지주의 딸로 태어난 것으로 기록되어 있다. 부잣집 딸이던 그가 일전 한 푼 없는 문학청년 상허 이태준에게 반하고 연정을 품게 된다. 이순옥의 부모는 빈털터리에다가 혈혈단신인 고아 청년에게 죽어도 딸을 못 주겠다고 결사적으로 반대를 했다. 이순옥은 결국 말을 타고 집을 뛰쳐나와 상경을 해서 상허 이태준과 끝내 결혼을 이룬다. 결혼을 한 뒤에는 5남매를 낳았고 상허 이태준이 결행한 월북을 따라 올라가서 남편의 몰락을 지켜보다 뇌혈전으로 쓰러져 3년간 병 투병을 했다. 이순옥 여사의 대소변을 받아내는 병수발을 상허 이태준이 한 것으로 알려지고 있다. 이순옥 여사는 임종 직전에 딸 소명이에게 다음과 같은 유언으로 시를 남긴다.

불나비

나는 불나비,

불빛을 보고 날아든 불나비

그 불빛 아름다워 내 넋은 취했네

그 불빛 뜨거워 내 심장 달았네

불길이여, 타오르라 더 활활 타오르라

나는 이 몸이 마음 다 바쳐

너의 불길 더 높이 솟구치게 하리라

위의 시는 상허 이태준 부인인 이순옥 여사가 마지막 남긴 글로 출처는 탈북 여류시인 최진이 씨가 《월간중앙》 2000년 11월호에 「이태준 痛哭의 가족사」이다.

자신을 가난하지만 빛나는 상허 이태준에게 모든 것을 다 바치고 뛰어든 한 마리 불나비로 비유하면서 '자신은 몸과 마음을 다 받쳐 더 빛나게 할 것이다.'라는 간절한 마음을 표현하고 있다. 이 글은 본 상허 이태준은 '평생 작가 영감 따라다니더니 이젠 제법 문필쟁이 흉낸다.'라는 말로 미소를 지었다고 한다. 이렇게 평생 영혼의 단짝이라고 할 수 있는 이순옥 여사와 만남은 생활이 안정되었고 문학적으로도 객관적 타당성을 갖는 역할을 한 것으로 판단되고 있다. 또 가장으로서 책임을 다하기 위해 더 열정적인 창작활동으로 최고의 전성기를 맞이할 수 있었다.

가. 당대 최고 엘리트 이순옥 여사와 결혼

상허 이태준은 결혼 전에는「불우선생」작품 배경이 된 것처럼 '돈의동(敦義洞) 의신여관'과 같은 싸구려 하숙집은 전전했었다. 항상 하숙비를 내느라 쪼들린 생활을 했던 것은 작품「까마귀」에서 '한 달에 이십 원 남짓하면 독방을 차지할 수 있는 학생층의 하숙생활조차 뜻대로 되지 않을' 정도로 생활고에 시달렸다. 그런 상황에서 결혼을 계획한다는 것은 수필「악반려」에서 표현한 것처럼 '혼자나 고생하는 것'이 현실적인 판단일 수도 있었다. 그럼에도 '평생 총각으로 늙지 않으려고' 결혼을 선택하게 된다. 그렇다면 상허 이태준과 부인인 이순옥 여사와는 어떻게 만났을까? 한 사람은 소설가였고 한 사람은 피아니스트였기 때문에 낭만적인 만남을 상상할 수 있다. 그러나 단편「장마」에 '우리 부처는 어떻게 되어 혼인이 되었더라?'는 이야기로 시작된 이순옥 여사와의 만남은 아주 촌스러움 그 자체였다.

나는 강원도, 아내는 황해도, 내가 스물여섯이 되도록, 한 번도 본적도 없고 들은 적도 없다. 다만 인연이란 내가 잘 아는 조양(지금은 그도 여사이나)이 내 아내와도 친한 동무였다.

조양은 저쪽에다 나를 무엇이라고 소개했는지는 모르지만 나한테다는,

"첫째 가정이 점잖고, 고생은 못 해봤으나 무어든 처지대로 감당해 나갈만한 타협심이 있고, 신여성이라도 모던—과는 반대요, 음악을 전공하

나 무대에 야심이 있는 것이 아니라 취미에 그칠 뿐이요, 인물은 미인은 아니나 보시면 서로 만족하실 줄 압니다." 하였다.

—《서음출판사》, 「장마」, 1988년

위의 글은 상허 이태준과 이순옥 여사가 처음 만나게 되는 인연을 소개하고 있다. 서로 아는 사이가 아니었고 상허 이태준이 아는 조양이라는 여자가 이순옥과 친한 사이로 소개를 시켜주는 과정을 이야기하고 있다. 상허 이태준에게 '점잖고 고생은 안 한' 집안이라는 점을 이야기하면서 '음악은 취미로 한다.'는 정도와 '미인은 아니지만 만족'할 것이라고 했다. 당시 상허 이태준은 단편 「기생 산월이」, 「은희 부처」를 발표하면서 문단에 겨우 이름을 알리는 수준의 소설가였다. 또 경제적으로도 시작 부분에서 이야기를 한 것처럼 싸구려 하숙집에서 독방을 차지할 능력이 없어서 여러 명이 같이 살고 있었다. 이렇게 생활이 안정이 되어 있지 않았던 상허 이태준 입장에서는 조심스럽게 만나 보기를 청할 수밖에 없었다.

나는 곧 만날 기회를 청했었다. 조양은 이내 그런 기회를 주선해 주었다. 나는 이발을 하고 양복에 먼지를 털어 입고 구두를 닦아 신고 갔었다. 내가 보기만 하는 것이 아니라 나도 뵈이는 터이라 얼떨떨하여서 테불만 굽어보고 있었으나, 대체로 그가 다혈질(多血質)이 아닌 것과 겸손해 뵈는 것과 좀 수줍은 티가 있는 것과 얼굴이 구조무자형(九條武子型)인데 마음에 싫지 않았다.

-《서음출판사》, 「장마」, 1988년

　맞선을 보게 된 상허 이태준은 상대 여자가 '성격이 급해 보이지 않고' '겸손과 수줍은 티'가 있는 것이 싫지는 않은 느낌이었다는 것을 표현하고 있다. 또 첫 만남임에도 마음에 싫지 않을 정도로 호감을 느끼게 되었고 '이왕 만나본 김에야 좀 더 사귀어볼 필요가 있다' 하고, 다시 만남을 가지게 된다. 당시에는 끽다점(다방) 등이 활성화 되어 있지 않았고 또 그곳에는 문인들의 집합소였기 때문에 만나는 장소로는 적당하지 않았다. 그래서 선택을 한 것이 아래와 같이 밖에서 만나 산책을 하는 것이었다.

　　한번 같이 산보할 기회를 청해 보았다. 저쪽에서 답이 오기를 자기도 그렇게 하고 싶다고 하였고, 토요일 오후에는 두 시서부터 다섯 시까지, 세 시간 동안은 학교에서 나가 있을 수 있는데, 무슨 공원이나 극장같은, 번잡한 데는 싫다고 하였다. 나는 그때, 서대문턱 전차정류장에서 그를 만나가지고 어디로 걸어야 좋을지 몰랐다.

-《서음출판사》, 「장마」, 1988년

　드디어 두 사람이 만남을 가졌지만 어디로 갈지 몰라서 망설이게 된다. 왜냐하면 휘문고보 시절에는 은주라는 여학생과 연인관계로 발전을 했지만 그 당시에는 상허 이태준이 산술 과목을 가르쳐주는 조건으로 그 집에 기숙을 하는 상태로 외부에서 만나는 경우가 많지 않았다.

수업이 끝나고 '영신환'(급체를 치료하며 급성이나 만성 위장질환을 치료하는 처방) 장사를 한 것으로 알려지고 있지만 고학생들이 많아서 수입이 넉넉지 않아 매월 월사금 상습 체납자 명단에 오를 정도인 입장이라 만남을 가질 만한 장소를 애초 모르고 있었던 것 같다. 또 일본 유학길에 올라서는 여자를 만날 수 있는 여유가 없을 정도로 생활고에 시달렸고 귀국 후에는 취업난에 시달린 끝에 어린이 잡지를 전전하는 상황이었다. 이런 상허 이태준에게는 여자를 만난다는 것 자체가 사치스러운 일이었기 때문에 데이트에 대한 문외한 수준이었던 것으로 보인다.

그런 까닭에 냄새나는 거름마차가 다니고 햇빛조차 변변히 가리지 못하는 산기슭에서 대화조차 제대로 할 수 무학재 넘어 세검정에서 만남을 가졌다. 첫 번째 만남이 이 정도였다면 최악이라고 할 수 있다. 여자 입장에서는 무시당하는 듯한 불쾌감을 들었을 상황인데 기적처럼 결혼을 하게 된다. 이순옥 여사는 상허 이태준에게서 베토벤 같은 예술혼을 보았다는 이야기를 쓴 적이 있었고 연애에 능숙하지 못한 행동에 신뢰감을 가졌던 것으로 보인다. 결혼 후에 이순옥 여사가 성북동 이사를 와서 성북동 주변 풍경을 보면서 왜 그때 '이렇게 산보하기 좋은 데를 몰랐느냐고 상허 이태준을 비웃었고, 소설을 쓰되 연애소설은 쓸 자격이 없겠다.' 할 정도였다. 이것은 결혼 후의 일이고 이화여전 출신의 최고 엘리트 여성이던 이순옥 여사의 속마음이 고스란히 드러난 자료가 있어 소개해 보면 다음과 같다.

"또 이건 무슨 약속 위반이야? 혼인하기 전에 물질적으로 어떤 곤란이 있든지 불평하지 않기로 약속한 건 누구야?"

−《서음출판사》, 「장마」, 1988년

가난한 작가와 결혼을 하면서 물질적 불평을 하지 않기로 한 것은 소설가 아내로서 가난함을 숙명으로 삼겠다는 각오를 할 수 있다. 부잣집 여자의 경우 가난한 생활에 대한 공포가 있을 수도 있지만 이순옥 여사는 문학청년 그 자체를 좋아하고 선택을 한 것으로 보인다. 그런 마음을 드러낸 것이 아래와 같은 잡지에서 보인 내용이다.

우리 집 그분은 고화 도자기 같은 골동품을 대단히 사랑하시어 화병이나 꽃을 무척 좋아하십니다. 그런 것을 만질 때면 마치 어린애와 같이 보이지만 이런 것들을 모다 예술가의 생활을 미화하는데 중요한 역할을 한다는 것입니다.

이런 것을 이해할 수 없으면 예술가의 아내는 될 수 없습니다.

−《만국부인》, 「예술가 안해가 되려면−소설가 이태준씨

부인 이순옥 談」, 1947

이렇게 상허 이태준에 대해 이해가 깊었던 이순옥 여사 태도는 『무서록』에 등장하고 있다. 「고통과 불편」이라는 작품에서는 일제 강점기에도 고가이던 추사 김정희 글씨는 상허 이태준이 구입해서 자신의 서재에 걸 때도 별다른 타박을 하지 않고 예산에 없는 일을 한다는 식으로 넘어가는 포용력을 보여주고 있다. 예술가들이 범하기 쉬운 생활고

에 대한 무책임에 대해서 이순옥 여사는 예술을 미화하는 중요한 역할이 된다는 주장을 펼칠 정도로 언제나 상허 이태준 편이 되어주는 여자였던 것으로 보인다.

나. 상허 이태준 부부 결혼 관련 신문 기사

우여곡절 끝에 두 사람은 1930년 4월 22일 결혼을 하게 된다. 당시 신문에는 생각보다 많은 기사들이 보도되었는데 이것은 상허 이태준이 유명하지는 않지만 《중외일보》에서 기자 활동을 했고 여러 신문에 투고를 하고 있었던 것이 영향을 미친 것으로 보인다. 당시 상허 이태준은 1929년 《개벽사》에 입사를 해서 《학생》, 《신생》 등의 편집에 관여하고 있었으며 《조선일보》에 단편 「모던껄의 만찬」(1929년 3월 19일), 수필 「吾愛夏日之長」, 《동아일보》에 미술평론 「녹향회화랑에서」 등을 여러 편 발표하고 있었다. 당시의 결혼 기사를 소개한다.

제목: 李泰俊君結婚式
본사 귀자 리태준(李泰俊) 군과 금춘에 리전(梨專)을 마친 리순옥(李順玉) 양의 결혼식을 금이십이일 오후칠시에 리화전문대 강당에서 거행한다더라

－《중외일보》, 1930년

리태준군과 리순옥양의 결혼식은 22일 오후 7시 시내 정동 이화전문 대 강당에서 감리사(감리교 목사—저자 주석) 김종우씨의 주례로 거행

—《매일신보》'신랑신부', 1930년

다. 결혼 후의 심정을 표현한 수필 「악반려」

상허 이태준이 결혼을 하고 난 뒤에 솔직한 심정을 수필로 표현한 것이 월간 종합잡지 《신민》(1925.5.10.~1932.6.1)에 발표한 「악반려」이다. 그 내용을 보면 '혼자나 고생하시요. 우리 꼴을 보구려. 우리 쪼들리는 꼴을'이라고 하는 기혼 친구들과 '어서 가고 보시요. 언제 집 사서 문패 붙여 놓고 가려다간 평생 총각으로 늙지……'라는 미혼 친구들의 이야 기를 중에서 갈등을 하던 중에 결혼을 선택한다. 결혼 후에는 한 달 반 이라는 시간이 지나갔어도 아직 끝나지 않고 미진한 것과 같은 느낌으 로 아직도 진행 중인 것 같다고 행복한 표현을 하고 있다. 그런 마음을 다음과 같이 묘사하고 있다.

경이! 경이다. 그것은 역행자에게만 혜여(惠輿)된 특수 향락일지도 모 른다.

"자연스럽게 살자."

그것이 우리의 최초의 약속이다. 자연스럽게 살자. 자연스럽게 사는 생활이 최고봉의 행복이라고 아내는 평가하였다.

"좀 더 감격한 시간!"

이것이 자연스러운 생활의 내용일 것 같다.

– 「무서록」, 《깊은샘》, 「악반려」, 1999년

결혼 이후에 느끼는 행복은 어린 시절부터 고아로 떠돌았던 상허 이태준의 불행했던 삶이 비로소 자리 잡는 것이라 할 수 있다. 따뜻한 밥 한 그릇 제대로 먹지 못하면서 하숙집을 전전했던 상허 이태준에게 신혼은 꿈에서나 그려보던 상상이었을 것이다. 그렇게 주체를 못하는 감정을 표현하면서도 '우리에는 긴치 않은 반려가 있는데 그것은 가난이라고' 이야기를 하고 있다. 가난은 평생 따라 다니면서 자신의 행복한 결혼을 위협할 것이라는 의미로 '악반려'라고 경계하고 있다. 그런 마음을 담아서 쓴 작품이 아래에 설명한 「결혼의 악마성」이다.

라. 결혼 위기를 표현한 작품 「결혼의 악마성」

서로가 가난해도 자연스럽게 살자는 각오로 결혼을 했지만 '악반려'인 가난이 문제가 되어 위기가 있었다는 것을 보여주는 작품이 「결혼의 악마성」이다. 작품에 등장하는 S는 이순옥이고 T는 상허 이태준이다. 읽어보면 S에게는 사회 엘리트층과 부자 등이 신랑감으로 나타났지만 전부 거부를 한다. 그리고 택한 것이 '건강한 몸과 마음, 예술적 정열'이 있는 T였다. 그렇게 결혼을 했지만 세상은 만만치 않아 당장

'현실적 경제적 어려움'에 부딪치고 위기가 도래한다. 이것은 상허 이태준 부부에게는 한번은 일어날 수밖에 없는 일이었고 그것을 극복하면서 서로에 대한 사랑하는 마음이 더 굳어지는 것으로 형상화 하고 있는데 그것을 소개해 보면 다음과 같다.

① 주인공은 호수돈 여고를 졸업하고 이화여전 음악과를 입학한 S(이순옥 가운데 영어 표기로 추정)임.
② 어머니가 권한 첫 번째 결혼 상대는 '서울 재상가 자손으로 재물이 넘치고 일본에서 법률 공부 중인 잘생긴 남자였음.
③ 그러나 남들이 부러워하는 자신의 어머니가 폭군 같은 아버지에게 평생 시달리고 사는 것을 보고 자란 S는 "흥, 재상의 자식! 그 똥물에 튀길 조선 재상들! 그런 불명예를 명예라고..." 이런 생각이 들어서 없었던 일로 함.
④ 두 번째 상대는 황해도 황주의 제일 부잣집 아들이지만 "부자라서 싫다는 이유로 거절"
⑤ 세 번 째 상대는 S의 형부와 동창생이면서 미국 유학을 하고 대학병원에서 과장을 하고 있는 사람으로 좋은 매너와 깔끔한 성격 소유자였는데 '젠틀맨'이라는 이유로 3번 만나고 절교를 선언 함.
⑥ 그렇게 까칠한 S가 T(이태준의 가운데 영어 표기로 추정)를 만나서 사랑에 빠지게 되는데 아무 것도 가진 것이 없고 이름 없는 무명작가였음.
⑦ 집안과 주의를 반대를 무릅쓰고 S와T는 결혼을 하게 됨.

⑧ 결혼을 하자마자 당장 먹고 사는 문제에 직면을 하게 되면서 T는 월급도 안 나오는 신문사를 퇴직하고 원고료 주는 신문사를 문턱이 닳게 드나들게 됨.

⑨ 그것도 여의치 않자 친구가 '경찰서는 아니지만 조선 사람을 부리는 자리'를 주선 받은 T는 승낙 전보를 칠까 말까 망설이게 됨.

⑩ S는 T의 결정을 따르기로 하면서 '생활이 안정 되는 것과 T의 재능이 소진 되는 것'에 번민하게 됨.

⑪ S는 교회에 피아노를 치러 갈 때 까지도 망설였지만 갑자기 'T를 믿었던 연애 시절이 생각'으로 집으로 부리나케 돌아오면서 'T가 전보를 치지 않았으면 하는 바람'을 이야기하고 있다.

　　이 작품에는 이순옥 여사가 상허 이태준과 혼인하기 전의 상황을 자세하세 묘사를 하고 있다. 돈과 명예를 따라가기 보다는 아직 무명인 상허 이태준을 베토벤으로 생각을 하고 있었다. 재능을 갖고 있으면서 아직 발휘하지 못한 원석으로 생각할 정도로 끔찍이 사랑을 했던 것으로 보여 진다. 그런 연유로 임종 자리에서도 상허 이태준을 높은 자리로 올려 보내고 싶다는 마음을 표현 할 수 있었던 것이다. 작품 설명 ③에 '흥, 재상의 자식! 그 똥물에 튀길 조선 재상들! 그런 불명예를 명예라고...' 말한 것은 상허 이태준의 평소 지론이었다. 「사상의 월야」에서 저런 인물들의 민중의 명예와 목숨을 맡아가지고 일을 저지른 생각을 하니 분해 견딜 수가 없어서 '그래 오늘날 훌륭히들 되셨습니다.'라는 나라를 망친 관리들에 대한 반감을 드러낸 것에서 알 수 있다.

마. 상허 이태준 《중외일보》 근무

상허 이태준의 연보를 보면 《개벽사》를 퇴사하고 1931년 《중외일보》에서 근무를 한 것으로 기록 되어 있다. 그 이전인 1930년 이순옥 여사와 결혼을 했는데 아무래도 생활을 책임지기 위해 그래도 월급이 나오는 신문사로 직장을 옮긴 것으로 추측된다.

그 과정을 자세히 알아보면 상허 이태준과 《중외일보》는 특별한 인연이 있다. 당시 《중외일보》는 백산상회를 경영해서 독립자금을 송금했던 안희제(1885.8.4 ~ 1943.8.3.)가 운영을 했었다. 이 안희제는 상허 이태준이 원산 객줏집 사환으로 있을 때 알게 되었고 일본을 유학길에 나섰을 때 배를 타는데 필요한 '도항증'을 발급해 주는 도움을 준다. 이런 인연으로 상허 이태준이 1929년 10월 《중외일보》에 '제9회 협회 인상' 제목의 미술평이 실리게 된다. 이후 상허 이태준은 《중외일보》에 취업을 했으나 신문사가 경영난을 이기지 못하고 폐간을 하자 《조선중앙일보》 학예부로 자리를 옮긴 사실이 연보에 나와 있다. 이 상황을 바탕으로 쓴 소설이 「결혼의 악마성」이다.

이 작품의 주인공은 S이고 남편은 T이다. 결혼 후에 S의 생활고에 시달리는 성화에 다음과 같이 행동을 하게 된다.

S는 T에게 '그까짓 월급도 못 주는 신문사를 나오라' 편지를 쓰기 시작

했다. '수입만 상당한 데가 있으면 아무런 곳이라도 들어가라'고 까지 했다. T는 안 넘어갈 재주가 없었다. '살구 보자! 지조라는 것이 무슨 소용이냐. 내 속뜻 하나만 변하지 않으면 그만 아니냐?' 이렇게 돈에 노근노근해졌다. 월급이 안 나오는 신문사를 나오고 말았다. 원고료 주는 바람에 그 앞을 지나가기도 싫던 ○○신문사 문턱을 불이 나게 드나들기 시작했다.

　　여기에 등장하는 곳이 《중외일보》이다. 이 신문사는 1926년 11월 15일 창간, 1931년 6월 29일 제1492호를 끝으로 폐간되었다. 눈여겨볼 것은 단편 「오몽녀」를 투고해 당선된 《시대일보》의 후신이라는 사실이다. 이 《중외일보》는 '가장 값싸고 가장 좋은 신문'을 내세워 《동아일보》와 《조선일보》에 대항했지만 일제의 언론탄압을 받았으며 고질적인 재정난으로 1930년 10월 13일 자진 휴간했다. 그 뒤 2~3명의 사원들의 노력으로 속간되었으나 얼마 가지 못해 1931년 6월 19일 폐간되었다. 1931년 11월 27일 《중외일보》 후신으로 《조선중앙일보》로 바뀌었는데 상허 이태준은 계속 근무를 할 수 있었던 것으로 알려지고 있다. 그런 변화 과정을 상허 이태준은 단편 「불우선생」에서 주인공 송선생의 말을 빌려 '한동안은 《시대일보》에도 중요 간부였었고 최근에 《중외일보》에도 자기가 산파역을 한 사람 중의 하나였다는 것과'로 끌어들이고 있다.

상허 이태준의 신문사 생활은 어땠는지 알 수가 없지만 작가를 꿈꾸는 자신과 잘 맞지 않았던 것은 분명해 보인다. 그런 사실을 알 수 있는 것이 단편 「순정」으로 묘사되고 있는데 그것을 소개해 보고자 한다. 이 작품은 상허 이태준이 좌익 계열 문인으로 활동할 당시 기관지 형식으로 창간한 좌익 계열의 《문학》이라는 잡지에 「순정」 단편집 발간'이라는 광고를 낼 정도로 작가에게는 의미가 깊은 것으로 판단되고 있다.

① 작품의 주인공은 현이라는 신문기자이다

② 어느 날 신문사 박취체(이사)에게서 '내일 아침 아홉시 반 까지 집에 들려 달라는' 내용의 쪽지를 받는다.

③ 현이 아침을 일찍 먹고 박취체 집을 찾는다.

④ 현이 거절을 할 수 없는 이유는 박취체가 신문사 취직을 알선했기 때문이다.

⑤ 박취체는 '현에게 교제를 모른다면서 어제 편집 회의에서 있었던 일을 묻고, 월급을 올려 달라는 이야기를 했느냐'고 묻는다.

⑥ 현은 편집국장과 간부들이 '편집 이외의 거라도 신문사 발전을 위한 거라면 비록 불평이라도 하라'는 말에 '회계부에서 계산을 다해 주는 봉투를 왜 노동자들 삯전 타듯 줄을 서야 하느냐, 회계사원이 올라와서 봉투를 나누어 주면 좋겠다.'라는 건의를 했다고 이야기를 한다.

⑦ 박취체는 다른 사람들이 가만히 있는데 입사한 지 1년도 안 되는 현이 그런 이야기를 하느냐고 힐난을 한다.

⑧ 이런 지적에 현은 '간부들이 할 말을 하라고' 해서라고 한발도 물러서지 않는다.

⑨ 또 현은 한발 더 나아가 신문사 광고가 '사람을 속이는 협잡 내용' '갖은 음탕한 문구를 써서 청소년들의 야비한 호기심을 일으키는 내용'은 받지 말라고 건의를 했고 시정이 될 때까지 계속 이야기를 할 것이라고 말한다.

⑩ 박취체는 신문사가 광고 없이 어떻게 운영이 되겠느냐 물으니 현은 '신문사 수입은 모르겠지만 그런 광고를 없앤다고 타격을 받겠느냐'고 원론적인 이야기를 한다.

⑪ 박취체는 '잠자코 시키는 대로 하면 좋겠다.'면서 '전에 매관매직을 할 때 돈이 있는 사람은 벼슬을 샀고 돈이 없는 선비는 양반집 사랑에 가서 가래침 타구를 다 마시면서 벼슬을 나갔다.'면서 설득을 한다.

⑫ 이런 이야기를 들은 현은 '그렇게 비열하게 처세하라는 말'이냐 면서 화를 낸다.

⑬ 그리고 나오면서 신문사에 몸이 아파서 결근하겠다고 한다.

위의 모습은 단순한 소설 구성이 아니라 상허 이태준의 신문사 생활 모습이라는 생각이다. 불의와 타협을 하지 못하면서 '간부들이 자유롭게 건의를 하란다'고 하고 싶은 말을 다 하는 성격의 소유자가 바로 상허 이태준이었다. 여기서 주목을 해야 할 것이 주인공이 '현'이라는 사실이다. '현'이라는 이름의 주인공이 등장한 작품이 「순정」 이외에도

「패강랭」, 「토끼 이야기」, 「사상의 월야」, 등이 있는데 공통적으로 자전적인 소설이라는 점에 주목을 할 필요가 있다. 상허 이태준이 《문장》 신인 소설 평에서 '작품 속에 이름의 중요성'을 강조한 것에 비추어 보면 '현'=이태준이라 짐작하게 하고 있어서 앞으로 연구 대상이라 하겠다.

바. 상허 이태준의 신문사 근무와 작품

상허 이태준에게 신문사는 생활고를 해결하는 수단이 된다, 그것을 통해서 삶의 안정을 찾았고 음악을 전공한 이순옥 여사를 만나 결혼을 하게 된다. 그러는 과정에서 신문에 만족하지 못하는 자신을 「불우선생」에서 '요즘도 셋이나 있긴 하지만 그것들이 신문사요? 조선선 그런 신문사 백이 있어도 있으나마나요…,' 하는 불만을 간접적으로 드러내고 있다. 아이러니한 것은 불신을 표현했던 상허 이태준이 또 나중에는 신문연재 소설을 통해서 전국적인 인기 작가로 군림하게 되었고 작가로서 명성을 얻는데 결정적인 역할을 한다, 그런 영광을 얻는 데는 신문사를 근무한 경험이 큰 것을 부정할 수 없는 일이다. 그렇다면 상허 이태준은 신문사 근무 상태는 어땠을까? 그것을 정확하게 기록한 문서는 없다. 다만 상허 이태준이 쓴 작품을 통해서 유추해 보는 수밖에 없다. 신문사 생활을 기록한 작품이 많지 않지만 다행이 1931년 《철필》이라는 잡지에 투고된 「두 강도의 면영과 직업적 냉정 문제」에 어느 정도 남겨져 있다. 그 내용을 소개해 보자면 상허 이태준이 처음 발령을 받는 부서는 사회부였다. 이미 《시대일보》를 통해 「오몽녀」로 등단한 소설가라면 학예부에 발령이 나는 것이 타당하지만 솔직히 당시에는 무명에 가까운 작가였다. 《개벽》에서 근무를 하면서 자매지 성격인 《어린이》에 발표한 동화도 높은 수준이 아니라는 점을 생각해 보면 더욱 그런 상태였다. 상허 이태준의 첫 발령 부서는 사회부였다. 당시의 상황을 이렇게 기록하고 있다.

"나중에 어느 부서로 가든지 처음엔 사회부서에서 좀 치여나야 합니다. 무어 성격상 맞지 않으니 자신이 없느니 하고… 무에든지 맡기기만 하라고 흰소리 쳐야 합니다."

'사회부 기자로서 天才者에게 한할 직업이니 우리 같이 주시(主視)에 깐깐한 사람이었던 부류들의 사람들과 든지 척척 을리어 휩싸지 못하는 사람은… 들어오는 날부터 어서 학예부로 갔으면… 가면 일에 취미를 얻을 것 같고… 다소 자기의 솜씨도 써볼 것 같았다.

－《철필》, 「두 강도의 면영과 직업적 냉정 문제」, 1931년

상허 이태준은 신문사에 입사를 해서 자신의 성격과 맞은 학예부로 가고 싶었지만 신문사에서는 사회부로 발령을 받게 된다. 문제는 작품에서 밝힌 바와 같이 사회부 기자는 상황에 따라 잘 어울리는 사람이어야 하는데 이태준 선생처럼 주관이 뚜렷한 사람에게는 빌려 입은 옷같이 느껴지는 것을 당연한 일이었다. 이렇게 불편한 사회부 기자 생활을 상허 이태준은 그리 오랫동안 하지 않은 것으로 기록 되어 있다.

'이제 사회부 시대(시대라니까 바로 몇 해 동안 같으나 실은 삼 개월 동안)의 메모나 몇 장 뒤적거리자.'라는 내용을 보면 학예부로 옮긴 것으로 보인다. 그렇다면 그것에서의 생활도 마땅치가 않았는데 이유는 신문사 사정도 좋지 않아 '막상 부닥뜨리고 보니 자기가 편집하는 면이라고 마음대로 할 수 없고' 다음과 같은 문제에 봉착하고 있다.

　* 항상 원고가 부족하다.

　* 컷이나 삽화를 그리는 사람과 자신과의 시대성에서 차이가 난다.

　* 신문사 인쇄소에서는 일손이 부족하다.

　* 월급이 제대로 안 나와서 밥값이 몇 달 치씩 밀리니 일이 손에 안 잡힌다.

　* 연재소설 원고가 안 오는 날이 많다.

　* 광고가 적어서 신문 면수를 채우기 어렵다.

사. 상허 이태준의 신문사 사회부 근무

상허 이태준이 3개월간 보낸 신문사 사회부 기자 생활에서 얻은 경험을 쓴 것이 1931년 1월 《철필》이라는 잡지에 투고한 「두 강도의 면영(面影: 얼굴과 행색)」과 「직업적 냉정 문제」다. 우선 첫 번째 것의 내용은 새벽에 아현동에서 강도가 발생하고 저녁에는 '청엽정(연화봉: 마포구 공덕동과 용산구 청파동에 걸쳐 있는 산으로서, 산 형국이 연꽃봉오리 같다고 하여

유래된 이름)'에서 발생을 한 이튿날 아침 서대문 경찰서에 들어가서 체포된 강도를 만난 상황을 글로 쓴 것이다.

강도를 잡았다고 하는 사법 주임의 이야기를 듣고 그 얼굴을 보러 따라 들어가는 상허 이태준은 다음과 같이 생각을 한다.

'사법 주임의 뒤를 따라 여러 사람 속에 싸였으면서도 나는 어째 걸음이 쭈볏쭈볏해졌다. 저 놈들이 그 감때사나운 눈알을 부릅뜨고 '너희들 뭣하는 놈이냐' 하고 소리나 지르고 달려들어....? 설마 아무리 대담한 놈이기로 .... 형사들이 손을 묶어 붙잡고 있을 터지...아무튼 처참한 송장을 보는 것처럼 고약한 인상을 얻을 것이 무시무시했다.'

-《철필》, 1931년

이렇게 많은 생각을 하면서 자신이 활동사진에서 본 '장발장'의 주인공처럼 보기에도 큰 大男이면서 추남을 떠올려 조심조심 들어간다. 그러나 '사자인 줄을 알았다가 노루는 보는 격'처럼 형사 중에 가장 꼬맹이한테 묶여 나오는 강도들의 실망스러운 모습을 아래와 같이 묘사하고 있다.

'그 정기 없는 눈알. 영양부족으로 유지 같이 누르퉁퉁한 가죽, 소름이 돋아 바르르 떠는 입술, 땅만 굽어보고 어질어질하는 꼴들이란 저것들이 아무리 칼을 들었기로 누구를 위협하다니....'

−《철필》, 1931년

그렇게 볼품없는 모습을 '장발장'에서는 유치원이나 소학교 교원 노릇밖에 못시킬 마스크라는 점을 이야기하면서 한편으로는 애처로운 생각을 묘사하고 있다.

그들은 30이 아직도 못 된 인생의 꽃들이었다. 그런데 20고개부터 10여 년씩을 감옥에서 보냈고 또다시(이번 강도 사건으로) 10여 년씩을 감옥에서 살아야 할 그들이거니 하니 마치 감옥살이하러 이 세상에 나온 것 같았다.

"이번에도 10년짜리는 되지?"

"그럼 전과가 그렇게 많은데다가 두 군데서 범행을 했으니까 아무래도 15년씩은 넘어 될 터지."

"아얏, 이 망할 자식아, 내가 뭘 했다고 대가리만 때리니 이 망할 자식아…"

악에 받치어 반항하는 어린 학생의 울부짖음이었다. 나는 이 소리를 듣고는 가까이 갈 용기가 없었다.

그때에 어디선가 담당인 임군이 뛰어들더니 연필을 집어내며

"몇 명 갔어?"

나는 그때까지 수효를 세는 것을 잊어버리고 있었다.

"흥 이사람 이까짓 걸 … 못 본체 해야 돼…"

-《철필》, 1931년

위의 상황이라면 현장에서 기사를 취재하는 사회부와는 인연이 아닌 것은 분명하다. 또한 글 쓰는 재주가 탁월한 상허 이태준이 학예부로 자리를 옮긴 것은 다행이었다는 판단이다. 사회부에 계속 있었으면 신문사에서 퇴직을 하는 사태도 있었을 것 같다. 그러나 그런 현장 경험을 바탕으로 신문이나 잡지에 관한 주제로 작품을 썼는데 대표적인 것이 단편「아무 일도 없소」와 중편 소설「애욕의 금렵구」이다. 두 작품은 신문이 아니라 잡지사를 배경으로 쓴 작품으로 당시의 사회성을 반영하고 있다. 우선「아무 일도 없소」를 알아보면 다음과 같다.

① 주인공 K는 잡지사 신입 사원으로 신년 특집호를 준비를 한다.
② 편집 회의에서 사람들 호기심을 자극하는 '에로틱한 내용'을 특집으로 꾸미기는 것을 결정해서 신입 K가 유곽을 방문해서 경험담을 쓰기로 한다.
③ K는 못 먹는 술을 먹고 호객 행위를 하는 유곽을 방문한다.
④ 몇 번을 망설이다가 처음으로 이끌려 들어간 곳에서 너무 나이가 어린 여자를 만나서 돈 1원만 던지고 나온다.
⑤ 그렇게 나오는데 여염집 여자 같은 사람이 불러서 따라서 들어간다.
⑥ 그 집에는 양잿물을 먹고 자살을 한 어머니를 초상을 않고 있는 상태에서 장례비용을 벌기 위해 나섰다는 소리를 듣고 주인공 K는 '저들의 위해 나의 붓은 칼이 되리라 한 그 붓을 들고 자기는 무엇

을 나섰던 길인가? 고약한 놈이다.'라고 생각을 한다.

⑦ 주인공 K는 자신의 시제를 털어서 그 여자에게 주고 그 집을 뛰어 나온다.

⑧ 주인공은 이때 들리는 야경꾼의 딱딱 소리가 마치 '아무 일도 없소' 하는 것처럼 느럭느럭 울려 퍼진다고 묘사를 하면서 작품이 끝난다.

상허 이태준은 이 작품에서 '나이 어린 소녀가 몸을 팔고, 초상을 치르지 못하는 여염집 여자가 그렇게 사는 세상을 비판하고 싶었던 것으로 보인다. 어쩔 수 없이 몸을 팔고 있는 사회적 약자들의 이야기를 기사로 써서 판매 부수를 늘리겠다는 경영 방식에 대한 항변으로 판단된다. 어린 소녀 창녀에게는 1원을 던지고 나오고 어머니가 양잿물을 먹어서 장례비용을 마련하기 위해 호객행위에 나섰던 여자에게는 자신의 시제를 다 털어주는 주인공 K의 행동에서는 작가로서 사회적 약자들을 바라보는 시각이 확연이 드러난다. 여자로서 마지막을 내놓아야 하는 사람들의 상황을 고발하면서 그 깊은 절망과 분노를 마지막에 '불도 나지 않았소, 도적도 나지 않았소, 아무 일도 없소.' 하는 우회적인 방법으로 고발을 하고 있는 것으로 판단된다. 또「애욕의 금렵구」는 1935년 잡지《중앙》에 발표한 중편소설로 잡지사 내의 주도권을 두고 갈등하는 내용을 그리고 있는데 직접 경험한 것을 바탕으로 쓴 것으로 판단된다.

아. 상허 이태준과 이화여전 강사 임용

상허 이태준의 신분이 갑자기 상승한 것은 이화여전 강사로 임용이 된 것이다. 당시 학장은 김활란 박사로 학감으로 있었다. 당시 상허 이태준의 최종 학력은 휘문고보 중퇴가 전부였지만 소설 재능을 인정해서 임명을 했다. 이런 소식이 알려지자 보수성이 강한 교육계에서 반발이 발생하자 '그만한 작가가 없다.'는 논리로 임명을 강행한 것으로 기록되어 있다. 김활란 박사의 경우 나중에 친일파로 몰려 친일 인명사전에 등록되는 비운을 맞았지만 상허 이태준에게는 은인과도 같은 존재라고 할 수 있다.

이화여전 교수로 임용되는 시기를 회고하는 글이 9인회 멤버로 1995년 숨진 조용만의 상허 이태준 회상기에 기록되어 있는데 다음과 같다.

이태준이 1930년대 중반 장편 「딸 삼 형제」 등을 발표하면서 상당한 인기를 누렸고, 특히 여성들의 찬사가 폭발적이어서 당시 이태준이 이화여전 작문 강사로 출강하게 된 것도 이와 무관하지 않고… 당시 김활란 총장은 이태준의 인기와 간결하고 명징한 문장에 호감을 가져, 별반 내세울 학력도 없는(휘문고보 중퇴) 그에게 강사 자리를 제공하게 된다.

이런 김활란 총장과 상허 이태준 가족과는 교류가 있었던 같다. 재능을 알아보고 당대 최고 직업이라고 할 수 있는 대학 강사로 임명을 한 것에 가족들은 고마움을 느껴 호감을 가진 것은 당연한 일이었을 것이다. 그런 내용을 담은 것이 탈북 여류시인 최진이 씨가 《월간중앙》 2000년 11월호에 「이태준 통곡의 가족사」 제목으로 밝힌 내용이다. 최진이 씨가 평양을 떠나기 전에 상허 이태준의 딸 소명이 일기장을 봤는데 다음과 같은 내용이 있었다고 기억하고 있다.

어느 날 아이들은 어머니를 따라 이화여대에 가서 학장 김활란 선생을 보게 된다. 그는 50대 독신 여성이다. 결혼 안 하고 교육사업에 전심전력해 오는 고명한 분이다. 그의 명성은 국내는 물론 일본·미국에까지 널리 알려져 있다.

아이들은 이런 김활란 여사를 끝없는 숭배의 눈길로 쳐다본다.

"어머니, 나도 이담에 크면 시집 안 가고 김활란 선생님처럼 여성 활동가가 될래요!"

소명이 어머니에게 속삭이자 김활란 선생이 이 말을 듣고 아이들을 타이른다.

"아니다. 사람은 가정이 있어야 한다. 너희 어머니는 나보다 몇 배로 훌륭한 분이란다. 너희들은 꼭 어머니를 본받거라."

딸들은 어머니를 따뜻한 눈빛으로 새롭게 바라본다.

　　　　　－탈북작가 최진이 씨가 상허 이태준의 딸 일기장에서 본 내용을 증언

자. 상허 이태준 작품에 보이는 '온달콤플렉스'

작가에게는 작품을 이끌어가는 독창적인 방식이 있다. 상허 이태준 처럼 인간의 내면 심리를 묘사하는 작가에게는 『무서록』에 있는 수필 〈명제 기타〉 부분에서 '한번 결정된 작품 속 인물에게 천하의 어떤 작가도 끌려갈 수밖에 없다'고 할 정도이다. 상허 이태준은 자신이 설정한 작가를 마음대로 부리지 못할 경우에는 '작품을 포기 하거나 인물을 죽여야 한다.'고 고백을 하고 있다. 그런데 문제는 아무리 다양한 작품을 쓴다고 해도 작가에는 인물을 꾸며 나가는 일정한 패턴을 갖고 있다. 그것을 전문적인 용어로는 작품 세계라고 하지만 실제는 작가가 상상하는 허구이다. 다른 말로 픽션[fiction, フィクション, 虛構]이라고도 하는데 상허 이태준은 직접 경험과 가공인물 이야기를 묘사하는 방식으로 창작하고 있다. 그렇다고 해도 작가에게 상상력은 분명한 한계를 보이기 있기 때문에 분류해서 분석을 해보면 일정한 규칙 범주를 발견할 수 있다. 상허 이태준 소설에 등장하는 인물들을 보면 '남자 신분은 미천하고' '상대 여성은 높은 위치'를 갖고 있는 경우가 많다. 이것을 한마디로 정리하자면 '온달콤플렉스'라고 할 수 있다. 고구려 때 평강공주가 바보 온달과 결혼을 해서 각고의 노력과 공을 세워 왕의 사위로 인정받고 당시 14개 관등위 중 제7등위 관등, 힐지(纈支)라고도 하는 대형 벼슬을 한 것과 같은 심리를 '온달콤플렉스'라고 하는데 상허 이태준 소설에서는 자주 등장을 하고 있다.

* 여름마다 방문하는 별장에 사는 처녀와 가난한 뱃사람 철수

– 작품 「철로」

* 부잣집 외동 딸 은주와 가난한 고학생 송빈이와 만남

– 작품 「사상의 월야」

* 괴상한 문체를 쓰는 가난한 소설가와 폐결핵 때문에 휴양 온 여자

– 작품 「까마귀」

이렇게만 살펴봐도 작품에 등장하는 여성들의 신분은 남자들보다 높다는 것을 알 수 있다. 이런 신분상의 차이를 보이는 만남은 독자들에게 '평소 자신이 꿈꾸던 이상을 대리 실현하는 감정'을 주는 효과가 있었다. 상허 이태준은 '온달콤플렉스'를 단편에서만 활용하지 않고 각종 신문소설에 도입함으로서 인기 작가가 되는데 밑거름이 되었다. 이런 심리적 기반은 혈혈단신이던 자신과는 신분이 다른 이순옥 여사와의 결혼 과정에서 체득한 것으로 보인다. 따라서 상허 이태준 소설 분석을 '온달콤플렉스'를 바탕으로 한다면 새로운 시각으로 다가올 것이다.

차. 상허 이태준의 여성관

여성을 바라보는 눈은 선천적인 것도 있지만 사회화 과정을 통해서 완성된다. 상허 이태준 의 경우도 특별한(?) 사회화 과정을 경험하면서 많은 군상들을 만났지만 여성상이 완성된 것은 결혼 이후가 아닐까 한

다. 졸지에 부모가 사망하고 난 뒤에 천애의 고아가 됐을 때 삶을 지배한 여성은 상허 이태준이 「사상의 월야」 부제 '깊은데 숨은 꽃'에 서 '불쌍한 동무'라고 묘사한 외할머니였다. 할머니 이외에 만났던 여자가 아홉 살에 혼담이 오고 갔던 열여섯 살의 '서분네'였고 이후 용담에서 만나 서울까지 인연이 이어졌던 '장은주'가 전부였다. 그렇게 경험이 여성 많지 않은 상허 이태준에게 부인이 된 이순옥 여사는 여성관을 완성시키는데 절대적 영향을 미쳤을 것이다. 그런 여성관을 밝힌 1940년 8월 잡지《여성》에 '현대 여성 고민을 말한다.' '소설가 이태준, 여류 평론가 박순천씨 양씨 대담' 자료가 있어 소개해 보고자 한다.

　* 현대 여성 지도와 교육 – 전통적으로 가정 중심 교육에서 학교 중심으로 현실에 맞게 고쳐져야 한다.
　* 학생들 화장 문제 – 학교 당국에서 무작정 금지보다는 '화장은 해라 그러나...' 방식으로 자율에 맡겨야 한다.
　* 여성 정조 문제 – 잘못해서 몸 한 군데를 다친 것 정도로 인식해야 한다는 개방적 생각이다.
　* 여성 직업 종사 문제 – 가정생활을 보장하기 위해 기혼자는 소년처럼 노동 시간 제한이 필요하다.
　* 사생자 문제 – 아이 딸린 여자가 재혼을 하는데 방해가 되는 관념의 개선이 필요하다.
　* 미망인 문제 – 수절하는 것을 반대하는 입장을 보인다.
　* 여성 상담소 문제 – 중국 봉천이 있는 〈봉선당〉처럼 이유를 불문하

고 아이를 키워 주는 기관이 필요하고 관료적 상담 기관보다 우정으로 사귈 수 있는 곳이 필요하다.

상허 이태준은 당대 최고의 작가로 위상을 굳히면서 많은 여성들의 선망이 되었을 것이다. 특히 외모도 미남형으로 많은 여성들에게 인기가 높은 상황이었다. 그럼에도 단 한 건의 여성 문제도 일으키지 않은 것으로 유명하다. 일부에서는 병적인 결벽증이라는 비난이 있기도 했지만 상허 이태준만의 소신이라고 할 수 있는 여성관을 확인한다면 수긍이 가는 면을 발견할 것 같아 1939년 5월 14일 《조선일보》 '생활의 십자로에서 번민할 때 당신의 번민은 이리로 물으시오' 상담자로 나서서 답변한 자료들을 일부 옮겨 보고자 한다.

* 질문: 동성동본의 연애결혼은 절대로 안 될까요. (1939년 6월 6일)

답변: 미풍양속은 지켜야겠지요.

* 질문: 동경에서 유학할 때 간호부를 사귀었으나 부모님의 반대로 다른 여자와 결혼을 했는데 간호부가 다시 와서 공부를 더 하라고 합니다. (1939년 6월 9일)

답변: 간호부에게 사실대로 알리고 만남을 끊으십시오.

* 질문: 만주로 달아난 남편, 돌봐줄 희망이 없어요. (1939년 6월 30일)

답변: 남편 찾아가 다시 애원하시오.

* 질문: 병든 아내로 불만한 결혼 생활(1939년 7월 23일)

답변: 일시적 욕망보담 의리를 지켜라.

* 질문: 유곽 여자와 사랑을 길렀으나(1939년 7월 16일)

답변: 우선 애인을 마굴에서 구하라.

* 질문: 아기까지 낳고 보니 부인 있는 사나이(1939년 8월 9일)

답변: 남편은 본부인에게로, 당신은 어머니의 길로.

　박순천씨의 대담에서 보이는 상허 이태준의 여성관은 보수적이지 않다. 당시의 관점에서 보면 파격적인 답변이 많다. 이런 관념에 가장 영향을 미친 것이 자신이 첩의 자식으로 태어나 직접 받았던 차별 경험의 산물이라는 판단이다. 또 당시 젊은이들에게 자유연애 사상을 반영한 작품 톨스토이의 「부활」 같은 작품을 많이 읽는 것이 필요하다는 입장을 밝히고 있기도 하다.

　그럼에도 불구하고 실제 갖고 있던 생각은 '관습에 충실하면서 합리성을 제시하는 원칙론자'에 가깝다는 생각이다. 동성동본 금지 원칙은 지켜야 한다는 생각을 하면서 유곽에 있는 여자를 사랑하는 사람에게는 마굴에서 구할 것을 요구하고 있다. 병든 아내를 버리지 않아야 한다는 점과 결혼을 했으면 책임감을 가져야 한다는 의견을 내놓고 있다. 또 부인 있는 남자 아기를 낳은 질문자에게는 남자는 본부인에게 돌려주고 아기를 기르는 엄마가 되어야 한다는 답변을 하고 있다. 이런 점을 종합해 보면 상허 이태준은 결혼에 대해서 책임감을 갖고 생활했다는 것을 확실히 알 수 있다.

IV
성북동 수연산방이 반영된 작품 분석

    상허 이태준 삶에서 변곡점이 된 것이 이순옥 여사와 결혼과 성북동에 자택인 수연산방을 마련한 것이다. 집이 없이 하숙집을 전전하던 상허 이태준에게 자택 소유는 안정적인 삶을 영위하면서 여유 있는 삶을 가질 수 있게 만들었다. 상허 이태준에게 성북동 수연산방 시절이 작가로서는 전성기를 누리는 시기였다. 신문소설을 통해 소설가의 이름이 조선팔도에 알려졌고 카프에 대항하여 만든 '구인회'를 통해 순수문학의 가치를 높였다. 또 김연만의 후원으로 창간한《문장》주간으로 활동을 하면서 신인 소설가를 발굴하는 작업에 나서는 등의 활약으로 우리 문단을 주도, 자타가 공인하는 '대한민국 단편 소설의 완성자' 자리를 구축할 수 있었다.

가. 성북동 수연산방

상허 이태준은 집에 대한 아픔이 있는 작가다. 철원 용담에서 태어났을 때 아버지는 '동대문 밖을 나서면 거칠 것이 없었던'(「사상의 월야」에서 인용) 덕원감리를 지낸 당대 엘리트였다. 조선이 일제의 침략으로 몰락의 길을 걷자 신문물을 익혀 동지들을 모아 북간도에 새로운 나라를 세우려고 했던 개화파 지식이었다. 일본에서 귀국할 때 개화파 핍박을 피해 상여를 타고 용담으로 돌아왔고 그 이후 의병들에게 잡혀 온갖 고초를 겪으며 그들을 달래기 위해 많은 전답을 팔았다. 겨우 목숨을 건져 블라디보스토크로 전 가족을 데리고 망명길에 나섰었다. 그 원대한 꿈은 의병들에게 당한 고초 후유증으로 사망하게 되었고 귀국길에 나섰던 어머니와 가족은 풍랑을 만나 함경도 배기미에 정착을 한다. 먹고 살기 위해 강원도집이라는 음식점을 내 호황을 이룬 것도 잠시 어머니가 폐결핵으로 사망함으로써 졸지에 고아가 된다. 결국, 할머니를 따라 용담으로 귀향을 했지만 '한겨울에도 맨발' '단벌치기 옷'을 입고 갖은 구박 속에 살아야 했고 작은어머니가 제삿날 필요한 북어 한 쾌 사 오라는 60전을 들고 무작정 원산으로 가출을 한다.

이런 경험을 한 상허 이태준에게 집은 단순히 쉬는 곳이 아니라 생활이 안정되었다는 의미로 남달리 집착하는 성향을 보인다. 또 「낙화의 적막」 수필에서 밝혔듯이 '언제나 나무 있는 뜰 안을 거닐며 살아 보나하던 소원'을 갖고 있었다. 그러나 현실은 일본 유학 실패 후 하숙집을 전전하던 상허 이태준이 27세가 되던 1930년 이순옥 여사와 결혼을 하고 신혼집을 차린 곳은 '경성부 서대문정 2정목 7의3 다호'이다. 이후 토지 가격이 싼 곳이었던 '서울 성북동 248번지' 대지를 구입해서 건축을 한 곳이 지금의 수연산방이다. 서울시에서 아름다운 주택으로 꼽을 정도로 이름난 수연산방은 존 러스킨이 지적한 것처럼 '훌륭한 건축은 청부업자 기술로 되는 것이 아니라 그 건축물 주인의 인격으로 되는 것이다.'라는 말과 같이 상허 이태준 자신이라는 생각이다. 그래서 상허 이태준은 집에 대해서 어떤 신념을 갖고 있었는지 알아보는 것은 일제 강점기 활약했던 문인들의 기념관 건립 시에도 참고가 되리라 본다.

(1) 기와집에 설치한 시뻘건 벽돌 담장을 싫어했다.

당시의 문인들은 일본에서 들여온 뻘건 벽돌로 집을 짓는 것을 싫어했다. 조선 기와집에 뻘건 벽돌 담장을 설치하는 것을 보고 상허 이태준은 이렇게 표현을 하고 있다.

> 대체로 조선 사람들은 집을 짓는 걸 보아도 취미생활이 너무 없다. 조선 기와집엔 결코 어울리지 않는 시뻘건 벽돌담은 쌓되 추녀 끝을 올려 쌓는다. 그리고 스스로 그 감옥 속에 들어앉기를 즐긴다.
>
> ─『무서록』,《깊은샘》,「집 이야기」1988년

위의 내용을 보면 조선의 기와집과 뻘건 벽돌이 어울리지 않는다고 했다. 이것은 상허 이태준 개인 의견이 아니라 그 시대 문인들의 공통

된 시각이었다. 비록 일제에 나를 빼앗겼지만 주택만큼은 전통을 지켜야 한다는 소신이었다는 판단이다. 왜냐하면 한번 지은 건축물은 어쩌지 못하기 때문에 문인들 기념관을 설계할 때 뻘건 벽돌을 사용하지 않는 것이 필요한 것으로 보인다. 또 벽돌담을 추녀 끝까지 쌓아서 마치 감옥 같다는 점을 이야기하고 있다는 점도 눈여겨봐야 할 대목이다.

(2) 재목에 기름칠을 하는 것을 싫어했다.

일제 강점기에는 집을 짓는 나무에 기름칠을 하는 것이 유행이었다. 그것을 문인들은 '해어지기도 전에 버선볼을 미리 받아 신는 격'이라는 표현으로 부정적이었다.

> '멀쩡한 재목(材木)에 땀 흐른 얼굴처럼 번질번질하고 끈적끈적해 보이는 기름칠들을 한다. 돈을 들여가며 좋아하는 것은 무슨 유행병인지 모르겠다. 그런 기름이 공연히 수입되어 가지고 조선 건물을 모두 망쳐 놓은 것이다.'
>
> ─「무서록」,《깊은샘》,「집 이야기」, 1988년

이런 유행이 된 것은 서양 페인트가 일본에 수입되어서 '썩지 않는다는 점'과 '색채를 낼 수 있다는 점' 때문에 막 칠하는 것이 유행되었던 것과 유사한 일이었다. 그런 유행 때문인지 조선의 건축에는 '벽돌담'과 '기름칠'과 '페인트칠' 등이 일반화되었던 것을 비판하고 있다.

⑶ 유리창을 별로 좋아하지 않았다.

서양에서 수입된 유리창이 일제 강점기에는 상당히 유행하였다. 그것에 대해서는 상허 이태준은 별로 달가워하지 않았다. 오히려 창호지나 백지로 바르는 것을 더 좋아했다.

유리창도 편리하기는 하지만 큰돈을 들여서 지을 바에는 조선 건물로서의 면목을 죽여가면서까지 유리창에 열광할 필요는 없지 않을까.

남의 집이라도 높은 취미로 지은 집을 보면 그 집 주인을 찾아보고 싶게 정이 드는 것이다. 늘 지나다니는 거리에 그런 아름다운 집들이 좀 있었으면 얼마나 걸음이 가뜬가뜬 할까.

-『무서록』, 《깊은샘》, 「집 이야기」, 1988년

상허 이태준은 이렇게 전통이 무시되면서 문화가 변해 가는 상황을 단편 「장마」에서는 '비지니스의 능률만 본위로 통제하는 것은 그릇된 나치스의 수입'이라고 지적을 하고 있다. 또한 '개성을 살벌하는 문화는 고급문화가 아닐 게다.'라는 말로 일본 문화에 경계심을 보였다.

나. 수연산방 집터 마련

상허 이태준이 성북구에 지은 자택의 이름은 수연산방(壽硯山房)으로 '여러 사람이 모여 산속의 집에서 먹을 갈아 공부한다.'는 의미를 담고 있다. 이 수연산방의 건축에 대해서는 많은 이야기가 있다. 우선 집터를 마련하는 문제이다. 처갓집이 해주 벽성군 갑부였지만 한푼도 지원을 받지 못하고 직접 마련한 것으로 작품「장마」에 아래와 같이 등장을 하고 있다. 결국 상허 이태준 부부는 스스로 자기 집을 마련하는데 그 과정을 보면 다음과 같다.

신문소설이라도 한 옆으로 써내는 기술을 가져, 그때만 해도 (성북동)한 평에 이삼원씩이면 살 수가 있었으니 전차에서 나려 이십분이나 걷기는 하는 데지만 우선은 집 걱정을 면할 오막살이가 묻어오는 이백여평의 터를 샀고 그 후 부(府)로 편입 되고 땅 시세가 오르는 바람에 터전의 반을 떼어 팔아 넉넉한 십여간 기와집 한 채를 짓게 까지 되었다.

－「무서록」,《깊은샘》,「집 이야기」, 1988년

상허 이태준이 자택을 마련한 것은 신문소설을 써서 모은 돈으로 당시 경성 땅이 아닌 성북동에 오막살이가 붙어 있는 땅 이백여 평을 사게 된다. 그런데 운이 좋아서 부(府)로 편입이 되면서 땅 가격이 상승을 하자 반을 팔아서 기와집을 마련한 것으로 묘사되고 있다. 다만 당시에는 교통편이 아주 안 좋아 불편했다는 것이 가장 문제였다고 한다.

그러나 주머니 사정이 좋지 않았던 많은 문인들이 성북동에 거처를 마련함으로서 당대를 대표하는 문학인 촌으로 탄생하게 됐다. 처음 터를 마련한 상허 이태준 부부의 집은 초가집이었다는 것이 당시 취재에 나섰던 잡지에 실려 있다.

다. 오막살이에 살던 이태준 부부

지금의 수연산방을 두고 상허 이태준이 직접 지었다는 설과 철원읍 용담에 있던 할아버지 집을 헐어서 옮긴 것이라는 이야기가 들리고 있다. 특히 서울에서 철원으로 귀향을 한 친척들은 '용담의 할아버지 집을 헐어서 서울 이전' 주장이 있어서 먼저 정리해 보면 다음과 같다.

우선 용담에 있는 집을 헐어서 서울로 옮겨갔다는 이야기 근거가 없는 것은 다음과 같은 내용이다. 현실적으로 당시의 운송 수단으로는 어려웠던 점이 있고 또 정실부인도 아니고 첩에게서 태어난 서자가 종중 할아버지 집을 뜯었다는 것이 당시 상황에서는 상상조차 할 수 없는 일이기 때문이다. 더 구체적인 증거는 장기 이씨의 장손인 故이동진씨의 회고담 '근접하기 어려웠던 아저씨'(상허학회 저술, 깊은샘 2005.09.15.)에서도 '조부께서 서울에 집을 짓는다는 소식을 듣고 목재를 올려 보냈다.'는 이야기가 있는 것이 구체적이라 할 수 있다.

현재 수연산방은 서울시 민속자료 제11호로 지정 되어 있고 지붕에는 기와가 올려 있다. 그러나 1930년대 잡지 자료 탐방 기사에는 초가집이었다는 내용과 그것을 중축해서 오늘의 형태로 만든 자료가 있어서 소개해 보면 다음과 같다.

* 1933년 7월, 여성잡지《신가정》, 제목: 나무와 꽃 속에 싸인 초옥 − 상허 이태준의 집이 처음에는 초가집이었다는 것을 보여주는 탐방 기사
* 1934년 11월, 「무서록」 제목: 목수들 − 초가집을 다시 목수들을 시켜서 증축하는 내용을 쓴 수필 형식의 글

우선 당시의 인기 작가였던 상허 이태준 집을 탐방한 기록이 1933년 7월, 여성잡지《신가정》에 「나무와 꽃 속에 싸인 초옥」이라는 제목으로 남아 있어서 그것을 소개해 보면 다음과 같다.

'시내에 있고 새집이고 깨끗하고 넓은 기와집을 마다하고 외딴 데 있는 초가집을 찾어가는 이유가 어데 있을까'하는 일종의 호기심 겸 직업 심리에 이끌려 소설가 이태준씨 댁을 찾었습니다. 이리 꼬불 저리 꼬불 가다가 겨우겨우 번지를 찾었지만 '설마 이런 오막살이에서야 안 살겠지'하고 들어간 집이 씨의 댁이었습니다. 삼간초옥이 아니고 외누리 없는 사간초옥!
때마침 6월의 바람이 시원스럽게 불어오는 대로 훈훈한 풀냄새와 함께 꽃향기가 목을 휩쌌습니다. 몇 평 안 되는 아주 적은 마당이언만 마루

와 정면 되는 곳에 나비와 같이 샛노랗고 하늘하늘하는 꽃이 어떻게나 많이 피었는지... "저 꽃이 희한한게 낮에는 피었다가 밤에는 오무라져서 봉오리가 되어 버리는 게야."

좁은 마당가로 파초 나무 한 개가 제법 넓은 팔을 벌리고 흔들흔들하고 석류나무가 꽃망울이 맺혀 있습니다.

바로 뒷문 밖 담장에 붙어서 한련, 봉선화, 다알리아를 소꿉질하듯 심어 놓았습니다. 그리고 꽃 가운데 씨가 생기지 않고 꽃이 생기고 불란서 화가가 좋아했다는 해바라기를 심어 놓았습니다.

삥 돌아가면서 집 울타리는 나무를 심어 놓았습니다. 그리고 울밑 마다 갓나무 진달래 채송화 백일홍 모를 심어 놓았습니다. 그리고 한편 쪽을 이용해서 부인 이순옥씨가 채마를 심었습니다. 그리 큰돈 들인 것도 아닌 아담스러운 화초에 둘러싸인 초가사간의 참된 맛을 이제야 알았습니다.

라. 수연산방으로 개축

잡지 기자가 탐방을 나가 '설마 이런 오막살이에서야 안 살겠지'하고 들어간 사간 초옥 집을 상허 이태준 부부는 신문소설 인기 작가가 되면서 경제적 여유가 생기자 '벼르고 벼르던 안채' 증축을 하게 되었는데 그 과정을 작품「목수들」에서 자세히 묘사하고 있다.

목수 다섯 사람 중에 네 사람이 60객들이다. 그 중에서 '선다님'으로 불리어지는 탕건 쓴 이는 70이 불원한 노인으로 서울바닥 목수치고 이 선다님에게 '선생님'이라고 안 하는 사람이 없다 한다.

무슨 대궐 지을 때. 남묘. 동묘를 지을 때, 다 한목 단단히 보던 명수로서 어느 일터에 가던 먹줄만 치고 먹는다는 것이었다. 딴은 나무를 고르는 일, 나무를 재단하는 일 모두 이 선다님이 해 놓는데 십여간 남짓한 소공사이기도 하려니와 한 가지 기록을 갖는 습관이 없이 주먹구구인 채 틀림없이 해내는 것만은 용한 일이다.

위의 글을 보면 상허 이태준의 집을 증축하는데 목수 5명이 작업을 했으며 그 중에 리더격인 선다님이 있었다. 이 사람은 서울 시내 목수들에게 선생님이라고 불릴 정도로 실력이 있었는데 나라에서 하는 중요 건축 사업을 주도를 했었다. 그 선다님이 하는 일은 나무를 고르는 일, 나무에다 먹줄을 쳐서 재단을 하는 일이었고, 설계도를 보고 집을 짓는 것이 아니라 자신의 경험으로 일을 했다는 점을 기록하고 있다. 여기서 중요하게 봐야 할 부분이 집을 중축 작업의 리더가 궁궐작업을 한 사람이라는 것으로 상허 이태준의 집의 구조는 우리나라 전통 방식을 고수한 것이라는 점이다. 지금도 서울시에서 아름다운 주택으로 선정해 놓고 보존에 힘쓰는 것은 그만한 이유가 있기 때문이리라.

나는 처음에 도급을 맡기려 했다. 그런데 목수들은 도급이면 일을 할 재미가 없노라 하였다. 밑질까봐 염려, 품값 이상으로 남기려는 궁리, 그래 일재미가 나지 않고, 일 재미가 나지 않으면 일이 솜씨대로 되지 않는다는 것이었다. 이런 솔직한 말에 나는 감복하였고 내가 조선집을 지음은 이조 건축의 순박, 중후한 맛을 탐냄에 있음이라. 그런 전통을 표현함에는 돈보다 일에 정을 두는 이런 구식 공인들의 손이 아니고는 불가능한 것임으로 오히려 다행이라 여겨 일급으로 정한 것이다.

상허 이태준이 짓고 싶었던 집은 '조선 건축의 중후함과 순박함'을 표현한 것이었다. 그래서 서울에서 이름이 있는 목수들을 찾아서 맡겼고 그들의 솜씨를 마음껏 발휘할 수 있는 일당제를 선택한 것을 밝히고 있다. 당시 유행하던 도급으로 하면 비용을 줄일 수는 있지만 진정한 솜씨를 잃어버릴 수 있다는 발상은 상허 이태준이 우리의 것을 얼마나 사랑하고 있는지를 보여주는 대목이라고 할 수 있다. 상허 이태준은 '언제나 작품에서는 인물 하나만 잡아 따라가면 저절로 글이 완성이 된다.'라는 창작관을 갖고 있었다. 작품 「목수들」에서도 인물 묘사가 두드러지는데 소개해 보면 다음과 같다.

이들은 시속과는 먼 거리에 뒤진 공인들이었다. 탕건을 쓰고 안경집과 쌈지를 늘어뜨린 허리띠를 불두덩까지 늦추었고 합죽선에 일꾼으로는 비교적 장죽인 담뱃대, 솜버선에 헝겊 편리화들이다. 톱질꾼 두 노인은 짚세기다. 그 흔한 타월 하나 차지 않았고 새까만 미녕(무명)쪽으로 땀을 닦는다. 톱, 대패, 자귀, 먹통 모두 아무 상호도 붙지 않은 저희 수공품들이다.

이런 노인들은 왕십리 어디서 산다는데 성북동 구석에를 해뜨기 전에 대어 와서 해가 져 먹줄이 보이지 않아야 일손을 뗀다. 젊은이들처럼 재빠르진 못하나 꾸준하다. 남의 일을 하는 사람들 같지 않게 독실하다. 그들의 연장은 날카롭게는 놀지 못한다. 그러나 마음 내키는 대로 힘차게 문지른다. 그들의 연장 자국은 무디나 미덥고 자연스럽다.

인용된 글을 보면 목수들의 정성이 보이고 또 아름다운 집이 어떻게 완성이 되었는지 그림이 그려진다. 향후 상허 이태준 문학관을 건축할 때 참고해야 할 부분으로 보인다. 참고적으로 수연산방에 걸려 있는 현판은 모두 추사 김정희 선생의 글씨를 모사한 것이다. 상허 이태준이 추사 김정희 글씨를 모사하는 과정은 『무서록』에 「모방」에 자세히 나와 있다. '미농지에 대고 연필로 자형을 뜬 완당(김정희)의 두 폭 24글자에 먹칠하기 위해 이틀 저녁 세 시간 이상' 노력을 기울여서 '영화필름 조각조각을 보는 것 같은 생동감 없는 글자를 만들' 정도로 김정희 선생을 흠모한 것으로 기록되어 있다. 이렇게 추사 김정희 선생을 좋아했던 상허 이태준은 자신의 집을 지을 때 걸은 현판을 모두 추사 글씨로 한 것은 당연한 일일 것이다. 그러나 자세히 들여다보면 모사 작품이 공통적으로 풍기는 어딘지 모르게 딱딱한 느낌을 주는데 그 현판 내용을 소개해 보면 아래와 같다.

* 수연산방(壽硯山房) – 산골에 문인들이 모여서 공부한다는 뜻으로 벼루가 닳도록 글쓰기를 멈추지 않겠다는 이태준 선생의 마음을 담은 것

* 문향루(聞香樓) - 향기를 코로 듣지 않고 귀로 듣는 마음

* 죽간서옥(竹澗書屋) - 대나무와 산골물이 흐르는 글방

* 기영세가(耆英世家) - 고매한 인품의 노인이 사는 집

마. 수연산방에 있던 정원수

작가들은 자연을 아주 좋아한다. 인공적으로 꾸며진 것을 거부하고 외진 곳에서 불편한 생활을 선택하는 것이 작가들이기도 하다. 상허 이태준도 자연을 사랑했으며 그에 관련된 작품을 많이 남겼다. 그런 작품 중에서는 자신이 건축한 수연산방을 중심으로 쓴 것이 상당히 많다. 그것을 통해서 상허 이태준의 내면을 들여다보고자 한다.

'언제나 나무 있는 뜰 안을 거닐며 살아 보나' 하던 소원이 이루어지매 그때는 나무마다 벌레 먹은 잎사귀 하나 가지에 남지 않은 쓸쓸한 겨울이었다.

―『무서록 』, 《깊은샘》, 「낙화의 적막」, 1988년

자연은 신이다. 이름 없는 한 포기 작은 잡초에 이르기까지 신의 창조가 아닌 것은 없다.

우리는 자연을 파괴하고 불구가 되게 할 수는 있다. 그러나 그것을 창조하거나 개작할 재주는 없을 것이다.

─『무서록』,《깊은샘》,「화단」, 1988년

그러나 아직 그야말로 삼척미명(三尺微明), 일개 서생(一介書生)에게 있어서는 풍수(風水)를 가려야 하고 아역애아려(我亦愛我慮)로 일소아려(一所我慮)에 애착하지 않을 수 없는 것이다.

─『무서록』,《깊은샘》,「蘭」, 1988년

어제는 진고개를 지나가다 무슨 꽃인지 모르나 ... 십여 전에 한 묶음을 사들고 왔다. 김군이 오늘 놀러왔다가 내가 돈 걱정을 하는 것을 보고

"이 사람아 저런 건 안 사면 어드런가?"

이런 대답을 하고 서로 웃고 말았다.

"그러니 이 사람 꽃 사는 기분까지 바리고 무슨 맛에 사나......"

─『무서록』,《깊은샘》,「낙서」, 1988년

위의 글을 쓴 배경에는 이웃에 사는 노인이 분재를 하기 위해 나무에 철사를 감아 놓고 감상하는 것을 반발해서 쓴 것이다. 자연은 그냥 있는 그대로 놔두어야 한다는 생각은 자신의 작품에서도 자연스러움을 강조한 정신과 일맥상통하고 있다는 생각이다. 두 번째 글은 '자신이 어렵게 마련한 집에 대한 애착을 보여주는 글로 상허 이태준이 얼마나 집을 아끼고 사랑하고 있는지를 보여주고 있는 작품이라는 생각이다. 그리고 세 번째 글은 생활고에 시달리면서도 꽃을 사는 상허 이태준의 자연애를 여실히 보여주는 글이다. 상허 이태준은 화초뿐만 아

니라 나무에 대한 애착이 상당히 컸다. 어떤 생각을 갖고 있는지 알아보면 다음과 같다.

요즘은 그 봄이어서 아침마다 훤하면 일어나 뜰을 거닌다. 진달래나무 앞에 가서 한참, 개나리나무 옆에 가서 한참, 살구나무 밑에 가서 한참, 그러다가 거리에 나올 시간이 닥쳐 밥상을 대하면 눈엔 아직 붉고 누른 꽃만 보이었다.

-『무서록』,《깊은샘》, 「낙서」, 1988년

몇 평 안 되는 마당이나마 나무들과 함께 설 수 있음은 얼마나 감사한 일인가! 울타리 삼아 둘러준 십수 주(株)의 앵두나무를 비롯하여 감나무, 살구나무, 대추나무와 모란, 백화(白樺)의 한두 그루들, 이들은 우리 집 모든 식구들이 다 떠받들어 옳은 귀한 손님들이다.

-『무서록』,《깊은샘》, 「수목」, 1988년

나무는 클수록 좋다. 그리고 늙을수록 좋다. 잔가지에 꽃이 피거나, 열매가 열어 휘어짐에 그 한두 번 바라볼 만한 아취(雅趣)를 모름이 아니로되, 그렇게 내가 쓰다듬어줄 수 있는 나무보다는 나무 그것이 나를, 내 집과 마당까지를 푹 덮어주어 나로 하여금 한 어린아이와 같이 뚱그래진 눈으로, 늘 내 자신의 너무나 작음을 살피며 겸손히 그 밑을 거닐 수 있는 한, 뫼뿌리처럼 높이 솟은 나무가 그리운 것이다.

-『무서록』,《깊은샘》, 「수목」, 1988년

상허 이태준은 나무에 대해 '귀한 손님'이라는 생각을 갖고 있으면서 과실수보다는 우람하고 큰 나무가 집안을 덮고 있는 것을 좋아했다. 「수목」 수필에서는 '단 한 그루의 나무라도 큰 나무 밑에서 살고 싶다.' 라고 이야기를 하고 있다. 그 이유로 키가 낮은 과수나무 사이에서 주춤거리기보다는 청풍이 들고 나는 큰 나무 아래를 걸어보고 싶다는 심정을 표현한 것이다. 또 큰 나무 아래서 먼 하늘의 별빛을 바라보며 앞날을 생각하고 싶다고 희망을 담고 있기도 하다. 이런 생각의 근원은 부모의 그늘 없이 고아로 보낸 삶과 자신이 큰 나무로 성장하고 싶은 염원이 담긴 것이라 할 수 있다.

바. 수연산방에 있던 화초

상허 이태준이 집을 갖게 된 이후 가장 열심히 했던 것이 화초 가꾸기이다. 아침에 눈을 뜨면 출근하기 전까지 화초밭은 가꾸는 낙으로 살고 있었다. 그리고 좋은 꽃이 보이면 무턱대고 사서 심을 정도로 집착을 하는 성격이었다. 그런 상허 이태준이 집에서 키웠던 화초에 대해서 알아보면 다음과 같다.

(1) 겨울이면 사다 키웠던 수선화

상허 이태준은 정원에 화초들이 다 시드는 모습을 『무서록』 작품 「돌」에서 '가을꽃의 신세는 피기도 전에 서글프다.' 화단을 아무리 둘러

보아도 눈에 머무름이 없다.'라고 탄식을 했다. 이런 공허함을 채우기
위해 겨울이면 수선화를 사다 방에서 키웠던 것이다.

　나는 겨울이면 저를 사다 키우는 것이 무엇보다도 탐내온 향락이올시
다. 그것은 나의 단념할 수 없는 행복이올시다.

　방에 들어가면 문갑 위에 놓인 한 떨기 수선(水仙)이 무거운 고개를 들
기나 하는 듯이 방긋한 웃음으로 맞아 주었습니다.

–「무서록」,《깊은샘》,「수선」, 1988년

(2) 애지중지 키웠던 파초

　상허 이태준이 수연산방에서 살 당시에는 '이웃집에서 사온 큰 파초
가 있었는데 그것을 주제로 쓴 수필이 있어서 소개'를 해 보고자 한다.

　지나다닐 때마다 눈을 빼앗기던 이웃집 큰 파초를 그예 사오고야 만 것
이었다.

　파초는 소 선지가 제일 좋은 거름이란 말을 듣고 선지는 물론이요 생선
씻은 물, 깻묵 물 같은 것을 틈틈이 주었더니 작년 당년으로 성북동에서
제일 큰 파초가 되었고…

　나는 그 밑에 의자를 놓고 가끔 남국의 정조(情調)를 명상한다.

　오늘 앞집 사람이 일찍 찾아와 보자 하였다. 나가니

　"거 저 큰 파초 파십시오."

한다.

"팔다니요?"

"저거 이전 팔아 버리서야 합니다. 저렇게 꽃이 나온 건 다 큰 표구요, 내년엔 영락없이 죽습니다.

그까짓 거 팔아 뭘 허우."

"아 오 원쯤 받으셔서 미닫이에 비 뿌리지 않게 챙이나 해 다시죠."

그러나 내 마당에서, 아니 내 방 미닫이 앞에서 나와 두 여름을 났고 이제 그 발육이 절정에 올라 꽃이 핀 것이다. 얼마나 영광스러운 일인가! 그가 한번 꽃을 피웠으니 죽은들 어떠리!

무심코 바람에 너울거리는 파초를 보고 그 사람의 눈을 볼 때 나는 내 눈이 뜨거웠다.

"어서 가슈. 그리고 올가을엔 움이나 작년보다 더 깊숙하게 파주슈."

"참 딱하십니다."

그는 입맛을 다시며 돌아갔다.

－『무서록』,《깊은샘》,「파초」, 1988년

위의 글, 파초를 보면 상허 이태준이 화초에 대해서 어떤 생각을 갖고 있는지 잘 알 수 있다. 우선 이웃집에서 가장 큰 파초를 구입했고, 비싼 소의 선지, 생선 씻은 물 등으로 키우는 정성으로 성북동에서 가장 큰 파초 그늘 아래 의자를 놓고 남국의 정서를 느낄 줄 아는 사람이었다는 것을 알 수 있다. 또 비싼 가격에 팔라고 해도 자기 식구처럼 생각하는 자연을 사랑하는 마음이 드러나 있음을 알 수 있다.

(3) 상허 이태준과 가을 꽃

상허 이태준이 꿈에 그리던 집을 장만한 뒤에는 조석으로 화초를 둘러보다가 아침을 먹고 출근을 하는 생활을 이어갔다. 그러나 가을이 되면 꽃들이 지기 때문에 그 시기에 갖는 감정은 특별했다. 그런 아쉬움을 어떻게 달랬는지 작품「가을꽃」을 통해서 알아보고자 한다. 우선 상허 이태준은 겨울 준비를 위해서 미닫이를 새로 바르는 것을 좋아했다.

> 미닫이에 풀벌레와 부딪는 소리가 째릉째릉하다. 장마 치른 창호지가 요즘 며칠 새 팽팽히 켕겨진 것이다. 이제 틈나는 대로 미닫이를 새로 바를 것이 즐겁다.
>
> 아이 때는 종이로만 바르지 않았다. 녹비(鹿皮)끈 손잡이 옆에 과꽃과 국화가 맨드라미 잎을 뜯어다 꽃 모양으로 둘러놓고 될 수 있는 대로 투명한 백지로 바르던 생각이 난다.
>
> ─『무서록』, 《깊은샘》, 「가을꽃」, 1988년

위의 글을 보면 우리 조상들이 미닫이 하나에도 '사슴 가죽 손잡이'와 '꽃잎으로 치장'을 해서 가을이 지난 뒤에도 '달이나 썩 밝은 밤이면 밤에도 우련히 붉어지는 미닫이엣 꽃을 바라보면서' 낭만을 느끼던 풍류를 알 수 있다. 이런 생각을 하면서 상허 이태준이 정원에 심었던 가을 꽃에 대해서 남다른 생각을 글로 이야기를 하고 있다.

> 가을꽃, 남들은 이미 황금 열매에 머리를 숙여 영화로울 때, 이제 뒷산

머리에 서릿발을 쳐다보면서 겨우 봉오리가 트는 것은 처녀로 치면 혼기가 훨씬 늦은 셈이다.

과꽃은 가을이 올 때 피고 국화는 가을이 갈 때 이운다. 피고 지는 데는 선후가 있되 다 마찬가지 가을꽃이다.

과꽃은 흔히 마당에 피고 키가 낮아 아이들이 잘 꺾는다. 단춧구멍에도 꽂고, 입에도 물고, 달아 달아 부르던 생각은, 밤이 긴 데 못 이겨서만 나는 생각은 아니리라.

감상(感傷)이긴 코스모스가 더하다. 외래화(外來花)여서 그런지 그는 늘 먼 곳을 발돋움하며 그리움에 피고 진다. 그의 앞에 서면 언제든지 영녀취미(令女趣味)의 슬픈 로맨스가 쓰고 싶어진다.

―「무서록」,《깊은 샘》, 「가을꽃」, 1988년

인용된 내용을 보면 상허 이태준이 가을꽃을 감상하는데 그치지 않고 하나하나 남다른 생명력을 불어넣는 것이 특징이다. 가을꽃을 '처녀로 치면 혼기가 훨씬 늦은 셈'으로 표현한 것은 작가로서 상상력의 극치를 보여주는 대목이다. 또 과꽃은 어린 시절 어렵게 보내던 시기에 달을 보고 느끼던 아픔 즉 '추석날 헌 옷 때문에 낮에는 숨어 있다가 구별이 안 되는 밤에 친구들과 어울리던 달밤' '다른 집에 흩어졌던 삼남매가 배추 밭고랑에 앉아 달맞이 하던 추석' 등을 생각한 것으로 보인다. 그리고 코스모스에 대해서는 슬픈 로맨스를 쓰고 싶다는 감정을 나타내고 있는데 실제 숨겨진 것은 자신이 학창시절 사랑했던 여인(자서전적 소설 사상의 월야에 등장하는 장은주)에 대한 생각이라는 판단이다.

그 사례를 들어 보면 두 작품에서 나타나고 있다. 우선 「코스모스 이야기」는 부잣집 딸로 태어난 명옥이 주인공으로 그녀는 친구 정자 오빠, 현홍구를 사랑한다. 그러나 명옥은 마음에도 없는 200여 칸이 부잣집으로 시집을 가서 하인들에게 극진한 대접을 받으며 살아간다. 그러던 어느 날 자신이 온실 속에 화초라는 생각을 하고 모든 것을 버리고 도망을 치면서 작품이 끝난다. 상허 이태준은 이 단편을 코스모스 이야기로 제목을 붙인 것은 '주인공 명옥'이 자신이 사랑했지만 버리고 떠난 '은주'를 대입시킨 것이다. 주인공이 복에 겨운 자리를 박차고 나온 것처럼 은주가 자신에게 돌아왔으면 하는 희망 사항을 담은 것으로 분석된다.

또 다른 작품은 「코스모스 피는 정원」이다. 이 중편에서는 '은주의 딸 옥담'을 주인공으로 삼고 있는데 이야기 전개 내용 또한 '은주의 불행한 결혼을 그대로 묘사'를 하고 있다. 특히 옥담의 결혼 상대가 '은주가 결혼한 남자'와 판박이라는 점을 생각하면 상허 이태준에게 코스모스는 자신의 슬픈 사랑이라는 생각이다. 이런 작품에서 상허 이태준이 좋아하는 가을꽃이 '코스모스'였다는 것을 엿볼 수 있다. 따라서 상허 이태준 문학관이 조성될 경우 「코스모스 이야기」와 「코스모스 피는 정원」을 묶어서 코스모스 꽃밭을 조성하고 소설을 소개하는 입간판을 만든다면 작가 의도와 일맥상통하는 것이라 생각한다.

사. 상허 이태준과 사군자

상허 이태준의 작품 경향을 '우리의 옛것을 회복하려는 상고주의'를
바탕으로 한다는 분석이 많다. 이런 정신을 추구 한 것은 크게 두 가지
로 보여 진다. 하나는 우리의 문화를 회복시켜 일본 문화를 극복하자
는 것과 또 다른 것은 아버지가 구한말 고관을 지낸 자손이라는 자긍
심이라는 생각이다. 조선의 옛 정신의 핵심은 아무래도 사군자를 중심
으로 한다. 상허 이태준 의 작품에서는 국화가 등장을 하고 또 매화가
묘사되고 있다. 이태준 선생이 생각하는 사군자 중 우선 '차차 나이에
무게를 느낄수록 다시 보인다고 한다.'는 국화에 대해서 알아보면 다음
과 같다.

요즘 전발(電髮)처럼 너무 인공적으로 피는 전람회용 국화도 싫다. 장
독대나 울타리 밑에 피는 재래종의 황국이 좋고 분에 피었더라도 서투른
선비의 손에서 핀, 떡잎이 좀 붙은 것이라야 가을다워 좋고 자연스러워
좋다.

윗목에 들여놓고 덧문을 닫으면 방안은 더욱 향기롭고 품지는 못하되
꽃과 더불어 누울 수 있는 것, 가을밤의 호사다. 나와 국화뿐이려니 하면
귀뚜리란 놈이 화분에 묻어 들어왔다가 울어대는 것도 싫지는 않다.

—「무서록」,《깊은샘》,「蘭」, 1988년

위의 글을 보면 상허 이태준은 인공적으로 가꿔 기형적으로 꽃이 큰

전람회에서 보는 것보다는 울타리에서 자연스럽게 핀 국화를 더 좋아하는 것으로 묘사하고 있다. 이런 생각은 화려하고 잘난 사람들을 문학 작품 주인공으로 삼지 않고 들국화처럼 가난하고 못난 사람들의 이야기를 주제로 삼은 것과 일맥상통한다는 생각이다. 인공미보다는 자연스러움을 강조하는 작품 성향과도 흐름을 같이 하고 있다.

또 난(蘭)에 대해서도 특별한 애정을 갖고 있었다. 그래서 상허 이태준은 '책이 지리 할 때, 붓이 막힐 때, 난초 잎을 닦아주는 것이 제일이다.'라고 생각을 갖고 있었다. 이것은 중국에서 학자들이 자주 인용하는 '내외 싸움을 하려거든 난초 잎을 닦아주란 말'에서 근거를 하고 있는 것으로 보인다. 그렇다면 『무서록』에서는 어떤 생각을 표현하고 있는지 알아보면 다음과 같다.

서화, 도자기는 언제든지 먼지나 털면 그만이다. 하루만 돌보지 않아도 야속해 하는 것이 난초이다. 그리 귀품은 아니나 향기는 좋던 사란, 건란, 십팔학사, 세 분을 3년이나 길러 오다가 하루 저녁 방심으로 지난겨울 모두 얼려 버렸다.

물을 주고 볕을 쪼여주고 잎을 닦아주고 조석으로 시중들던 것이 없어지니 식구가 나간 것처럼 허전해 견딜 수 없다. 심동(深冬)인 채 화원마다 뒤지어 겨우 춘란, 건란 한 분씩을 얻었다. 그리고 가람 선생이 주문해주신 사란도 수일 전에 한 분 왔다.

－『무서록』, 《깊은샘》, 「蘭」, 1988년

상허 이태준은 난초에 대해서는 상당한 소유욕을 갖고 있었던 것을 윗글에서 알 수 있다. 항상 난을 기르면서 실수로 동사시킨 뒤에는 직접 시내에 나가 다시 사서 오는 열성을 보였다. 또 「난초」라는 시조를 쓴 가람 이병기 선생이 난초를 보내 줄 정도로 애호가였다는 것을 알 수 있다. 그리고 일본을 여행할 때도 새로운 서적이 출판된 서점과 난초를 판매하는 곳을 방문하는 것이 필수였을 정도였다. 그런 내용이 1936년 4월 《조선중앙일보》에 9회에 걸쳐 실린 「여잔잡기」라는 작품에 등장하는데 소개를 해보면 다음과 같다.

천송이 카네이션 보다 만송이... 단 한 송이 꽃이로되 명란 한분을 구경하는 것은 이번 동경여행에서 가장 큰 기쁨이다.

마침 춘란이 피기 시작한 때라 상해로부터 직수입하는 경화당을 찾아갔더니 진종기화가 숲을 이루었는데...그 얼음 같이 날카로운 향기, 이 향기를 맡지 못하고 천하의 꽃향기를 말하지 못할 것이다.

아. 상허 이태준과 매화

상허 이태준에게 매화는 아주 특별하다. '매화와 난초 향기에 취해 열흘 동안 문을 걸어 잠그고 매화만 바라보고 싶다.' 이야기 할 정도로 애착을 갖고 있었다. 왜냐하면 상허 이태준이 느끼는 봄은 암담하였기 때문이다. 작가로서는 봄은 아래와 같이 특별한 것으로 표현하고 있다.

으레 봄이 오려니 한다. 해마다 이때면 이것을 믿어 허탕을 잡은 적이 없었다. 올해도 봄은 어김없이 올 것이다. 조선의 봄은 너무 가냘픈 봄이다. 노근하고 아슬아슬하여 간사한 친구와 한방에 있는 때와 같은 봄이다. '이전 좀 다른 봄이 왔으면!' 해진다. 좀 더 소리가 우렁찬 놈, 좀 더 빛이 좋은 놈, 좀 더 선이 굵다란 놈, 그런 봄이 왔으면 해진다.

-《신동아》, 「봄글」, 1934년

위에서 조금 더 우렁차고, 선명하고 굵다란 봄이 무엇인지는 알 수는 없다. 그러나 조선의 봄을 간사한 친구와 한방에 있을 때와 같다는 표현을 한 것은 은근히 '지조 없고 이해타산에 따라 움직이는 사람을 경멸하지만 어쩔 수 없이 같이 보내야 하는 자신의 상황'을 이야기 하고 있는 것 같다. 그런 세상이라고 느낀 봄에서 가장 지조 있는 것은 아무래도 매화라고 생각하고 자연스럽게 많은 수필을 쓰고 있는데 작품을 소개해 보면 아래와 같다.

동경행 오항 경유는 처음이므로 창밖을 자주 내다보았다. 직행선보다 해안 풍광이 더 좋을 뿐 아니라 매화가 한창이다. 같은 매화되 거리 집에 핀 것보다는 절 마당에 핀 것이 더 보기 좋고 산간계변에 펴 더 보기 좋다. 우리 경성 근방도 기온만 여기와 같다면 어떻게 하여서라도 매화 한 그루만은 창 앞에 심어 두고 그의 고한절(苦寒節)을 본받고 싶다.

-《조선중앙일보》, 「여잔잡기」6, 1936년

인용된 글은 상허 이태준이 일본을 여행하면서 느낀 것을《조선일보》에 9회에 걸쳐 연재를 한 수필 중에 6번째에 해당하는 것이다. 제목은「매화 총 기차」이고 첫 번째로 매화를 소개하고 있다. 일본에 핀 매화를 보면서 봄을 느끼는 것으로 자신이 사는 경성(서울)이 일본처럼 따뜻하다면 창가에 심어 놓고 싶다는 생각을 갖고 있었다.(상허 이태준 문학관이 건립된다면 창가에 매화 한 그루 심어 놓는 것이 좋다는 생각을 하게 만든다.) 그렇게 하고 싶은 이유는 매화가 봄의 추위 속에서도 당당하게 피는 절개 즉, 고한절(苦寒節)을 배우고 싶다는 선비 정신을 잊지 않겠다는 각오로 밝혀진다. 그런 정신은『무서록』의 작품「동양화」에 나오는 '미염(米鹽) 사지 못하면서도 매화 한 그루는 2백 냥씩이 주고 사던 단원 김홍도'라는 구절에서 읽을 수 있다. 그런 이유에서인지 몰라도 상허 이태준이 매화를 좋아하는 마음은 언제나 한결같았는데 그것을 소개해 보면 아래와 같다.

지난 가을에 누구의 글인지는 모르나,

散脚道人無坐性(산각도인무좌성) 앉을 성품 못 되어 이리저리 어정대는 노인

閉門十日爲梅花(폐문십일위매화) 문 닫고 십 일 동안 매화 피길 기다린다.

란 완서(阮書) 한 폭을 얻은 후로는 어서 겨울이 되어 이 글씨 아래 매화 한 분(盆)을 이바지하고 폐문십일(閉門十日)을 해 보려는 것이 간절한 소원이었다.

그러나 하루아침 크게 놀란 것은 집안사람이 온통 방심하여 영하 십

도가 넘는 날 밤 덩그런 누마루에 그냥 버려 두어 수선과 난초는 얼어 중상(重傷)이 되었으나 홍매(紅梅)라도 매화만은 송이마다 꽃술이 총기 있는 계집애 속눈썹처럼 또릿또릿해 주인을 반기지 않는가!

국화를 능상(凌霜)이라 하나 매화의 고절(苦節)을 당치 못할 것이요, 매화를 백천 분(百千盆) 놓았더라도 난방이 완비되었으면 매화의 고절을 받아 보기가 어려우리라. 절개란 무릇 견디기 어려움에서 나고 차고 가난한 데가 그의 산지(産地)라.

—『무서록』,《깊은샘》, 「매화」, 1988년

상허 이태준이 매화를 좋아 했던 것은 부친인 이창하 씨의 호가 '매헌(梅軒)'이었기 때문으로 보인다. 그런 연유로 일제 강점기 한글을 말살하는 정책을 펼치면서 총독부 기관지 형식을 갖고 있던 잡지《국민문학》에 민족혼이 담겨 있는 천년 고도 신라 경주를 여행하는 것을 주제로 쓴 작품 「석양」의 주인공의 이름이 '매헌(梅軒)'이다. 이런 호를 가진 사람은 아버지와 1932년4.29일 일왕 히로히토(迪宮裕仁)의 생일을 기념하는 천장절 겸 만주사변 승리를 자축하는 전승 축하 행사를 여는 홍구 공원에서 폭탄을 던진 윤봉길 독립운동가(1901-1932)였다는 점을 생각하면 상허 이태준에게 매화는 특별한 정신적 지주라는 판단이다. 교묘하게 검열을 피하면서 한민족 뿌리인 신라 경주와 일본에게 대항을 했던 아버지와 윤봉길 의사의 호를 언급한 것은 민족정신이 살아 있는 작가였다는 것을 느낄 수 있다.

자. 수연산방에서 성북동을 무대로 쓴 작품

상허 이태준이 작가로서 최고의 정점은 성북동에다 수연산방을 짓고 정착을 하고 나서부터이다. 우선 직업적으로는 이화여전에 출강을 하였고 신문소설을 연재하면서 조선 최고 작가라는 명성을 얻었다. 또한 잡지 《문장》 주간으로 각종 원고를 쓰기 위해 퇴근도 못하고 여관방을 잡아 놓고 창작에 매달리기도 한 것이 성북동에 터를 잡고 나서이다. 당대 최고의 신문소설작가였으면서 수연산방에서 많은 작품을 발표했는데 그것을 소개하면 다음과 같다.

* 「달밤」(《중앙》, 1933년)

이 글은 문안에서 성북동으로 이사 온 '나'가 황수건이라는 인물을 만나면서 이야기를 전개하고 있다. 황수건은 학교 급사로 있을 때 종을 일찍 쳐서 쫓겨났으며 정식 배달부가 소원인 신문 보조 배달부이고 형님 집에 얹혀살게 되는 얘기를 듣게 된다. 그러나 황수건은 보조 배달부 자리마저 빼앗기고 급사로 다시 들어가려 하지만 실패한다. 그를 딱하게 여긴 '나'는 그에게 삼 원을 주며 참외 장사를 시작할 수 있게 도와준다. 그러나 세상 물정이 어두운 황수건은 참외 장사마저 실패하고 설상가상으로 아내가 가출을 한다. '나'는 달밤에 담배를 피우며 서툴게 노래를 부르는 황수건을 목격하고 연민을 느끼면서 이야기가 끝이 난다.

어느 날 주인공 집에 가정부처럼 쓰는 색시가 들어왔는데 왈가닥에 선머슴 타입이다. 일을 꼼꼼하게 하지 못해서 항상 그릇을 깨트리기 일쑤이다. 그 색시는 킬킬거리며 웃길 잘하는데 과부라고 했지만 실제 로는 시어머니 이간질로 결혼이 틀어진 후였다. 큰어머니 따라 선도 몇 번 보고, 이웃집 하숙생들에게도 눈길을 주지만 그녀의 꿈인 새살 림은 그리 쉽지 않다. 새살림 차리면 쓰리라 전기다리미도 샀지만 하 모니카를 잘 불고, 캡을 멋들어지게 쓰는 새 신랑감은 구하기 힘들었 나 보다. '나'의 집을 나서며 살림 차리면 편지하겠노라고 받아간 주소 로 여태 편지 한 통 없다.

이 소설은 성북동에서 살면서 온 동네일을 참견하고 다니는 좀 모자 라면서 가난한 주인공은 '손거부'라는 이름으로 등장을 시킨다. 그러던 어느 날 손거부가 커다란 널빤지를 하나 들고 와서 문패를 써달라고 한다. 9식구 전부를 넣어서 문패를 만들어 주고 나서 손거부에게 아들 을 학교에 입학시킨다는 이야기를 듣는다. 손거부는 채석장에서 가서 일을 해서 입학금을 마련 아들을 학교에 보내지만 얼마 안 가서 학교 에서 정신 능력이 부족하다는 이유로 나오지 말라고 하는 처분을 받는 다. 이에 손거부는 학교에 안 보내기로 했다는 이야기를 하고 새로 태어난 아들 이름을 지어 달라고 한다. 주인공은 '국가의 녹을 먹고 사는 사람이 되라는 의미에서 손록성'으로 지어 준다.

* 「장마」(《조광》, 1936년)

1930년대 성북동에 사는 주인공 나는 2주간 계속되는 장마에 집 안에만 있게 되자 아내와 말다툼이 잦아지고, 전날 싸움의 화가 풀리지 않은 듯한 아내의 모습에 오래간만에 외출 복장을 하고 집을 나서면서 이야기가 시작된다. 버스를 타고 가면서 아내를 만나던 이야기를 그려 내고 있다. 안국동에서 전차로 갈아탄 후 1년간 근무했던 《조선중앙일보사》에 들려 인사를 나누고 출판국 직원이 「바다」라는 제목으로 수필 하나를 써 달라고 원고지와 펜을 내민다. 신문사를 나선 나는 말동무가 그리워 친구들이 많이 모여 있는 《조광사(朝光社)》에 들를까 하다 모두 일하느라 바쁠 것이 뻔한 노릇이라 다방 '낙랑'으로 발길을 돌린다. '낙랑'의 주인 이군을 만나려 했으나 그는 자리에 없었고, 고향 친구 학순이에게 『달밤』을 보내려고 서점에 들른다. 거기서 중학교 동창을 만나서 여자를 소개해 달라는 부탁을 거절하고 아내가 좋아하는 돼지족을 산 나는, 어릴 적 친구 학순이 보내 달라던 나의 책 『달밤』을 사서 부친 후 성북동 집으로 향한다.

어느 날 새벽 누가 여자 간난이를 집 앞에 버리고 간 것을 발견한다. 마침 아이가 없었던 부부였기 때문에 아내는 관심을 갖지만 주인공 나는 무관심하다. 아내는 정성을 다해서 보살피고 나는 아이를 파출소에 갖다 주자고 한다. 아내는 서운한 감정이 들어도 마지못해 그렇게 한다. 그러나 아내가 파출소에서 넘긴 고아원을 찾아가서 다시 보았다고 한다. 그런데 이상하게 나도 그 아이가 자꾸만 생각이 나서 고아원을 찾아갔는데 거기서 아기를 보러 온 아내를 만나게 된다. 두 부부는 아이를 입양 받아서 집으로 돌아오기 전에 아기 용품점에 들린다.

이 소설의 주인공은 현으로 신문사에 다니면서 신문소설을 쓰면서 예술 욕구를 채워 줄 수 있는 작품을 창작하고 싶어 하지만 가족의 생계 때문에 쉽게 사직하지 못한다. 자신만의 작품을 쓰고 싶다는 마음을 갖고 있던 터에 그가 다니던 《동아일보》의 폐간으로 실직자가 된다.

실직 후 며칠째 술만 마시는데 현의 아내는 퇴직금으로 토끼를 키우자는 것에 동의를 하고 실행에 옮긴다. 그 일을 하면 평소 쓰고 싶은 소설 작업을 할 수 있어서 동의를 했지만 토끼의 먹이가 귀해지면서 토끼 치기는 결국 실패한다. 여기저기 토끼를 팔아 보려고 해도 뜻대로 되지 않고 또 토끼를 팔려면 가죽을 벗겨야 하는데 그것도 자신이 없는 상태가 된다.

주인공은 어떻게 살아갈 것인가를 고민하다가 토끼 기른 이야기를 소설로 써 보려고 하는데 아내가 찾는다. 아내는 토끼 가죽을 벗기느라고 손이 피투성이다. 그러한 아내의 모습에 현은 충격에 빠지고 펄썩 주저앉을 듯이 산마루를 쳐다보면서 이야기가 끝을 맺는다.

상허 이태준은 소설뿐만 아니라 수필에서도 성북동을 배경으로 쓴 작품이 많은데『무서록』의 작품을 정리해 보면 다음과 같다.

* 「밤」 – 성북동에서 죽은 사람의 영구차를 보고 느낀 감정을 쓴 글로 내용에서 「까마귀」의 소재가 된 부분을 엿볼 수 있다.

* 「화단」 – 이웃 집 노인이 화단을 정성껏 가꾸면서 분재를 하는 것을 보고 자연을 파괴한다는 느낌으로 쓴 글.

* 「파초」 – 집안에 파초를 키우면서 생긴 일을 쓰고 있으며 장사꾼이 꽃이 크면 내년에는 죽는다고 팔아버리라고 하지만 그대로 키우는 내용임.

* 「돌」 – 정원에 돌을 보고 느낀 감회를 쓴 글

* 「성」 – 집 앞에 있는 산성을 보고 느낀 감정을 쓴 글

* 「가을꽃」 – 정원에서 가을을 맞이하는 꽃들에게 대한 소회를 쓴 글

* 「고독」 – 깊은 밤 느끼는 고독을 쓴 글

* 「수선」 – 문갑 위에 놓은 수선화를 보고 대화를 하면서 쓴 글

* 「수목」 – 집 안에 있는 나무들을 주제로 쓴 글

＊「매화」 - 마당에 있는 매화를 보면서 절개를 생각한 글

＊「목수들」 - 자신의 집을 증축하면서 목수 5명이 일을 하는 장면을 글로 표현한 글로 이태준 선생의 수연산방이 완성되는 과정을 알 수 있는 글로 그 이전에는 초가사간을 짓고 살았다는 것을 표여 주는 글

＊「봄은 어데 오나」 - 봄을 기다리는 마음을 표현한 글

＊「낙화의 적막」 - 속절없이 꽃이 지는 것을 애상적 느낌으로 쓴 글

＊「강아지」 - 장남인 유백이 이태준 강아지인 씨사와 마루 밑에서 노는 모습을 표현한 글

＊「수상 이제」 - 사이렌의 느낌과 교통과 불편을 쓴 두 개의 작은 소품 글

＊「한일」 - 《조선중앙일보》에 봄에 한가하게 이리저리 기웃거리는 무료한 심정을 두서없이 쓴 글

＊「집 이야기」 - 성북동에 집들이 늘어가는 모습을 표현하면서 조선의 미를 잃어버리는 안타까움을 글로 표현

＊「옆집 냄새 업」 - 옆집에서 마메콩을 튀길 때 나는 냄새와 옆집에서 키우는 닭의 똥냄새 등을 맡아야 하는 업보를 이야기 한 글

＊「고목」 - 성북동에 있는 고목을 보면서 느끼는 감정을 표현한 글로 주변과 어울리지 않는 양옥집과 사꾸라를 심은 것을 안타까워하는 글

＊「나와 닭」 - 시골에서 얻어 온 닭을 키우면서 느끼는 감정을 표현한 글

차. 나가는 말

상허 이태준 부부가 땅 가격이 싸다는 이유로 1933년 초가사간을 구입하면서 성북동에 자리 잡고 1946년까지 14년간 살았던 흔적이 21세기인 지금도 막대한 영향을 미치고 있다. '수연산방'과 상허 이태준의 영향을 받아 자리 잡은 화가이면서 「근원수필」을 쓴 김용준(1904.02.03-1967.11.03.)을 비롯해 「소설가 구보씨의 일일」의 작가 박태원, 김환기화가 등이 입주를 하면서 새로운 예술 마을로 만들어졌다. 그런 역사가 지금의 성북구를 만들었고 아직도 '수연산방'은 찻집으로 운영 되고 있는 가운데 1977년에 서울특별시 민속문화재 제11호로 지정되어 성북구를 대표하는 건물로 자리매김하고 있는 중이다. 상허 이태준의 고향인 철원에도 문학관 조성이 시작될 예정이다. 건물의 기본 형태를 수연산방으로 삼아 추진을 한다면 의미가 큰 문학관이 될 것이다.

V
상허 이태준의 뿌리 깊은 상고주의

작가에게는 자신을 지배하는 철학이 있다. 이것은 성장을 하면서 구축된 정신적 결정체이다. 그것을 파악하면 작가를 이해하는데 도움이 되면서 작품 속에 숨겨진 정신으로 안내하는 길잡이 역할을 한다. 이런 관점에서 보면 상허 이태준의 정신세계는 옛적 문물을 숭상하여 이것으로 표준을 삼고자 하는 상고주의가 바탕이 되고 있다. 서양의 신문물이 일본을 거쳐 들어오던 시기에 우리의 옛것에 집착했던 것은 왜색 문화에 물들어 가는 조선의 혼을 지키려는 몸부림이었다는 판단이다. 이런 관점에서 상허 이태준에 등장하는 상고주의를 알아보고자 한다.

가. 골동품 대신 고완품을 주장한 상허 이태준

상허 이태준이 특별하게 아끼는 물건이 있는데 그것은 '아버지가 남긴 도화 연적'이었다. 이것을 늘 곁에 두고 아버지에 대한 그리움을 갖고 있었다. 그런 성격은 옛날 선조들이 남긴 물건을 수집하는 취미가 만들어졌으며 나중에 이화여전 교수가 되었을 때는 당시 총장이던 김활란 박사를 졸라 수집을 하게 했다. 이것은 지금 유명한 이화여대 박물관이 되었다는 것은 이미 알려진 사실이다. 이렇게 옛날 물건에 대한 특별한 생각은 우선 '골동품'이라는 말을 '고완품'으로 고쳐야 한다는 작품을 쓰게 되었다.

> 고古자는 추사秋史 김정희선생 같은 이도 얼마나 즐기어 쓴 여운 그윽한 글자임에 반해 골骨자란 얼마나 화장장에서나 추릴 수 있을 것 같은 앙상한 죽음의 글자인가!
> 고완품들이 '골동' '골'자로 불리어지기 때문에 그들의 생명감이 얼마나 삭탈을 당하는지 모를 일이다. 말이란 대중의 소유라 임의로 고칠 수는 없겠으나 나는 될 수 있는 대로 '골동' 대신 '고완품古翫品'이라 쓰고 싶다.
> −『무서록』,《서음출판사》,「고완품古翫品(골동품)과생활」, 2005년

상허 이태준의 생각은 골동품이라는 말은 '무슨 물품이나 쓰지 못하게 된 것을' 이야기하는 것에 반대의 뜻을 나타내고 있다. 이유는 옛날 물건을 찾는 사람이 모두 나이가 먹은 노인들이라는 착각을 하고 그런 사람들의 애장품이라는 고정관념 때문으로 판단하고 있다. 또 骨자를 화장을 하고 난 뒤에 뼈를 추리는 것과 같이 살아 있지 못한 느낌이라는 점에서 추사 김정희가 즐겨 쓰던 古로 표현했으면 하는 바람을 밝

히고 있다. 또 골동품을 소장에만 집착하지 말고 그 물건 안에 담긴 숭고한 뜻을 먼저 알아야 한다는 〈상고주의〉를 주장하고 있다.

그러나 '최근 고전열古典熱은 고완품 가街에도 나타나 많은 청년들이 찾아오는 것'을 반기면서 '소장만 하는 것에 만족 하지 않고 선조들의 숭고한 뜻을 이해하는 노력이 필요하다.'면서 다음과 같이 이야기하고 있다.

고전이라거나, 전통이라는 것이 오직 보관되는 것으로만 그친다면 그 것은 '죽음'이요, '무덤'일 것이다. 우리가 돈과 시간을 들여 자기의 서재를 묘지화 시킬 필요는 없는 것이다. 청년층 지식인들이 도자기를 수집하는 것은, 고서적을 수집하는 것과 같은 의미를 나타내야 할 것이다.

완상이나 소장욕에 그치지 않고, 미술품으로, 공예품으로 정당한 현대적 '해석'을 발견하고 '고물古物' 그것이 주검의 먼지를 털고 새로운 미와 새로운 생명의 불사조가 되게 해주어야 할 것이다. 거기에 정말 고완의 생활화가 있는 줄 안다.

—『무서록』, 《서음출판사》, 「고완품古翫品(골동품)과 생활」, 2005년

상허 이태준이 이렇게 이야기한 것은 청년들이 고완품에 집착해 '현대를 상실한다는 것은 늙은 사람이 고완경古翫境을 영유치 못함만 차라리 같지 못하다.'라고 이야기를 한다. 이유는 '늙은 학자들에게 진품

서적은, 오직 소장이라는 것만으로도 명예의 유지가 되지만 젊은 학도에겐 『삼대목』 같은 꿈의 진서를 입수했더라고 소장만으로는 차라리 불명예일 것이다.'라는 입장을 이야기하고 있다. 이런 주장을 하는 내면에는 젊은이들이 우리 민족의 문화와 정신을 이어받아야만 일본을 이길 수 있다는 본심이 깔려 있는 것이 아닐까 한다.

나. 아버지 유품 도화 연적

고완품에 특별한 생각을 갖게 한 것은 앞에서 이야기한 것처럼 아버지가 남긴 '도화 연적'이다. 이것에 대한 글을 알아보면 다음과 같다.

(도화 연적) 저것이 아버님께서 쓰시던 것이거니 하고 고요한 자리에서 쳐다보면 말로만 들은, 글씨를 좋아하셨다는 아버님의 체취가 참먹 향기와 함께 자리에 그득 차는 듯하다. 옷깃을 여미고 입정(入靜-무아의 경지에 들어감)을 맛보는 것은 아버님이 손수 주시는 교훈이나 다름없다.

옛날 물건을 유독 아끼는 마음을 가진 상허 이태준에게는 평생 애지중지하던 것이 있었다. 그것은 아버지가 물려주신 유일한 유품 도화 연적이었다. 어려서 잃은 부친 생각이 날 때마다 상허 이태준은 이 연적을 바라보면서 슬픔을 달랬을 것이다. 그리고 그런 마음들이 우리 조상들의 손때가 묻은 애완품들을 이렇게 좋아하게 되었다.

> 고인과 고락을 같이한 것이 어찌 내 선친의 한 개 문방구뿐이리요. 나
> 도 차츰 모든 옛사람들 물건을 경애하게 되었다. 휘트먼의 노래에 '오, 아
> 름다운 여인이여, 늙은 여인이여!'한 구절이 가끔 떠오르거니와 찻종 하
> 나, 술병 하나라도 그 모서리마다 트고 금간 데마다 배고 번진 옛사람들
> 의 생활의 때는 늙은 여인의 주름살보다는 오히려 황혼과 같은 아름다운
> 색조가 떠오르는 것이다.
>
> —『무서록』,《서음출판사》,「고완」, 2005년

상허 이태준은 조선을 대표하는 고려자기도 좋지만 '이조의 그릇들
은 중국이나 일본 내지(內地)것들처럼 상품으로 발달되지 않은 것이어
서 도공들의 손은 숙련되었으나 마음들은 어린아이처럼 천진하였다.'
는 느낌을 표현하였다. 또 손은 익고 마음은 무심하고 거기서 빚어진
그릇들은 인공이기보다 자연에 가까운 것들이기 때문에 더 좋아한다
는 것을 글에서 표현하고 있으며 아버지가 남기신 연적에 대해서 1941
년에 쓴 『무서록』「고완(古翫)」에서는 이렇게 자세히 표사를 하고 있다.

우리 집엔 웃어른이 아니 계시다. 나는 때로 거만스러워진다. 오직 하
나 나보다 나이 더 높은 것은 아버님이 쓰시던 연적이 있었을 뿐이다. 얼
마 동안이었는지 모르나 아버님과 한때 풍상을 같이 겪은 물건이다. 그
몸이 어느 땅 흙에 묻힐지도 기약이 없는 망명자의 생활, 생각하면 바다

도 얼어 파도 소리조차 적막하던 블라디보스톡의 겨울밤, 흉중엔 무한한(無限 恨)인 채 임종하시고 만 아버님의 머리맡에는 몇 자루의 붓과 함께 저 연적이 놓였던 것은 어렸을 때 본 것이지만 결코 흐릿한 기억이 아니다.

네 아버지 쓰던 것으론 이것 하나라고 외할머님이 허리춤에 넣고 다니시면서 내가 크기를 기다리시던 것이 이 연적이다. 분원 사기(分院沙器ー조선시대 경기도 광주군에서 만든 사기)인 듯, 살이 맑고 붉은 점이 찍힌 천도형의 우아한 연적이다.

위의 글은 상허 이태준에게 아버지가 물려주신 연적에 대해서 자세히 묘사하고 있다. 아버지의 망명의 한과 젊은 시절 요절을 이야기 하면서 연적을 볼 때마다 마음 자세를 가다듬는 모습을 보면서 상허 이태준의 내면에는 아버님에 대한 존경을 표시하고 있다. 그런 표현들은 문학 작품에서도 많이 등장하는데 몇 개를 추려 보면 다음과 같다. 참고적으로 첫 번째 인용 내용은 '상허 이태준이 어머니와 함경도 배기미에 살 때 이야기' 두 번째 인용 글은 상허 이태준이 양자로 가서 있을 때 할머니가 찾아와서 주고받은 대화이다.

"엄마 내가 글을 지문 그 복숭아연적 줄 테유?"/아버지가 쓰시던 사기천도연적(天桃硯滴)이 장난감 같아서 진작부터 가지고 싶었던 것이다./진작부터 가지고 싶었던 것이다./"잘만 짐 주구 말고."(생략)그러나 정말 가지고 싶어 하는 천도연적은 주지 않으셨다.

"너이 아버지가 쓰시던 거라군 이 연적 하나 뿐이다. 네가 인재 커서 이런 걸 애낄 만하게 된 주구말구."

할머니는 부스럭부스럭하시더니 허리춤에서 커다란 복숭아 같은 것을 꺼내셨다./"뭐유?"/"전에 너 가지고 싶었던 거다."/"오 연적!"

봄달이 창 위에 희미하게 비춰있었다. 할머니 품에서 따뜻해진 사기 연적은 두 손으로 움켜쥐고 달빛에 비쳐보고, 뺨에 대어보고, 그리고 희미한 아버지 생각과 또렷한 어머니 생각에 살며시 잠겼다.

"너이 아비 쓰던 거다. 네가 글공부 안 허구 되겠나 생각해 봐라."

―《을유문화사》, 「사상의 월야」, 1946년

아버지가 남긴 유일한 유품 연적이 상허 이태준이 학업과 멀어졌을 때마다 다시 용기를 갖게 하는 역할을 한다. 첫 번째로 인용된 글은 함경도 배기미에서 상허 이태준이 공부에 흥미를 갖지 못해서 천자문을 두 번이나 배웠을 때 일어난 일이다. 이때 상허 이태준은 글을 짓겠다고 하면서 잘하면 아버지가 남긴 연적을 달라고 했다. 이때 이태준은 '천자재독아(千字再讀兒) 만문부독지(萬文不讀知)'라는 글을 짓는다. 이를 본 어머니는 서당 선생과 아이들을 불러서 천자책거리 잔치를 해 준다. 어머니의 이런 행동은 남편이 남긴 '어떤 경우에도 아이 의기를 꺾지 말라.'는 유언을 지키면서 상허 이태준에게 자긍심을 심어 줬던 것으로 보인다. 특히 상허 이태준이 서당에서 개최한 글짓기 대회에서 상을 타오면 그것을 들고 아버지 묘지에 가서 절을 올리게 한 것은 추후 작가가 되는데 밑거름이 되었으리라 본다.

두 번째 인용한 글은 상허 이태준이 안협 모시울이라는 곳으로 양자로 가서 글공부를 포기할 수밖에 없는 상황을 타개하기 위해 외할머니가 사위가 남긴 도화연적을 들고 가서 심리적 각성을 유도하는 내용이다. 당시 할머니는 상허 이태준을 산골에 둘 수 없어서 자신이 데리고 와서 글공부를 시킬 생각이었는데 양부가 반대를 해서 성사 되지 못했다. 그러나 양부가 장티프스로 사망을 하면서 다시 용담으로 돌아와 이봉하 선생이 운영하던 봉명학교에 입학하는 기회를 갖게 된다.

다. 추사 김정희와 상허 이태준

상허 이태준은 당장 끼니가 없으면서도 좋은 옛날 물건 있다면 망설이지 않고 구입한 것으로 유명하다. 그렇게 광적인 수집벽을 가진 상허 이태준이 정말 갖고 싶으면서도 소유하지 못한 사람의 작품이 있다. 바로 추사 김정희의 작품이다. 상허 이태준이 추사를 흠모하는 마음이 아래와 같은 작품에서 고스란히 쓰여 있다.

수일 전에 우연히 대혜 보각선사(大慧普覺禪師)의 「서장(書狀)」을 얻었다. 400여 년 전인 가정년간(嘉靖年間)의 판으로 마침 내가 가장 숭앙하는 조선의 대예술가 추사 김정희선생이 보던 책이다. 그의 인영(印影-인을 찍은 글자의 형적)이 남고 그의 필적으로 전권(책의 앞의 권)에 토가 달리고 군데군데 부연이 씌어 있다.

-『무서록』,《서음출판사》,「고완」,2005년

위의 글을 보면 단지 추사가 보던 책이라는 것 하나에 큰 의미를 두고 감격을 하면서 '내가 가장 숭앙하는 조선의 대예술가'라고 극존칭을 한 것을 보면 상허 이태준이 갖고 있는 존경심은 아주 컸다고 할 수 있다. 그러나 일제 강점기에는 추사의 작품이 비싼 가격에 매매가 돼서 상허 이태준조차 구입하기가 어려웠다. 그런 상황 되자 상허 이태준이 고안해 낸 것이 추사의 글씨 위에 한지를 대고 필사를 하는 것이었다. 그런 내용이 무서록「모방」에서 자세하게 나와 있는데 소개해 보고자 한다.

완당(추사 김정희 선생 별호) 글씨 구경을 갔었다. 행서 8폭 병풍을 족자로 고친 것인데 폭폭이 펼치어질 때마다 낙관이 있고 없고 진가를 의심할 여지가 없게 신운(神韻)이 일실(一室)을 압박하였다. 그 앞을 그저 떠나가기가 너무 서운해 같이 간 사람은 미농지를 빌려 두폭을 연필로 자형(字形)을 떴다.

모사는 같이 간 사람이 해왔으나 종이에 그것을 먹칠해 보기는 내가 먼저다. 도저히 원획이 날 리가 없다. 영화필름을 조각조각으로 보는 맛이다. 생동할 리가 없다. 그러나 멀리서 바라보면 자형이 우수하다.

－『무서록』, 《서음출판사》, 「모방」, 2005년

인용한 글을 보면 추사의 족자의 글씨가 너무 마음에 들어서 미농지를 대고 모사를 해온 뒤에 그것을 글씨를 만드는 과정을 이야기하고 있다. 먹을 칠해서 한 글자 한 글자 만들어야 하는 과정을 보면서 생동감이 떨어진다는 것을 이야기하면서도 멀리서 보면 비슷하다는 자기만족을 설명하고 있다. 그런 작업이 얼마나 걸리고 정성을 쏟아야 하는지 다음 내용에서 설명 하고 있다.

나는 낮에는 집에 별로 있지 못하다. 그런데 이 두 폭의 24자를 먹칠만 하기에 나는 이틀 저녁에 세 시간 이상씩 걸렸다. 완당이 자유분방하게 휘둘러 놓은 획 속에 나는 이틀 저녁이나 갇혀 있었다. 완당의 필력, 필의(筆意), 필후(筆後)를 이틀 저녁 체험한 셈이다.

완당의 획은 어떤 성질의 동물이라는 것을 만져지는 듯하다. 화풍이나 서체를 감식하려면 원작자의 화풍, 서체를 이해해야 하고 이해하려면 보기만 하는 것보다 모사하는 것이 훨씬 첩경일 것이다.

－『무서록』, 《서음출판사》, 「모방」, 2005년

모사를 하는 것은 글씨에만 한정된 것이 아니다. 작가 지망생들이 좋아하는 작가의 작품을 원고지에 옮겨 쓰는 것이 가장 효과적이라는 것을 다시 생각하게 만드는 구절이다. 이렇게 김정희 선생을 흠모한 상허 이태준은 자신의 집을 지을 때 걸은 현판을 모두 추사 글씨로 한 것은 아마 당연했으리라.

라. 만년필 애호가였던 상허 이태준

작가에게는 작품을 쓰는 방식이 다양하다. 음악을 들으면서 글을 쓰는 사람, 이외수처럼 다른 사람과 단절된 공간에서 상상력을 극대화하는 사람, 깊은 밤이 되어서야 펜을 드는 사람 등 다양하다. 상허 이태준은 '다른 사람들이 휴가를 떠나는 여름 모기장 안에서 글을 쓰는 낭만'에 대하여 이야기할 정도로 독특한 글쓰기를 하던 작가였다.

상허 이태준이 원고지에 글을 쓸 때는 항상 만년필을 사용했다. 상허 이태준은 자신의 수필에서도 이 만년필에 대한 생각을 표현했는데 관점이 약간 다르다. 그 두 개의 작품을 소개해 보면 다음과 같다.

이 만년필이 현대 선비들에게 빼앗은 것이 있다. 그것은 무엇보다도 '먹(墨)'이다. 가장 운치 있고 가장 정성스러운 문방우(文房友)였다. 종이 위에 그 먹같이 향기로운 것이 무엇인가. 먹처럼 참되고 윤택한 빛도 무엇인가. 종이가 항구히 살 수 있는, 그의 피가 되는 먹이 종이와 우리에게서 이 만년필 때문에 사라져 간 것이다.

서당에서 글 읽을 때 객이 오는 것처럼 즐거운 일은 없었다. 훈장은 객을 위해서는 "나가들 좀 놀아라."하는 것이었다. 그 중에도 필공(筆工)이 오는 것이 가장 반가운 것은, 필공은 한 번 오면 수삼 일을 서당에서 묵었고 묶는 동안 그의 화로에다 인두를 꽂고 족제비 꼬리를 뜯어 가며 붓을 매는 모양은 소꿉장난처럼 재미있었다.

붓촉을 이루어 대에 꽂아 가지고는 입술로 잘근잘근 빨아 좁은 손톱 위에 파임을 그어 보고 그어 보고 하는 모양은 지성이기도 하였다. 그가 훌쩍 떠나 어디로 인지 산 너머로 사라진 뒤에는 그가 매어주고 간 붓은 슬프게까지 보이는 것이었다. 그때 그런 필공들이 망건을 단정히 하고 토수(吐手)를 걷고 괴나리보따리를 끌러 놓고 송진과 아교와 밀 내를 피워 가며 매어 주고 간 붓을 단 한 자루라도 보관하여 두었던들, 하고 그리워진다.

－『무서록』, 《서음출판사》, 「필묵(筆墨)」, 2005년

위의 글을 읽으면 생활에 편리함에 따라서 만년필을 선택하는 '시속(時俗)' 이야기를 하고 있다. 그러면서 함경도 배기미에서 서당에 다닐 때 붓을 만드는 사람이 와서 직접 제작하는 모습을 그려내고 있다. 정성을 다해서 만들어 놓고 간 붓이 슬프게까지 보이는 느낌은 아마도 시속의 문물주의에 점점 퇴색되어가는 안타까움에 대한 표현으로 보여 진다. 그리고 그런 붓을 한 자루라도 보관하고 싶다는 생각을 하고 있는데 그것은 손수 제작하던 붓을 공장에서 대량 생산하기 때문이리라.

그리고 상허 이태준에게는 필묵은 특별한 의미가 있다. 그것은 아버님의 유일한 유품인 연적을 물려받았을 뿐만 아니라 그것을 통해 필묵

에 대한 애정이 남달랐다. 글씨를 좋아하셨다는 아버님을 떠올린 이태 준은 '골동품'을 '고완품'으로 바꿔야 한다는 생각을 하지 않았을까? 이 렇게 아버지에 대한 기억이 남아 있던 필묵에 특별한 애정을 갖고 있 던 상허 이태준은 문명이 발달하면서 등장한 '만년필'에 대한 묘한 감 정을 다음과 같이 쓰고 있다.

나는 만년필을 퍽 사랑한다. 붓은 내 무기이기도 하려니와 아마 나는 글을 쓰지 않더라도 만년필은 다름없이 사랑했을는지도 모른다. 나는 다 른 방면엔 박하더라도 만년필에만은 제법 흥청거렸다. 그리고 고급은 아 니지만 '콩클린'이나 '무아'나 아무튼 서양제가 아니면 사기를 싫어하였 다. 이 글을 쓰는 펜은 내 사랑하는 만년필은 아니다. 이 글을 쓰게 된 동 기가 역시 내 사랑하는 만년필의 실종에서거니와 최근 5,6년간 길들여 온 보스톤 무아 회사제의 만년필을 며칠 전에 경무대 마당에서 베이스볼 하러 갔다가 잃어버린 것이다. 웃저고리를 소나무에 걸어 놓았더니 어떤 얄미운 친구가 말할 줄 모르는 내 만년필을 싹 뽑아간 것이다. 그를 생각 하면 저고릴 입을 때마다 섭섭하고 무엇을 쓰려고 할 때마다 잊혀지지 않 는다.

－《학등》,「만년필」, 1934년

상허 이태준이 일제 강점기에 썼던 '콩클린' '무아' 만년필은 미국 제 품으로 단종 된 상태다. 당시에도 상당한 고가에 팔리던 물건이었는데 가난한 상허 이태준 입장에서는 무리를 해서라도 소지를 하고 있었던 것으로 보인다. 그런 만년필을 5~6년이나 애장을 하고 글을 쓰고 있었는데 야구를 하려고 벗어 놓은 윗옷에서 누군가 슬쩍 훔쳐 간 것을 이야기하고 있다. 이런 만년필에 대한 집착은 상허 이태준은 평생 동안 지배를 했는데 월북해서 숙청을 당할 때 인민군 간부가 상허 이태준이 갖고 있던 만년필에 욕심을 냈지만 결코 넘겨주지 않았다는 이야기가 있을 정도이다.

현재 이 '콩클린' '무아' 만년필은 상허 이태준 사료관에 보관되어 있는데 사연은 상허 이태준 문학관의 건립 준비를 하면서 미국 사이트에 상품으로 올라온 것을 직접 경매를 받아 구입했다고 한다.

마. 상허 이태준이 좋아했던 고전 문학

상허 이태준이 우리의 고전 문학을 바라보는 시각은 크게 두 가지이다. 첫 번째는 묘사에서 비현실적이라는 부정적 시각이다. 그런 의견을 밝힌 것이 1941년 발간 된 『무서록』에서 「조선의 소설들」이라는 제목에서였다. '현대 소설의 관점에서는 극히 먼 거리에 떨어져 있고 표현과 인물 묘사가 진실성이 없다.'라는 지적을 하고 있다. 예를 들자면 아래와 같은 구절이다.

두 볼은 한 자가 넘고 눈은 퉁방울 같고 코는 질병 같고 입은 미여기(메기) 같고 머리털은 도야지 같고 키는 장승만 하고...(장화 홍련전 내용)

이런 식의 표현을 보면 과장되어 있어서 현대 소설하고 차이가 크다는 지적하고 있다. 이런 원인을 중국에서는 거창하게 표현하는 사람을 대문장가라고 추앙하는 사대주의 여파라고 이야기하고 있다. 이런 방식은 이야기를 듣는 청중들의 호응을 이끌어 내기 위한 방편이지만 그래도 '문학이라고 할 만한 관대(寬大)는 가질 수 없었다.'고 지적을 하고 있다.

　두 번째 시각은 우리 문학은 조상들의 슬기와 동방의 정취가 담겨 있는 예술작품이라는 시각이다. 그런 평가를 내리게 된 이유는 아무래도 옛것을 되살려 민족성을 되찾으려는 상고주의적 정신인지 상허 이태준은 작품 곳곳에 그런 생각을 담아 놓고 있다.

　우선 당시 영향력이 컸던 잡지 《조광》에서는 반일 성격으로 '신라가 막을 내린 지 1,000년이 되는 바로 그달(1935년 11월)' 다음과 같은 내용을 특집으로 엮었다. 우리 역사를 어디서도 배울 수 없고 들을 수 없었던 그 암흑한 시기에, 유구했던 신라 천년의 역사와 찬란했던 그 문화를 「신라멸후(新羅滅後) 일천년(一千年) 회고(回顧) 특집」으로 편집한 것은 대단한 용기라는 판단이다. 지금은 바야흐로 조선 사람에게 엄숙한 각성이 있을 때다. 신라는 멸하였으나 신라의 문화와 정신은 구원(久遠)하여 문화는 없어지지 아니하는 것이다.
　신라 정신이 지금 필요하다는 것을 강조한 것은 우리는 일본사람이 아니라 조선 사람이라는 점을 분명히 한 것으로 약 74페이지 분량을 실었는데 이 잡지에 상허 이태준은 다음과 같은 글을 실어서 우리 옛 것을 음미했다.

신라 사람들이 밟은 층계로구나! 생각하니 그 댓돌마다 쿵 울리는 예전 사람들의 발자취 소리가 어느 틈에서고 풍겨 나올 것 같았다. 그들은 어떤 모양으로 신발을 신었던 것일까? 그때 부인들의 치마자락은 얼마나 고운 것이, 또 얼마나 긴 것이 이 층계를 쓰다듬으며 오르고 내린 것일까? 나는 아득한 환상에 잠기며 그 말없는 돌층계를 폭양(暴陽) 아래에 수없이 오르고 내리고 하였다.

지나간 사람들의 발자취, 우리는 어디서 그것을 만져 볼 것인가. 바람에 쏠리고 빗물에 닳았으되 그들의 밟던 돌층계만이 그래도 어루만지면 무슨 촉감을 줄 수 있는 것이다.

–《조광》, 「불국사 돌층계」, 1931년

인용된 글을 보면 상허 이태준은 불국사의 웅장한 탑을 묘사하기 보다는 서민들이 발자국이 남아 있을 법한 돌층계를 통해서 옛것을 이야기하고 있다. 그러면서 선조들이 다닌 돌계단은 수없이 오르락내리락 했다는 것은 우리의 전통 사상을 이어가고 싶다는 간절한 표현을 한 것으로 보인다. 또 상허 이태준 선생은 불국사를 기행을 주제로 소설을 쓴 것이 있는데 그것은 「석양」이라는 작품이다. 당시 일제는 조선의 모든 문학지를 폐간시키고 총독부 기관지 성격을 가지면서 일본어로만 편집한《국민문학》만 발간했다. 상허 이태준은 일본 기관지에 우리 민족혼의 뿌리가 되는 신라 불국사 이야기를 위주로 글을 쓰면서 혹독한 검열을 피하기 위해 '타옥'이라는 여성과의 로맨스를 그려 넣고 있었다. 주목할 것은 「석양」 주인공 이름이 매헌(梅軒)이었는데 앞에서 언급했었지만 그것은 '일본 세력이 미치지 않은 곳에서 새로운 나라를 세우겠다는 일념으로 망명길에 나섰던 아버지 이창하의 호이면서 1932년 4월 29일 일왕의 생일날, 상해(上海) 홍구공원(虹口公園)에서 거행된 천장절 및 전승 기념 행사장에 폭탄을 던져 일본 상하이파견군 대장 등을 즉사시킨 윤봉길 의사의 호'이기도 하다. 따라서 「석양」의 주인공 매헌이라는 이름은 작가로서 반발하는 방식이었다는 생각이다.

상허 이태준이 작품 활동을 할 당시에도 새로운 서양번역물이 쏟아져 나오던 시기였다. 조용하고 동적인 동양 문학에 비해 활동적이고 감각적인 서양 문학에 눈길이 가는 것은 자연스러운 일이었다. 그러면서도 한편에는 '고전을 읽자.'는 운동이 있었는데 깊이 있게 읽지 못하는 사람들에 대해서 경계하는 내용을 아래와 같이 쓰고 있다.

백수사의 새 번역물을 읽는 맛도 좋지마는 때로는 신문관이나 한남서원의 곰팡내 나는 책장을 뒤지는 맛도 좋아라. 고전 고전 하는 바람에 서양 것만 읽던 분들이 돌아와 조선 것을 하룻밤에 읽고 하룻밤으로 낙망한다는 말을 가끔 듣는바 그런 민활한 수완만으로는 서양 것인들 고전의 고전다운 맛을 십분 음미하였으리라 믿기 어렵다.

고려청자의 푸른빛과 이조백자의 흰빛이 지금 도공들로는 내지 못하

는 빛이라고만 해서 귀한 것은 아니니 고려청자의 푸름과 조선백자의 흼

을 애완함에 공예가 아닌 사람들이 차라리 더 극진함은, 고전은 제작 이

상의 해석, 제작 이상의 감각면을 따로 가짐이리라.

—『무서록』,《서음출판사》,「고전」, 2005

바. 상허 이태준이 좋아했던 백제의 「정읍사」

상허 이태준이 좋아 했던 고전문학 중에서 작품에서 언급을 했던 것

이 백제의 「정읍사」와 황진이를 비롯한 우리나라 기생들의 시문이다.

특히 상허 이태준의 작품에서는 「기생 산월이」 작품 「그림자」에 등장하

는 소련이 등 기생이 주인공으로 등장을 하는 경우가 많다. 그것 중에

서 상허 이태준이 극찬한 「정읍사」에 대해서 이야기를 해 보고자 한다.

상허 이태준은 옛 물건을 볼 때 겉으로 드러난 모양에 집착하지 말

라고 당부하고 있다. 그러면서 그 안에 담긴 의미 즉 '행간에 숨은 뜻을

보라'는 생각을 갖고 있다. 그런 마음을 드러낸 것이 아래와 같은 구절

이다.

"ᄃᆞᆯ하 노피곰 도ᄃᆞ샤

어긔야 머리곰 비취오시라"

이 노래를 읊고 무릎을 치는 이더러

"거 어디가 좋으시뇨"

묻는다더라도

"거 좀 좋으냐"

반문 이외에 별로 신통한 대답이 없을 것이다.

─『무서록』,《서음출판사》,「고전」, 2005년

위의 글은 유일하게 현재까지 전해오고 있는 백제의 노래로서 고려와 조선시대까지 속악(俗樂)의 가사로 불려졌던 「정읍사」이다. 그것에 대해 자세히 알아보면 아래와 같다.

『고려사』에 의하면 정읍의 한 행상인이 행상하러 나갔다가 오랫동안 돌아오지 않자 그의 아내가 망부석에 올라가 남편이 돌아올 길을 바라보며 혹시 밤길에 해를 입지나 않을까 염려하여 지어 부른 노래라고 한다. '/어긔야 어강됴리/ 아으 다롱디리'나 '어긔야' 등의 여음이 있으며 형식은 3연 6행이다. ─출처 〈다음 백과〉

상허 이태준이 작품에서 어디가 좋으냐고 물었을 때 특별한 설명 없이 '거 좀 좋으냐'고 이야기한 것에는 많은 것을 담고 있다. 좋은 문학 작품은 어떻게 설명할 수 없을 정도로 좋은 느낌을 주는 것이 특징이기 때문이다.

행상에 나간 낭군이 몸 성하게 빨리 돌아오게 기원하면서 달이 환하게 비쳐달라는 간절함을 담은 내용은 단순한 것 같지만 깊은 마음을 담

고 있다. 몇 줄로 여인네의 간절함을 표현한 것에 깔끔한 문장의 대가
인 상허 이태준 선생이 좋아했던 것은 당연한 것이라는 생각이 든다.

'ㄷᆞㄹ하 노피곰 도ᄃᆞ샤

어긔야 머리곰 비취오시라'

물론 묘구로다. 그러나 현대 시인에게 이만 득의의 구가 없는 바도 아
니요 또 고인들이라 해서 이만 구를 얻음이 끔찍하다 얕잡을 것은 무엇이
뇨. 한 마디에 백제가 풍기고, 여러 세세대대 정한인들의 심경이 전해오
고, 아득한 태고가 깃들임에서 우리의 입술은 이 노래를 불러 향기로울
수 있도다.

고령자의 앞에 겸손은 예의라 자기 하나에도, 가요 하나에도 옛 것일
진대 우리는 먼 앞에서부터 옷깃을 여며야 하리로다. 자동차를 몰아 '호
텔'로 가듯 그것이 아니라 죽장망혜로 산사를 찾아가는 심경이 아니고는
고전은 언제든지 써늘한 형해일 뿐, 그의 따스한 심장이 뛰어주지 않을
것이다.

–『무서록』,《서음출판사》,「고전」, 2005년

상허 이태준은 우리가 정읍사를 부름으로서 옛 전통을 찾을 수 있다
는 생각을 했고 어쩌면 당시 조선을 지배하고 있는 일본에게 문화를
전해준 백제를 이야기함으로서 '우리 문화가 더 우월하다는 점을 소심
하게 강조하려는 것'이라는 생각을 갖게 한다.

그리고 당시 경박한 해석에 치우진 고전 문학을 경계하면서 '완전히

느끼기 전에 해석부터 가지려 함은' 문제가 있다는 점을 지적하고 어떻게 바라봐야 할 것인지를 이야기 하고 있다.

사. 상허 이태준의 고완품 수집 관련 자료

상허 이태준의 우리 조상의 손때가 묻은 고완품을 수집한 것이 남아 있는 자료가 많지 않다. 『무서록』에 몇 편의 수필이 실려 있지만 구체적인 내용이 담겨 있지 않다. 다만 생활고에 시달릴 것을 각오하고 무리하게 구입한 사례가 있는 정도이다. 그러나 1930년대 신문에는 상허 이태준이 일본에 넘어간 고완품을 구입해서 귀국했다는 기사가 실려 있다.

언제부터 이태준씨의 동경(東京)행이 원셈인지 발이잣다 요지음에도 또 동경으로 떠났단다 그러면서도 창작은 다달이 꾸준이 내놓는다 그의 친지들 사이에는 대체 이 사람이 동경에 금광을 텃나하고 구수하게 정보를 듯지 못하야 궁금해 마지않는다.

『까십』子探 정한 바에 의하면 씨(氏)는 동경 갈적마다 커―다란 모튜렁크를 대동하는데 그 속을 조사해 본즉 무얼 골동품이 함뿍드러잇더란다 동양류의 고전을 사랑하는 씨다운 장사다.

─《조선일보》, 「문담카메라」, 1933년

위의 내용은 작가의 활동을 소개하는 코너인데 상허 이태준이 커다란 트렁크를 들고 일본에 자주 드나든다고 기사화하고 있다. 많은 사람들이 트렁크 내용물이 궁금했는데 그 안에서는 조선의 골동품이 함뿍 들어 있었다는 기사이다. 상허 이태준은 일본으로 넘어간 고완품들을 구입해서 가지고 온 것을 알려 주는 자료이다.

상허 이태준이 이화여전에서 학생을 지도한 것도 유명하지만 이화여자대학교 박물관의 기초를 쌓은 것도 후세에 남긴 소중한 유산이다. 그런 사실은 저명한 국어학자 일석 이희승이 그런 사실에 대해서 다음과 같이 기술을 하고 있다.

"상허는 월파와는 달리 술은 그리 즐기지 않았으나 얼굴 모습이 유난히 준수한 사람이었다. 그의 문장은 섬세하고 깨끗해서 특히 여성 독자들에게 대단한 인기를 끌던 당대의 작가였다.

골동품 수집 취미에 탐닉했던 그는 진고개 골동품상에 자주 다녔는데, 그의 권유로 나와 월파도 한때 고미술에 취미를 붙였었다. 그는 좋은 물건을 발견할 때면 분수도 모르고 욕심을 냈고, 힘이 미치지 못하면 김활란 선생을 졸라 사들이곤 했다. 학교에 방 하나를 얻어 그렇게 사들인 물건들을 진열하곤 박물실이라 했는데, 이것이 오늘날 이화여대 박물관의 밑천이 된 것이다."

– 《도서출판 선영사》, 「다시 태어나도 이 길을」, 2001년

위의 내용은 상허 이태준이 교수로 있었던 이화여전 때의 일을 이희

승(국어학자, 1896~1989)씨가 자서전 형식으로 쓴 것이다. 글의 내용에서 상허 이태준이 얼마나 조선의 고완품에 집착을 했었는지를 보여 주고 있다. 자신의 월급을 털어서 사지 못하는 고가의 물건은 이화여전 학장이던 김활란 박사(1899-1970)을 졸라서 구입하고야 마는 성격이었던 것을 알 수 있다. 그런 성향을 고백한 것인 「영월 영감」에서 주인공 영월 영감의 금광 개발 자금으로 천 원을 요구할 때 '성익이 무리해서 모아둔 고완품 중에 고려청자 찻종 하나와 단계석 벼루를 팔아서 칠백 원 마련'하는 장면이다. 그런 모습을 보고 영월 영감이 '넌 아버지를 닮는다고 하면서 아버지가 고석을 좋아하셔서서 안협에 사람을 보내 구해 오셨지…'라고 이야기를 하는 장면에서 상허 이태준의 상고정신 뿌리가 된 고완품 애호 정신을 엿볼 수 있다.

VI

상허 이태준과 기생 관련 문학

작가들 중에는 음주벽이 심한 사람이 많다. 그 대표적인 사례가 「논개」라는 작품으로 유명한 수주 변영로이다. 그는 자신의 단골 주점인 '은성' 주인 이명숙의 아들 최불암이 서라벌예술대학에 합격하자 막걸리 잔에 술을 한 잔 주었다. 하지만 최불암이 막걸리 잔에 뜬 술지게미를 손으로 걷어서 내는 것을 보고 변영로는 '이놈이 음식을 함부로 버린다.'며 즉석에서 귀뺨을 후려칠 정도였다. 이렇게 많은 작가들이 술을 좋아하는데 상허 이태준은 술을 좋아하는 편이 아니었다. 이화여전에서 학생을 가르친 이희승 박사는 "상허는 월파와는 달리 술은 그리 즐기지 않았으나..."라고 자서전에서 이야기할 정도로 애주가는 아니었다.

가. 술을 잘 못하던 상허 이태준

상허 이태준의 작품을 보면 주인공이 술을 이기지 못하고 사고(?)를 만드는 경우가 많다. 《동아일보》에 1931년 4월 21일부터 연재된 「고향」에서 주인공 김윤건이 술을 이기지 못하고 일행에게 주사를 부리고 옆방에서 마작을 하던 패거리를 주먹을 휘두르다 사은회를 하던 전문학교 학생들에게 잡혀서 '일본에서 6년 만에 돌아와 그날 저녁부터 관청의 신세를 지는 결론'이 있다. 또 1938년 8월 잡지 《삼천리》에 발표한 「패강냉(浿江冷:패강은 대동강의 옛 이름)」에서 '현실 문명에서 뒤떨어진 현이 술을 깨려고 마시던 사이다 컵을 얄미운 김에게 던져버리는' 장면 등이 대표적이라 할 수 있다. 여기에 등장하는 인물들은 상허 이태준이 처한 현실을 반영하고 있는 형태들이 대부분으로 술을 좋아하는 작가는 아니었던 것으로 보인다.

이것을 증명이라도 하듯이 수필에서 술을 주제로 쓴 '술을 고민하다'라는 의미인 「민주(憫酒)」 글에서 다음과 같이 이야기하고 있다.

> 술을 먹지 마시오.
>
> 나를 아끼는 이들의 친절한 부탁이다.
>
> 술을 배우시오.
>
> 이도 또한 나를 알아주는 친구들의 은근한 부탁이다.
>
> 술은 굳이 먹을 것도 아니오 굳이 안 먹을 것도 아닙네다.
>
> —「무서록」, 《서음출판사》, 「민주(憫酒)」, 2005년

위의 글은 술 먹는 것에 관해 주변 사람들이 하는 말이 달라서 고민한다는 의미에서 '민주(憫酒)'라고 이야기를 하고 있다. 그러면서 과맥전대취(過麥田大醉:밀밭을 지나는데 밀로 만든 누룩을 생각하고 취하게 됨)는 아니지만 적은 술만 마셔도 얼굴이 붉어져 친구들 술맛이 없게 만드는 수준이라고 고백을 하고 있다. 그런데도 상허 이태준은 술자리에 등장하는 기생을 주제로 삼아 쓴 글이 많다. 아마 술보다는 자리 분위기를 좋아했던 것으로 보이는데 자세히 알아보면 다음과 같다.

나. 일제시대 기생과 작품 「산월이」

조선 시대 기생들은 크게 3패로 나뉘어져 있었다. 3패 기생은 소위 '들병이'로 불리는 최하층 기생으로 평민들에게조차 사람대접을 받지 못했다. 2패는 대부분 관기(官妓)로 주로 지방관리를 접대했다. 마지막으로 1패 기생은 미모와 지식을 겸비한 계층으로 주로 양반 첩의 딸이었다. 그들은 언문은 물론이고 한자와 고서에도 능통하였고 소리, 춤, 시, 서예, 가야금 등의 예능에도 뛰어났다. 그들은 당대에 내로라하는 고관대작들과 정치는 논해도 밀리지 않을 수준이었다. 상허 이태준은 이들 기생에 대한 이야기를 『무서록』에도 썼고 단편 작품으로도 발표를 했다. 또한 황진이를 주인공으로 하는 장편소설도 발간하는 등 남다른 관심이 높았다.

상허 이태준의 작품에 등장하는 기생의 모습은 크게 두 개의 유형이다. 첫 번째는 3패의 기생으로 들병이 수준으로 생활을 하는 모습이다. 그것을 대표적으로 그려 놓은 것이 1934년 7월 10일《한성도서출판사》에서 출판된『이태준 소설집』에 실린「산월이」이다. 이 작품은「산월이」로 발표되었으나 책에 따라서는「기생 산월이」로 제목이 붙어 있기도 하다. 작품의 주요 내용은 폐기에 가까운 주인공이 지난 세월을 한탄하면서 들병이 노릇을 하면서 겪는 좌절감을 그림 그리듯 자세히 묘사하고 있다. 주요 내용을 발췌해 보면 아래와 같다.

산월이는 머리맡을 더듬어 자루 달린 거울을 집어들었다. 그리고 수물 일곱은커녕 서른 살도 넘어 보이는 제 얼굴을 한참이나 훑어보다가 화가 나는 듯이 거울을 내던지고 거의 입버릇처럼, "망할 녀석!" 하고는 한숨을 지었다.

'망할녀석'이란 두 녀석을 가리킨 것이다. 한 녀석은 지금으로부터 오륙년 전에 산월이에게 미쳐서 다니다가 산월이가 그렇게 말리는 것도 듣지 않고 아편을 찌르기 시작하여 마음씨 착한 산월이의 알돈 사천원을 들어먹고 나중에는 산월이 집에서 독약을 먹고 죽어...

다른 한 녀석은 산월이가 수물 네 살 되던 해 봄인데 제법 화채 한푼 이렇다 못하는 뚝건달녀석 하나가 ... 육자배기 하나로 굶지는 않는 (목청을) 절벽으로 맨들어 놓고 간 이름도 성도 모르는 녀석이다.

−『이태준 단편전집1』,《가람기획》,「기생 산월이」, 2005

옮겨 놓은 내용을 보면 주인공 기생 산월이 삶을 볼 수 있다. 나이는 스물일곱이지만 서른도 넘어 보이는 온갖 풍상을 겪은 기생으로 삶을 망친 두 남자가 있다. 한 명은 아편쟁이로 알토란 같이 모아서 가지고 있던 돈 4천 원을 다 들어먹고 나중에 자살을 한 사내이다. 두 번째는 뚝건달로 24살에 만났는데 산월이의 유일한 재능인 육자배기 목청을 더 이상 할 수 없게 만든 사내이다. 이런 남자들을 만나서 모든 재산을 다 털리고 생활을 점점 비참해져 간다.

> 그의 목이 한번 그 몹쓸 병에 쟁겨버린 뒤에는 그의 생활이 너무도 소상스럽게 변천하여 왔기 때문이다. 전셋집은 사글세집으로 떨어지고 사글셋집은 다시 사글셋방으로 내려 앉어, 지금은 머릿장 하나도 없이 여관집 빈방으로 떠돌아다니니 쓸데없는 줄은 알면서도 넋두리가 나오지 않을 수 있으랴.
>
> ―『이태준 단편전집1』, 《가람기획》, 「기생 산월이」, 2005

삶이 이렇다 보니 먹고 살기 위해 그는 하룻밤을 지낼 남자를 호객하기 위해 밤거리에 나서게 된다. 작품에서 인용된 것처럼 '어젯밤에도 새로 세시까지나... 싸다니다가 손발이 꽁꽁 얼어가지고, 혼자 들어서고 말 때에는 울고 싶도록 안타까웠던 것을'을 피하기 위해 '눈이 뒤집히도록 찾아'보는 노력을 한다. 외투를 입었거나 임바네쓰를 입었거나 나까오리를 썼거나 갭을 썼거나 나이가 이십이 되었거나 사십이 되었거나 기름끼만 도는 사내사람으로 자기의 눈웃음을 알아채는 사람이면 누구든지 미여지도록 찾아보았는데 자기를 찾는 남자가 없었다. 그런 노력 끝에 마침내 남자를 만나게 된다.

산월이가 제 몸이 달아서 아무 놈이라도 걸려라 하는 판이어서 그랬는지 의외에도 훌륭한 신사 하나가 산월이를 기대렸던 것처럼 산월의 길을 딱 막고 서있었다. 검은 외투에 검은 털모자에 수염은 구레나룻이나 살결이 흰 어떤 방면으로 보든지 중역이나 간부급에 속할 사십 가까운 신사였다.

　　　　　　　　　　　－「이태준 단편전집1」, 《가람기획》, 「기생 산월이」, 2005

이렇게 만난 신사와 이야기가 잘 되어서 산월이는 자기가 사는 여관으로 이끌고 간다. 신사도 동의를 해서 수입이 생길 것으로 잔뜩 기대를 하고 인력거를 타고 여관으로 향하는데 갑자기 사건이 터진다. 그것은 자기가 살던 여관에 불이 난 것이다. 그것도 산월이가 쓰던 알콜 등잔이 몇 가지 안 남은 방세간을 태우고 주변에 남의 집 방까지 홈싹 태운 후에 대문간과 행랑을 태우고 다시 안채로 옮아붙다가 소방대가 출동해서 끈 것이었다. 상황이 이렇게 되자 어렵게 만난 신사는 그냥 가고 산월이는 흙탕 바닥에 주저앉으면서 이야기가 끝이 난다. 이 작품에 등장하는 산월이는 처음에는 몸을 팔기 위해 거리에 나서지만 시간이 지나면서 '돈! 돈보다도 이제는 악에 받쳐서 사람이, 사내 사람이 몸이 달도록 그리워졌다.'는 마음으로 변하게 된다. 이렇게 기생의 절절한 외로움을 표현한 것으로 어린 시절 '삼방-원산' '중국 안동현-조

선'으로 혼자 걸어왔던 경험 속에서 우러나온 묘사라는 점을 눈여겨볼
필요가 있다.

다. 상허 이태준 작품에 '산월' 실제 인물

상허 이태준은 기생을 음주 가무의 대상으로만 생각을 하지 않았다.
그들의 삶의 질곡을 깊이 있게 다뤄 보기 위해「기생 산월」,「그림자」
등에서 작품으로 형상화했다. 기생 산월의 경우 들병이와 같은 수준의
삶을 살아가고 있다. 이런 작품 설정에서는 주인공의 인간적인 면을
들여다보지 않고 작품 전개에 치중을 하게 된다. 그렇다면 주인공「기
생 산월」의 작품 소재는 어디서 나온 것일까?

우선 산월이란 이름은 기생 중에 가장 흔한 이름 중 하나였다. 민족
33인으로 유명한 손병희 선생의 후처가 명월관에서 최고의 인기를 누
리던 그 유명한 평양기생 주산월이었다. 또 1920~30년대 배따라기로
일세를 풍미한 소리꾼이 서도 기생 김산월로 알려지고 있다.

특히 김산월은 배따라기 같은 민요, 장한몽 같은 가요곡 외에도 도월
색과 '이풍진 세상(희망가)'을 음반으로 녹음하기도 할 정도로 유명하였
다. 이런 이름을 근거로 해서 단편 소설의 주인공이 탄생을 한 것으로
보인다.

일제 강점기 인기 있는 기생은 지금의 걸 그룹처럼 대우를 받았는데 그런 것을 증명하는 사실이 1914년 3월 5일 《매일신보》에 소개되고 있다.

예단일백인(藝壇一百人) (30회)
백산월(白山月)

얌전하고 어여쁘고 알뜰하고 연연하고, 시조·가사·노래·수심가·기담·잡가를 그 중 잘하고 글씨는 명필이라고 할만치 글은 대강 한문도 대강 알고, 서화는 참 잘한다고 칭찬을 받는 평양기생 백산월은 방년이 15세라, 6세에 부친을 여의고 조모와 모친 슬하에 자라나매 별로 가정교육의 만족치 못할 것은 당연한 일이로다.

그러나 산월은 어려서부터 명민한 식견이 있어 조모와 모친의 말을 조금도 어기지 아니하고 수하에 있는 행랑사람을 예법으로 부리니 가정이 아무리 여자의 가족으로 조직하였으나 실로 정숙한 태도를 가졌더라.

산월의 기생되기는 어느 때인고? 12살에 어떤 여학교에서 퇴학하고 물러나온 해 가을이로다. 그때부터 기생 서재에 다니면서 일변 소리를 배우고, 일변 춤을 공부하여 불과 3~4년에 모든 사람의 갈채를 받으니, 장차 평양 기생계를 빛내일 자는 백산월이라 하리로다.

-《매일신보》, 1914년

일개의 기생을 예술 100인 중에 하나로 선정을 하고 기사화했을 정도로 인기를 끌고 있으면서 삶의 내력을 소개하는 것만 봐도 당대의 인기를 실감을 할 수 있다. 또 이 기생은 나중에 음반까지 낼 정도였다.

상허 이태준의 작품에서 주인공을 '산월'로 정한 것은 알 수 있지만 삶의 모습을 작품으로 만든 근거는 무엇일까? 아마 그것은 당시에 절대적 영향력을 미치던 신문에 산월이라는 기생 이름으로 사건 사고 소식이 보도된 것과 연관성이 있는 것으로 보인다. 작품「기생산월」은 1929년 12월 탈고를 해서 1930년 1월에 발표되었는데 그 이전에 신문으로 보도된 기생 산월이라는 제목 등을 알아보면 다음과 같다.

여섯 명은 부호 송모의 외아들 송규섭을 경성으로 데리고 나와 기생 백산월과 관계를 맺어 준 후 토지 시가 3만 원짜리를 5천 원에 매각케...

　　　　　　　　　　－《동아일보》,「유인자게 범인육명 피착」, 1927년

이십칠일 오전 열한시 경 대동 기생 백산월이 나타나 훌쩍 거리며 취조를 받고 있었는데...

　　　　　　　　　　－《동아일보》,「무리한 포주, 실컷 버러 먹고 고소질」, 1927년

십이일 오후 세 시경에 시내 낙원동... 자기 집에서 대동권번 기생 최설매, 백산월, 추모월 세 기생을 불러...

　　　　　　　　　　－《동아일보》,「맥주병에 명중 기생절치의 소동」, 1928년

기생 산월이는 당대를 울리던 춘원 이광수 작품에도 아래와 같이 등
장하고 있다.

"영감님 저를 모르세요, 산월이랍니다. 백산월이."
하고 말하는 이는 매어달릴 듯이 반갑게 바짝 다가섰다.
누구라고 말하기도 전에 그 소리의 주인은 산월이인 것이 분명했다.
그 목소리는 알토인 듯 가라앉고도 다정스러운 목소리였다.

　　　　　　　　　　　　　　　　　　　　　－춘원 이광수, 「흙」

라. 기생의 변화를 안타깝게 여기던 상허 이태준

상허 이태준의 작품을 보면 1패에 해당하는 기생에 대해 주제로 쓴
글이 『무서록』에도 있고 또 단편소설로도 형상화되어 있다. 기생에 대
해서 쓰면서 아쉬워했던 것이 우리의 전통미를 잃어 간다는 것이었다.
당시 일본을 통해 서양 문물이 들어오면서 조금 편하고 실용적인 복장
을 갖추는 것에 대해서 상허 이태준은 좋게 생각하지 않았다. 오히려
우리 것을 잃는 것에 안타까운 시선으로 다음과 같이 표현을 했다.

가리마를 한편으로 몰아 탄 것이라든지 조선 복색엔 당치 않은 루파시
카 끈으로 중등매끼를 한 것이라든지 치마폭은 좁게 하여 일부러 속곳 가
랑이를 내놓는 것이라든지 소리도 수심가란 입내뿐이요 유행 창가밖에

는 못 하였었다.

그러나 가까이 보니 차츰 눈에 거슬려지는 것은, 두 기생이 다 중등매끼(치마 따위가 거치적거리지 아니하도록 그 위에 눌러 띠는 끈)를 루바슈카(린넨으로 만든 러시아 전통 옷) 끈으로 하였고, 머리 하나는 가리마를 삐뚜로 탔고, 하나는 미미가꾸시(귀를 덮는 머리 모양새)였다. 왜 미미가꾸시를 했느냐 물으니 웃기만 하였는데 그 옆에 앉았던 손님이 대신, 조선 낭자보다 더 신식이요 좋지 않으냐 반문하는 것이었다. 그리고 중동매끼를 루바슈카 끈이나 넥타이로 대신하는 것이 최신유행이라 하였다.

－《문장》, 「기생과 시문」, 1940년

상허 이태준이 이런 생각을 하게 된 것은 당시 조선에서 유명한 것이 '금강산', '인삼', '기생'이었다. 금강산의 경우 길은 많이 생겼지만 산의 모양이 바뀌지 않았다. 또 인삼의 경우에도 상표가 붙었지만 성분이 변하지 않았는데 오르지 기생만 크게 변했다며 안타까워하고 있다. 이렇게 변한 것을 두고 상허 이태준은 '기생들이 기생의 고유의 미를 헐어 가는 것은 기생의 가벼운 행동뿐만 아니라 그들을 부르는 손님과. 그들이 처한 시대의 짓'이라는 점을 밝히고 있다. 그렇다면 상허 이태준이 바라던 우리 조선의 기생의 모습은 어떤 형태일까? 그것을 설명하는 내용을 아래와 같다.

이름은 소옥(小玉)이란, 영남 태생으로 아직 서울말이 서투른 것이 오히려 시속에 서투른 맛으로서 저고리 치마 모두 흰모시, 그 속에 수엽낭 (繡葉囊: 비단으로 수를 놓은 작은 주머니) 하나가 은은히 빛나고 있었다. 반듯한 낭자, 비취 비녀와 옥 귀이개뿐, 다른 두 기생이 가끔 꺼내 드는 분지 (粉紙)도 분첩도 그에게는 없었다. 소옥은 가야금을 탔고 좌중에 소리하는 기생도 손님도 없으니 자기가 탄하며 창하며 하였다.

—《문장》, 「기생과 시문」, 1940년

소련은 이와 반대로 조예 깊은 기생이었었다. 첫째 옷매무시와 말솜씨가 여염 부녀와 같이 단정하였다. 그러나 그 단정한 것이 결코 객의 흥취를 상하지 않을 뿐만 아니라 도리어 좌중이 손을 잡고 노는 것과 같이 화락하였다. 그의 주름을 잘게 잡은 모시치마라든지 그 속에서 은은히 빛나는 수엽랑이라든지 아무튼 향화를 닮이라고 하면 소련은 학과 같은 기품이 있는 여자였었다. 그 구슬픈 가야금 소리. 지금도 그때 소련의 눈물 젖은 눈초리가 눈앞에 사라지지 않는 것이다.

—《근우(槿友)》, 「그림자」, 1929년

위에 인용한 글은 상허 이태준이 생각하는 우리나라 기생의 전형적인 모습이다. 화려하면서 멋을 부리는 기생보다는 조용히 전통 멋을 지킬 줄 아는 모습을 더 좋아했었다. 물론 사람에 따라서 보는 바가 다르지만 상허 이태준의 경우에는 고완품을 좋아하는 것처럼 우리 옛 것에 더 따스한 눈길을 주고 있다.

눈여겨봐야 할 것은 위의 두 글에 등장하는 기생의 모습이다. 첫 번째 글은 1940년 12월《문장》에 발표된 것이고 주인공은 '소옥'이다. 두 번째 글을 1929년 근우회 기관지에 실린 글로 주인공은 '소련'이로 이름에서부터 유사성이 깊어서 같은 인물로 판단된다. 첫 번째 글「기생과 시문」의 첫머리를 보면 '십수 년 전 일이다. 3년 만에 동경서 나와 그날 저녁으로 명월관에서 노닌 일이 있었다.' 즉 일본 유학을 실패하고 귀국을 해서 명월관에 갔던 것인데 상허 이태준의「고향」을 이야기하는 것으로 보여 진다. 그 내용을 알아보면 다음과 같다.

'은행원은 자기 친구와 의논하여 기생 두 명을 부르고 엄교자 한 상을 시키고 우선 급하니 맥주 몇 병 가져 오라고 하였다.'

－《동아일보》,「고향」, 1931년

마. 기생을 소재로 쓴「그림자」

상허 이태준의 작품 주인공은 항상 부자들이 주인공이 되는 경우는 많지 않다. 이야기를 길게 엮어야 하는 '신문소설'의 경우에는 부유한 계층이 등장을 하지만 단편에는 불우한 사람들이 주인공이 되고 있다. 그 중에서 '오몽녀'로 대변 되는 여자 주인공들의 모습은 남자들 세상에서 버림받는 비련의 역할을 하는 경우가 많다. 이것을 두고 일부 평론가들은 '패배자의 문학'이라고 이야기를 한다. 그러나 작가는「25시」

를 쓴 게오르규가 주장한 것처럼 '잠수함의 토끼' 역할을 해야 한다. 잠수함의 토끼는 잠수함이 처음 개발되었을 때 수압계가 없어서 얌전한 토끼를 싣고 다녔다. 토끼가 갑자기 발버둥을 치면 위험한 깊이이고 더 이상 하강을 하지 않는다는 것에 따온 것이다. 다른 사람보다 예민한 감각으로 이 사회의 아픔을 작품에 담고 있다는 설명이다.

상허 이태준이 사회에서 떠밀려 난 인물들을 주인공으로 선택을 한 것은 '일제의 수탈에서 몰락을 하는 사람들의 모습', '사회 모순의 그늘'을 작가적 양심을 갖고 고발하는 마음이었다는 생각이 든다. 그런 의미에서 본다면 개화된 세상에서 '마음에 없는 춤과 노래를 불러야 하고 술자리에 참여하는 기생'은 좋은 소재가 될 수 있었다는 판단이다. 상허 이태준의 단편 중에서 1925년 5월 《근우》에 발표된 「그림자」는 당시 기생들의 아픔을 잘 대변한 작품으로 보여 소개해 보고자 한다.

그날 밤 우리는 모두 네 사람이서 두 기생을 불렀다. 첫번에 부른 기생은 향화(香花)라 하는 평양기생이었고 다음에 부른 기생은 소련(小蓮)이라 하는 남도(경주)기생이었었다.

우리 네 사람 중에 K군 한 사람을 제하고는 모두 학생복을 입은 만치 기생과 놀아 본 적이 없을 뿐만 아니라 단조한 흰 모시저고리, 흰 모시치마, 머리엔 흑각비녀가 더욱 쓸쓸하여 보였다. 나는 어디서 저런 촌기생이 들어오나 하고 처음엔 다소 불만했으나 자리를 사귈수록 정이 끌리기는 이 초초한 소련이었었다.

위의 글의 배경은 상허 이태준이 동경 유학을 떠나기 전에 서울에서 유명한 명월관에 가서 처음으로 기생과 무릎을 맞대고 앉았던 기억으로 시작을 한다. 처음에는 촌 기생이라고 생각을 했지만 '소복을 한 것이 양모가 석달 전에 사망'을 한 탓이었고 가야금을 슬프게 잘 타는 모습을 보면서 다음과 같은 생각을 한다.

나도 슬펐었다. 아마 그날 저녁에 소련이 자신 이외에 제일 슬퍼한 사람은 나였을 것이다. 나도 슬픈 사람이었기 때문이다. 사실 그날 저녁에 명월관에 모인 것도 K군의 주선으로 그때 나의 설움을 위로해 주려는 놀음이었다.

주인공인 '나'가 슬픈 이유는 휘문고보에서 동맹 휴학을 주도한 혐의로 퇴학을 당하고 동경 유학을 떠나는 심정을 대변한 것으로 보인다. 자신이 퇴학당한 줄도 모르고 용담에서 졸업만 기다리는 할머니에 대한 미안함, 주머니에 2원 남짓 넣고 동경으로 쫓기듯 유학길에 올라야 하는 서글픈 신세를 작품에서 표현을 하고 있는 것이다. 서로 다른 이유이지만 슬픔이라는 공감대 안에서 둘은 마음이 통하게 된다. 그러나 여러 사람이 모여 있고 '나'는 다른 사람들에게 대접을 받는 입장이면서 빈털터리라는 생각에 소련이에게 마음을 전할 방법이 없다. 이런 낌새를 알아차린 소련은 아래와 같은 방법으로 자기 생각을 정한다.

소련은 모두가 주의하지 않는 틈을 타서 걸려 있는 양복에서 만년필을
하나 뽑아,

"선생님, 이런 글자 아세요."

하고 내 손바닥을 자기 무릎으로 이끌어 갔다.

그가 쓰는 글자는 한자가 아니었었다. 나는 나의 손바닥에서 '서린동
××번지'라 읽을 수 있었던 것이다.

―《근우(槿友)》, 「그림자」, 1929년

주인공에게 소련은 자기가 사는 집의 주소를 적어 주면서 찾아오라
는 귀띔을 한다. 자기가 사는 집을 손바닥에 적어 준 것은 새로운 인연
을 만들고 싶다는 마음의 정표였을 것이다. 주인공은 그 다음날 주소
를 기억했다가 직접 찾아 나서지만 이런 생각을 하고 돌아와 동경 유
학을 떠나게 된다.

'무얼 그도 기생이지. 내가 동경 가 있다니까 돈푼이나 있는 줄 안 게
지. 또 그가 자기 방 열쇠나 주는 듯이 은근히 번지를 적어 주었지만 그로
서는 직업적으로 사용하는 수단인 만큼 이 집 문 앞을 찾아오는 진구도
나뿐이 아닐테지. 번지를 적어 준다고 탐탁하게 생각하고 찾아오는 내가
어리석지.' 하는 생각이 새삼스러이 일어났다.

―《근우(槿友)》, 「그림자」, 1929년

작품의 주인공은 기생이 자기를 유혹하는 것을 장사 수법이라고 생각을 하고 매정하게 돌아섰다. 그리고 난 뒤에 주인공은 며칠 안 되어 동경으로 가고 말았다. 동경으로 간 주인공은 생활이 단조했던 탓인지 기생 소련이를 생각하게 되었고 '일어나는 정열에 맡기어 편지도 여러 장을 써보는' 감정을 갖게 된다. 그렇게 1년을 지난 뒤에 여름 방학 때 서울로 와서 친구들과 다시 명월관을 방문하게 되면서 기생 소련이를 다시 만나게 된다.

소련을 부르고 나서 나의 가슴이 울렁거리던 것과 문 앞에 누가 오는 듯할 때마다 내 얼굴이 화끈 달아올랐던 것으로도 알 수 있을 것이다. 뒤에도 알려니와 나의 첫사랑의 대상이 이 소련이었던 것을 미리 말하여 둔다.

-《근우(槿友)》, 「그림자」, 1929년

주인공의 첫사랑이 된 기생 소련이는 그 후에 서로 만나는 사이로 발전을 한다. 문제는 주인공은 학생 신분으로 돈이 없어서 소련이 집에서 소련이 영업이 끝날 때까지 기다려야 한다는 점이다. 이런 묘사는 당시 식민지 시대의 남자들의 모습이라고 할 수 있다. 대표적인 예가 작가 이상의 「날개」에 나오는 남자의 모습과도 일맥상통을 하고 있다. 주인공을 사랑하는 소련이는 다음과 같이 매일 찾아 왔다.

요릿집에서 두시 세시에 파해 가지고도 소격동을 넘어 인력거도 들어오지 못하는 그 어둡고 좁은 삼청동 막바지를 비가 오나 바람이 부나 자지 않고 기다리고 있는 나에게 실망을 준 날은 없었다.

―《근우(槿友)》, 「그림자」, 1929년

이렇게 두 사람의 사랑이 깊어 가면서 더 이상 떨어질 수 없는 관계로 발전을 하게 된다. 그런데 기생 소련이에게는 남모르는 비밀이 있었다. 그것은 과거에 사귀던 남자 사이에 난 딸이 하나 있었다. 그 사실을 주인공에게 이야기를 해야 하고 또 인정을 받아야 하고 싶은 생각이 있어서 아래와 같이 사건을 전개 시킨다.

소련은 그제야 명옥(明玉)이라는 그 기생을 나에게 소개하여 주고 내가 명옥이와 이야기하는 동안 자기는 명옥의 딸이라는 계집애와 무어라고 중얼거리고 있었다.

"명옥이 언니도 우리처럼 사랑하는 남자가 있었는데……"

"첫 번엔 남자 측에서 명옥이 언니에게 아이가 달린 줄은 몰랐거든……."

"요새 세상에 더구나 젊은 사람으로 그런 것을 문제 삼지 않을 만한 군자가 어데 있소……."

"서울두 고아원이 있나."

"있지 아마……."

여기까지 와서 나는 남의 일인 만큼 대수롭지 않게 알아 그만 잠이 들고 말았다.

기생 소련이 자기 딸을 명옥이라는 기생을 시켜서 데리고 와서 주인공의 마음을 떠 보았는데 '고아원에 맡겨야 된다.'는 식의 답변을 듣게 된다. 이 말을 들은 소련이는 다음과 같은 편지를 보낸다.

용서하십시오. 총총히 떠나는 길이라 뵙지도 못하고 왔습니다. 그러나 가까운 인천이니까…… 모시고 싶겠지만 제가 자리를 잡고 주소를 통기해 드릴 때까지는 기대리셔야 합니다.

―《근우槿友》, 「그림자」, 1929년

편지를 받고 기다리다가 동경으로 기말고사를 치르기 위해 떠난 뒤에 다른 친구로부터 '소련이가 자기 딸을 독살하려다 잡히어 갔다.'는 신문 기사가 있다는 내용의 소식을 받는다. 사연은 기생 소련이가 사랑을 얻기 위해 일을 저지르다가 실패를 하면서 모든 연락이 끊어진 것을 짐작할 수 있는 상황이었다.

이에 주인공은 기생 소련이에 대한 감정을 정리하고 삼 년이 지난 뒤에 결혼을 하였다. 그리고 추석 전날 친정으로 가는 아내를 배웅하기 위해 청량리역에서 기차로 안내를 하다가 빈자리를 발견한다. 더 놀라운 것은 다음과 같은 우연으로 소설 끝부분을 맺는다.

우리 앞에도 젊은 부인 하나가 동생인지 딸인지 계집애 하나와 같이 곤히 잠들어 있었다... 그의 가는 입술이 어찌 낯익은지 몰랐다. 그 갸름한 턱 밑에서 깨알만한 기미 하나를 찾아볼 수 있을 때 나는 그가 소련인 것을 더 의심하지 않았다. 이때 소련의 어깨 밑에 고개를 틀어박고 자던 계집아이가 눈을 떴다. 명옥이가 삼청동으로 데리고 왔던 소련의 딸이다.

─《근우(槿友)》, 「그림자」, 1929년

바. 우리나라 최초로 「황진이」를 소설로 쓰다

상허 이태준의 소설에 기생이 많이 등장하는 것은 이미 알려진 사실이다. 그런 작품 중에서 소설 「황진이」는 단연 백미로 꼽힌다. 이유는 역사적으로 아무런 근거도 남아 있지 않은 일개 기생 황진이를 주인공으로 선택해서 완성을 하기까지는 엄청난 노력을 기울였던 것으로 보이기 때문이다. 소설에 나타나는 황진이를 소개하기 전에 『무서록』에는 어떻게 기술되어 있는지 알아보자.

더욱이 황진이 같은 기생은 몇 수 전하지 못하면서도 그의 노래는 허다한 문인학자의 것들을 넉넉히 짓밟는다 하니 그 기생들의 시문 경지가 얼마나 깊었던 것인가 놀라지 않을 수 없다.

─《문장》, 「기생과 시문」, 1940년

이렇게 기생 황진이에 대해 높은 평가를 내린 상허 이태준은 1936년 소설 황진이를 작품으로 발표를 한다. 황진이에 대한 역사적 자료는 '어유야담' 시문 몇 편을 남기고 있다. 그런 것을 근간으로 소설을 완성을 했는데 그런 내용이 〈황진이〉 소설 뒷부분에 기록 되어 있다.

> 진이의 심혼을 싱싱한 채 풍겨주기는 몇 수 안되나 그의 시편들인데,
> 그의 예술론이 아닌 이상 그의 작품만으로도 내가 붙잡으려는 진이는 역
> 시 구름밖에 아득할 뿐이었다.
>
> — 「황진이」, 1936년

위의 글을 보면 소설 황진이는 상허 이태준의 상상력에 의지해서 구
상되었을 것이다, 이런 상상력을 바탕으로 한 구성에 대해 많은 사람
들이 역사와 다르다는 반론이 있을 것이다. 그런 논란에 대해 상허 이
태준은 1941년 발간 된 『무서록』 「역사」라는 작품에서 '황진이에 대한
문헌도 십인십색이다. 모두 황진이는 보지 못하고 죽은 지 오랜 뒤에
전하는 말이 흥미가 있으니까 제 흥미 정도에서 적은 것이다.' '이런 기
록을 덮어 놓고 암송을 해 가지고 틀리니 안 틀리니 하는 것은 역사의
예비학생이다.' 라고 지적을 하고 있다. 그렇다고 아주 근거 없고 황당
한 이야기로 꾸민 것이 아니라 '어유야담'에 소개된 내용을 중심으로
창작되었는데 등장하는 인물을 분류해 보면 다음과 같다.

* 황진이(黃眞, 1511~1551): 기명(妓名)은 명월(明月). 조선 중종 때 송도
(개성)의 양반 황진사의 서녀로 태어나 우여곡절 끝에 기생이 되었다. 그
녀가 남긴 시조가 한국 문학사에 커다란 족적이 될 정도로 뛰어났던, 시
인이자 시대를 풍미한 명기(名妓)이며, 서경덕, 박연폭포와 함께 송도 삼

절로 불리었다. 타고난 절색에 명창이었으며 시재(詩才)에도 능해 당대 최고의 명기로 여러 가지 일화를 남겼다.

  * 첫 번째 남자 옆집 총각: 황진이를 짝사랑하여 상사병에 걸려 죽음. 상여가 황진이의 집 앞을 지나가다 땅에 붙어서 움직이지 않아 속저고리를 상여에 덮어주었더니 움직였다고 함. 황진이는 왜 그 남자가 죽었을까 고민하다 기생이 됐다는 말이 있음.

  * 두 번째 남자 개성 유수 송공: 대부인 연회석에 황진이를 초대하였는데 황진이의 빼어난 모습을 보고 반했다고 함.

  * 세 번째 남자 선전관 이사종: 사신으로 송도를 지나가다 천사원 냇가에서 황진이가 부른 노래에 빠져 6년간 계약 결혼을 함.

  * 네 번째 남자는 양곡 소세양: 30일간 지내다 헤어짐

  * 다섯 번째 남자는 왕족 벽계수: "청산리 벽계수야 수이감을 자랑마라/일도 창해하면 돌아오기 어려오니/명월이 망공산 할제 쉬어간들 어떠리"라고 황진이가 읊는 소리를 듣고 벽계수가 뒤돌아보다가 말에서 떨어졌다고 함.

  * 여섯 번째 남자는 이생: 황진이가 말년에 금강산 유랑을 하고 싶어하여 동행을 청해서 함께 금강산을 돌아다녔다고 함.

  * 일곱 번째 남자는 지족 선사: 그는 면벽수련 30년으로 유명했는데 황진이 유혹에 파계승이 됨.

  * 마지막 여덟 번째는 서경덕: 황진이가 정말로 사랑한 남자로 서경덕의 학문이 높음을 듣고 서경덕에게 가서 유혹하였으나 넘어오질 않아 제자 됨.

사. 상허 이태준이 쓴 기생 관련 작품

술을 잘 먹지 못하는 상허 이태준의 작품에는 놀랍게도 기생이 주인
공인 경우가 많다. 당시 기생이 있는 술집이 사교의 장소였고 식민지
시대의 암담함을 풀어낼 수 있는 곳이었다는 점에서 중요한 소재가 되
는 것은 피할 수 없는 운명이라는 생각이다. 특히 현장을 바탕으로 하
면서 다른 작가들과 단편 소재의 참신성에서 차별을 보이고 있는 상허
이태준이 기생을 주제로 쓴 작품들은 당대의 아픔을 분명하게 담아내
고 있다는 판단으로 정리해 보면 다음과 같다.

* 단편 「그림자」 – 발표지 《근우》 1929년 5월
* 단편 「기생 산월이」 – 발표지 《별건곤》 1930년 1월
* 장편 「황진이」 – 발표지 《조선중앙일보》 1936년 6월2일~1936년 9
월3일(연재 중단)
* 수필 「기생과 시문」 – 발표지 《문장》 1940년 12월

앞에 정리한 작품 목록은 기생의 이름이 직접적으로 언급이 되고 관
련 내용이 주제로 담긴 것이다. 기생의 슬픈 인생이 담겨 있으면서 「기
생과 시문」에서 '홍랑이라는 기생이 자신의 정인 오세창(위창)이 병이
났다는 소식을 듣고 7일 밤낮을 걸어서 찾아 왔다.'는 내용을 소개하고
있다. 이것은 당대 기생의 절개를 소개하는 또 다른 상고주의라 할 수
있다. 상허 이태준은 작품을 전개하는 방법으로 기방(妓房)에서 벌어

진 사건을 중심으로 하는 경우도 있었다. 대표적인 것을 소개해 보자면 '6년 만에 돌아온 고향이나 의탁할 곳이 없던 김윤건이 기방에서 술을 마시다가 주사를 이기지 못하고 경찰서 유치장 신세를 지는 「고향」, '변한 세태에 실망을 한 주인공 현이 옛 기생 영월이를 만나는 내용이 있는 「패강랭」 등은 이야기의 방향을 좌우하는 것이 기생이라는 점에서 중요한 소재였다는 것을 다시 발견하게 만들고 있다.

아. 나가는 말

상허 이태준의 특징은 주인공에 대한 인간적 대우이다. 자신이 설정한 인물이 몸을 파는 들병이 수준의 기생이라도 비인간적인 묘사를 하지 않고 있다. 1930년 1월 《별건곤》에 발표한 「기생 산월이」의 주인공이 몸을 팔아 돈을 벌기 위해 밤거리에 나서는 장면에서 몇 번의 실패가 계속 되자 나중에는 '돈! 돈보다도 이제는 악에 받쳐서 사람이, 사내 사람이 몸이 달도록 그리워졌다./돈 없는 녀석이라도/하고 굵다란 팔로 제 몸을 끌어안아 줄 사내 사람이 못 견디게 그리움을 느꼈다.'라는 표현을 하고 있다. 이것은 기생도 이성을 그리워하는 감성적이면서 인격을 갖춘 존재감을 나타내고 싶었던 작가의 의중이 담긴 것이라 할수 있다. 이렇게 주변에 힘없고 나약한 깃들에게 인간적 시각으로 바라보는 것이 상허 이태준의 문학이라는 생각을 하지 않을 수 없다.

VII

상허 이태준과 신문소설

상허 이태준을 일제 강점기를 대표하는 작가로 탄생시킨 것이 신문에 소설을 연재하면서 부터이다. 당시 신문사에서는 연재소설을 경쟁적으로 실었는데 이유는 '독자 대부분은 남녀를 불문하고 겨우 한글이나 부쳐 읽는 사람들이었기' 때문이었다. 겨우 한글을 읽는 사람들에게는 깊이 있는 기사는 어려운 영역에 속할 것이기 때문에 이름이 있는 작가들의 작품을 실어서 독자층을 넓히는 수단으로 활용이 되었다. 당시에는 물건을 싸서 주는 신문에 실린 소설을 보고 구독자가 되는 일이 비일비재했다. 따라서 각 신문사들을 사활을 걸고 신문소설 연재를 했는데 그 역사는 다음과 같다.

가. 신문소설 등장

　인류에게 처음 등장한 신문소설은 19세기초 프랑스에서 생겨난 소설 형태로 처음에는 격주간지에 연재되었다. 한국에서는 일본의 신문 제작 방법에 영향을 받아 시작되었는데, 1903년 일본인이 발행한《한성신보》에 이름을 밝히지 않고 연재된 「대동애전(大東崖傳)」이 최초의 신문소설이다.

　신문소설은 1920년대에《동아일보》,《조선일보》,《시대일보》등이 창간되면서 본격화되었고, 이때 이광수의 「단종애사」·「흙」, 김동인의 「젊은 그들」·「운현궁의 봄」, 염상섭의 「삼대」, 심훈의 「상록수」 등이 발표되었다. 1935년 이후 신문의 상업주의적 속성이 깊어지면서 신문소설도 차츰 통속소설로 변해갔다. -다음백과 사전에서 인용

　위의 내용을 보면 신문소설이 자유연애 사상을 바탕으로 한 통속성을 띠게 되는데 상허 이태준에게는 경제적으로는 안정감을 제공하면서 소설가로서 명성을 굳히는 계기를 마련하게 된다. 당시의 상황을 상허 이태준은 아래와 같이 서술하고 있다.

　오늘 신문을 봤기 때문에 내일 신문을 기다리게 하는 연락성의 강점은, 어느 기사보다 소설이다. 신문이나 잡지 편집자로서도 소설은 문학으로 보기 전에 구독자를 잃지 않고 신독자를 끌어들이는 중요한 '미끼'로 보일 것이다.

지금 동아나 조선일보 중에 어느 하나가 소설연재를 전부 폐지한다 상
상해 보라. 소설 없는 신문에 독자가 얼마나 붙어 나갈 것인가?

그러니까 신문가 잡지는 조금만 이름이 나는 작가면 곧 이용한다. 이
용되는 줄 알면서도 '쓰는 소설'은 경제적으로 불리하니까 '씨키는 소설'
에 손을 대지 않을 수 없는 노릇이다.

－『무서록』,《서음출판사》, 「조선의 소설들」, 2005년

당시 상허 이태준의 소설관은 크게 '쓰는 소설'과 '씨키는 소설'로 나
누어서 갖고 있었던 것으로 보인다. 쓰는 소설은 창작의 깊이를 더한
예술성을 바탕으로 만들어진 것이다. 상허 이태준의 경우에는 단편 소
설이 쓰는 소설과 같은 의미가 있을 것이다. 이에 반해 씨키는 소설은
작가의 의견보다는 남에게 보여주기 위해 누군가 시키는 것에 부합하
는 것으로 잡지사와 신문에 연재하는 작품으로 판단된다. 이런 생각을
갖게 된 것은 씨키는 소설의 경우에는 원고료를 받아서 경제적으로 안
정을 취할 수 있기 때문에 글을 쓸 수밖에 없는 것이지만 '예술성보다
는 대중성'에 주안점이 있다는 주장이다. 따라서 씨키는 소설의 대표적
형태인 신문소설은 작품성이라는 잣대를 대지 말라는 의미이다. 실제
상허 이태준의 신문소설을 보면 높은 작품성이 없다는 점을 생각해 보
면 해답이 분명해 질 것이다.

위의 글을 보면 당시의 신문소설의 명암을 분명하게 볼 수 있다. 신
문 기사는 독자들에게 다음 신문을 기다리게 하는 능력이 없다. 그러

나 신문소설을 보고 나서 '다음에 어떻게 이야기가 전개 될까?' 호기심을 유발하게 하는 것은 새로운 독자를 만들어 궁극적으로 구독료라는 수입을 창출하는 영업 방식이었다고 판단된다.

그러면서 일본의 《동경 조일 신문》이 유명한 작가의 글을 연재해 동경 시내에서만 2만 부의 신문 구독이 증가했다는 점을 인용하면서 《동아일보》나 《조선일보》가 연재소설을 폐지할 경우 독자들이 떨어져 나갈 것이라는 점을 강조하고 있다. 이런 효과를 알고 있는 신문사에서는 조금이라도 이름이 있는 작가라면 연재소설을 쓰도록 하는 방식을 택했는데 작가 입장에서는 경제적 도움이 되기 때문에 마다할 이유가 없다는 것을 강변하고 있다. 그렇지만 순수문학과는 거리가 있으니 '씨키는 소설'이라는 용어로 차별화시킨 것을 알 수 있다.

신문소설이라고 해서 쉽게 써지는 것은 아닌 것은 분명하다, 작가는 자신의 이름을 걸고 나가는 소설이기 때문에 최선을 다해야 하는데 그런 고민을 다음과 같이 기술하고 있다.

'무얼 쓸까?' 막막해진다.
'내일 치 소설이라도 쓰리라 아니 생각이라도 하자!'

—《조선 중앙일보 》, 「한일 閑日」, 1935년

나. 신문소설의 인기 작가 상허 이태준

상허 이태준은 신문소설은 애초 작품성과 별개의 문제로 인식을 하고 있었다. 일제 강점기라는 어려운 시기를 보내는 소설가들에게는 정기적으로 원고료가 지급되는 신문연재는 수입을 얻기 위한 수단으로 인식을 하고 있었다. 그런 연유로 좋은 단편 하나를 썼으면 하는 바람을 갖고 있었다. 다른 사람들이 다 바캉스를 떠나는 여름에 모기장을 쳐 놓고 그 안에서 시간을 보내고 싶다는 이야기를 할 정도였다. 그리고 신문소설을 『무서록』에서 '일종의 외도로서 시세(時勢)에 적응성이 농후하기 때문에'라고 문학이라고 생각을 하지 않는 듯한 뉴앙스를 풍기고 있다.

그렇다면 상허 이태준이 생각하는 신문소설의 기법은 무엇일까. 단편 소설은 '인물 하나만 잡고 따라가면 된다.'는 것이 작품관이었다. 이에 반해 신문소설에는 다음과 같은 문학 철학을 갖고 있었던 것이 『무서록』에 기록되어 있다.

신문소설의 조건
* 날마다 일정한 분량으로 끊는다.
* 단일화된 내용이 강한 인상으로 24시간 동안 독자의 머리속에 또렷이 남게 할 것
* 다음 회에 마음 졸여 기다리게 하는 매력을 남길 것

* 물건에 싸인 신문지의 소설을 읽고 새로운 독자가 되게 할 것
* 매회 알기 쉽게, 신선한 느낌, 다음에는 무슨 결말이 날 것 같은 기대
감을 만들 것

위의 조건을 보면 독자들에게 호기심을 유발하는 것과 궁금증을 갖
게 하는 것이 중요하다는 것으로 소개하고 있다. 또 '더구나 조선신문
독자 대부분은 남녀를 불문하고 겨우 한글이나 부쳐 읽는 사람들'이라
는 말로 표현할 정도로 쉽게 써야 한다는 요건도 있었다. 그렇다고 해
서 상허 이태준이 신문소설을 고민 없이 썼던 것은 아니었다. 작품과
연재에 대해 고민 했던 부분을 다음과 같이 이야기를 하고 있다.

소설 한 회치라도 쓰고 잘 결심이었는데 옆방에서 유성기를 튼다.

오전 중엔 억지로 들어앉아 소설 2회분을 써 부치고 오후에는 식구들
과 함께 바다로 나갔다.

소설 사흘 치를 써 가지고 고저로 부치러 가다.

—《조선 중앙일보 》, 「해촌일지」, 1936년

상허 이태준이 신문소설에 펜을 잡기 시작한 것은 1934년 7월『달
밤』을 한성도서출판사에서 출간을 하고 난 후부터였다. 가장 먼저 연
재소설을 쓴 곳은《조선중앙일보》였다. 그런 내용을 이태준 선생은 이

렇게 밝히고 있다.

　《조선중앙일보》가 끝까지 있었다면 나는 《동아》와 《조선》에는 장편을 못 실어 봤을는지도 모른다. 나의 첫 신문소설인 「제2의 운명」이 《조선중앙일보》 끝나기 전에 사원이 되었고, 「제2의 운명」이 끝난 지 한 10여 일 쉬어서는 곧 「불멸의 함성」을 썼다. 그 뒤를 이어 「성모」 그러고는 동사의 객원으로 소설만 써대기로 하였다. 소설만 써대는 직분으로 「황진이」를 쓰는데 거의 끝난 무렵에 《조선중앙일보》가 정간된 것이다. 그 정간이 아주 폐간이 되자 그제야 나는 다른 신문들의 소설 주문에 응할 수가 있었다.

　《조선중앙일보》는 《시대일보》·《중외일보》·《중앙일보》를 이어 발행된 일제 강점기 한글 신문. 1933년 2월 중앙일보의 사장으로 여운형이 취임한 직후 3월 7일 신문 제호를 중앙일보에서 《조선중앙일보》로 바꾸었다. 지령은 중앙일보를 그대로 이어받아 《조선중앙일보》는 1782호로 시작되었다. 1933년 7월 4면에서 6면으로 증면, 1934년 7월 조석간 각 4면 발행, 1936년 7월부터 조간 4면, 석간 8면 체제 등 지면을 확대하면서 한글 신문으로서 동아일보, 조선일보에 뒤지지 않는 영향력을 발휘하였다. 1936년 9월 베를린 올림픽 마라톤 우승자 손기정 선수 사진의 일장기 말소 사건으로 조선총독부에게 정간을 당했다. 정간 처분 해제 이후에도 복간하지 못하다가 1937년 11월 폐간되었다.

다. 각 신문사 상허 이태준 모시기 경쟁

손기정 선수 일장기 사건으로 《조선중앙일보》가 폐간되자 상허 이태준은 다른 신문에 장편 소설을 연재할 기회를 갖게 된다. 그런데 문제는 상허 이태준이 인기가 높아지자 《동아일보》와 《조선일보》가 서로 경쟁적으로 모시기(?)에 혈안이 된 상태가 된 것이다. 원래는 《동아일보》에 연재하기로 약속이 되어 있었는데 갑자기 사정이 생겨서 《조선일보》에 먼저 글을 실었는데 그 사정을 아래와 같다.

사실 먼저 소설을 주문 받기는 《동아일보》에서다. 서항석 씨와 이무영 씨가 《동아일보》에 있을 때다. 무영이 '다른 장편이 하나가 있기는 허나 그건 나중으로 밀테니 빨리 하나 시작해주시오.'하였다. 나는 그러나 하였는데 그 이튿날 《조선일보》에서 달려와 사정이었다. 춘원(이광수)이 「공민왕」을 쓰다가 수감된지 40여 일인데 아직 나올 날이 막연하니 더 기다릴 수는 없고, 이제 갑자기 써내라고 조를 데가 달리 없으니 내일로 곧 '예고'를 달라는 것이다. 그래서 「공민왕」 사정을 《동아일보》 서항석 씨에게 편지를 띄우고 《조선일보》에 「화관」 예고를 낸 것이다. 두 신문사가 그처럼 혈안이었음을 나는 그제야 처음 놀랐다.

— 상허 이태준 자서

위의 내용을 보면 당시 우리나라를 대표하던 두 신문사가 상허 이태준의 글을 받기 위해 많은 노력을 기울인 것으로 나타나고 있다. 자존심이 높았던 두 신문사가 상허 이태준의 글을 받으려고 애를 쓴 것은 그만큼 인기가 높았다는 것을 보여주고 있다. 그런데 처음 장편 소설 연재를 약속한 것이 《동아일보》였다. 전후 사정이 있다고는 하지만 결과적으로 그 약속을 어긴 것이 되기 때문에 어쩔 수 없이 장편소설을 연재하는 방법 밖에 없다 판단을 하고「딸 삼형제」를 《동아일보》에 연재하게 된다.

당시 상허 이태준은 《문장》주간을 맡아서 활동을 할 때이고 또「문장 강화」를 연재하고 있어서 성북동 집으로 퇴근을 못하고 시내에 여관을 잡아놓고 기거를 하면서 원고를 쓸 정도로 왕성한 작품 활동을 했다.

상허 이태준 입장에서는 신문 원고료 수입이 늘어나면서 생활의 안정을 가질 수 있어서 지금 대표작으로 불리는 단편들과 수필들을 쓸 수 있었다. 그러나 외향적으로 안정을 보인 것과는 달리 상허 이태준의 내면에는 '작품적 갈등을 보이고 새로운 변모'를 꾀하게 되는데 그것을 현실 인식을 바탕으로 한「농군」인데 시대적 압력으로 인해 큰 결실을 맺지 못하게 된다. 여기서 시대적 압력은 일본이 1937년 7월 7일 베이징(北京) 교외의 작은 돌다리인 '루거우차오(蘆溝橋)'에서 중국군 사이에 일어난 작은 사건을 빌미로 일방적인 공격을 개시하면서 벌어진 중일전쟁이었다. 일본의 모든 행정이 전시상태로 바뀌면서 '신체제'라는 새로운 경향의 출범을 하게 된다. 문학도 새로운 체제에 맞춰 과거의 답습에서 벗어나려는 움직임을 보일 수밖에 없었다.

참고적으로 상허 이태준의 신문소설의 작품성은 높지가 않다. 오르지 흥미를 유발하기 위해 감각적인 내용으로 일관을 했고 이 사람 저 사람이 연관되는 삼각관계를 무리하게 전개를 해서 '잘 정돈 된 문갑처럼 보이던 작품 세계'에서 벗어난 면이 너무 많다. 그리고 작품의 스토리가 거의 유사하게 구성되어 있다는 점도 문제가 있어 보인다. 그럼에도 불구하고 당대에 최고 인기가 높았던 것은 '겨우 언문이나 해득이 가능한 사람들도 읽으면 다음 내용이 뭘까 하는 궁금증을 유발하는 소설'이었기 때문이란 판단이다.

상허 이태준 신문 연재소설

-《조선중앙일보》: 제2의운명(1933.8.25.~1934.3.23.), 불멸의 함성(1934.5.15.~1935.3.30.), 성모(1935.5.26.~1936.1.20.), 황진이(1936.6.2.~1936.6.30.)

-《조선일보》: 화관(1937.7.29.~12.22), 청춘무성(1940.3.12.~8.11)

-《동아일보》: 딸 삼형제(1939.2.5.~7.19)

-《매일신보》: 왕자호동(1942.12.22.~1943.6.16.), 사상의 월야(1941.3.4.~7.5)

-《현대일보》: 불사조(1946.3.28.~7.29)

상허 이태준 잡지 연재소설

-《신여성》: 구원의 여상(1931.1~1931~8), 법은 그렇지만(1933.3~1934.3)

-《신가정》: 박물장사 늙은이(1934.2~7)

-《신시대》: 별은 창마다(1942.1~1943.6)

-《문학 》: 해방전후(1946.8~1948.1)

라. 이상 시인을 세상에 알린 상허 이태준

상허 이태준이 신문소설로 인기를 끌면서 어느 정도의 영향력을 행사할 수 있었다. 그렇게 구축된 능력으로 이태준 선생이 한 추천 업적 중에서 가장 큰 것이 「오감도」로 유명한 이상 시인과 박태원 소설가를 신문을 통해 세상에 알린 것이다. 이 두 작가가 우리 문단에 미치는 영향은 절대적인 것으로 알려져 있다. 특히 이상 시인의 경우에는 아직도 우리 시단의 중심에 서 있고 많은 후배 문인들이 작품을 연구하고 있을 정도로 큰 영향력을 미치고 있다. 이상 시인의 경우 소설을 쓰기는 하지만 순수소설의 상허 이태준과는 경향이 달라서 연관성이 없어 보인다.

그리고 당시의 문학 수준에서는 난해한 시를 이해하는데 어려움이 있었던 것이 사실이다. 그럼에도 상허 이태준이 소개를 한 것은 '천재가 천재를 알아보았다.'라는 것을 증명하고 있는 것이라 할 수 있다.

우선 한국 근·현대문학의 부정할 수 없는 최고 작가 이상(李箱-1910~1937) 이상 시인을 신문에 소개하는 과정을 소개해 보면 다음과 같다.

1934년 7월 24일 습관처럼《조선중앙일보》를 펼쳐든 독자들은 경악

한다. 마치 암호와 같은 '13인의 아해가 도로를 질주하오'로 시작되는 듣지도 못한 이야기로 시작되는 「오감도」 제1편이 상허 이태준 소개로 발표된 것이다. 이상 시인의 작품이 발표되는 과정에는 숨은 비사가 있다. 정지용 시인이 운영하고 있던 《가톨릭 청년》에 이상 시인이 시를 내면서 알게 되었다. 그 후 정지용은 상허 이태준을 졸라서 신문에 발표를 할 수 있도록 한 사실이 조용만이 1991년에 쓴 「30년대의 문화계」라는 글에서 밝혀졌다.

시 제1호

13인의兒孩가도로로질주하오.
(길은막다른골목이적당하오)
제1의아해가무섭다고그리오.
제2의아해도무섭다고그리오. (생략)

이 시가 발표 되자 「오감도」는 칭찬보다는 비난이 쏟아졌다. 형식과 서술의 난해함은 차체하고라도 '오감도(烏瞰圖)와 조감도(鳥瞰圖)의 한자 구별도 못하는 어린 녀석에게 신문 지면을 함부로 주느냐'라는 독자들의 비난과 항의가 당시 연재를 한 《조선중앙일보》에 쏟아졌다. 심지어 어떤 독자는 신문사를 폭파해 버리겠다는 협박을 하기도 했다.

그러나 이상에게 시를 의뢰한 학예부장 상허 이태준은 의연해 하면서 이렇게 말을 했던 것으로 알려지고 있다.

"좀 더 기다려 보자구. 원래 시대를 앞서가는 예술가들은 비난받기 마련 아닌가."

당시 이상 시인에 대한 절대적인 믿음을 갖고 있던 상허 이태준은 사표를 품속에 넣고 다니면서 소신을 굽히지 않았다. 이런 결심 때문인지 몰라도 「오감도」 연작시는 다음 달 8일까지 15편이나 《조선중앙일보》 지면에 연재할 수 있게 되었다. 신문에서 논란이 되면서 이상이라는 작가는 유명세를 탈 수 있었다. 또한 이렇게 연재된 난해시는 이후로도 계속 문학청년들의 뇌리에 남아 '천재'와 '시'에 대해 고민하게 만들었다. 참고적으로 시인이면서 소설가인 이상의 약력을 소개해보면 다음과 같다.

* 1910 – 8월 20일 김연창과 박세창의 장남으로 출생. 본명은 김해경.
* 1929 – 경성고등공업학교 건축과 졸업, 조선건축회지 「조선과 건축」의 표지도안 현상모집에 당선.
* 1932 – 7월 '이상' 필명으로 시 「건축무한 육면각체」 발표.
* 1934 – 구인회에 가입. 박태원의 「소설가 구보씨의 일일」에 삽화 그려줌.
* 《월간매신》에 시 「보통기념」, 「지팽이 역사」, 《조선중앙일보》에 시 「오감도」 등 발표.
* 1937 – 2월 사상 불온혐의로 일본 경찰에 유치됨, 4월 17일 도쿄대학교 부속병원에서 사망.
  후에 미아리 공동묘지에 안장.

이상 시인은 앞에서 이야기한 것 같이 구인회 회원으로 활동을 하면서 소설가 박태원과 아주 절친한 사이였다. 그렇게 이상의 사생활에 누구보다 정통했던 박태원은 절친한 친구인 이상을 모델로 한 여러 편의 소설을 쓴 것으로 알려지고 있다. 박태원의 소설 「제비」와 「소설가 구보 씨의 일일」은 실제 인물인 이상을 그대로 담아냈고, 「애욕」, 「염천」 등의 소설에도 이상의 애정행각을 그려 넣었다는 것이 후세의 평가이다.

마. 나가는 말

상허 이태준의 신문소설은 단편에 비해 작품성이 뛰어나다고 볼 수 없다. 독창적인 소재를 선택해서 인물 묘사를 철두철미하면서 '소설은 인물이 살아야 한다.'는 원칙을 만든 것이 상허 이태준이다. 이에 반해 신문소설은 이야기 전개에 중점을 두면서 '다음 호의 내용이 뭘까?'하는 궁금증을 자아내게 만들어야 한다. 이런 방식으로 작품을 끊다보면 이야기 전개가 자연스럽지 못한 경우가 많다. 이런 점을 고려해서 상허 이태준의 신문소설을 현대의 시각이 아니라 일제 강점기 독자의 눈으로 판단하고 분석을 했으면 하는 바람이다. 또 우리 시단에 영원한 숙제로 남아 있는 이상 시인의 작품을 자신이 학예부장으로 있는《조선중앙일보》에 발표하게 한 것은 한 시대를 앞서갔던 작가의 모습이라는 판단이다.

VIII

상허 이태준과 구인회九人會

가. 시작하는 말

상허 이태준의 문학적 업적 중에 하나가 순수문학 단체인 '구인회'를 1933년 8월에 결성한 것이다. 식민지 시대에 이 '구인회'를 빼고 나면 문학 계보에 큰 공백이 생긴다는 점에서 유력한 문학단체라는 주장이 있는 반면 '일개의 친목 단체 성격'을 갖고 있다는 평가절하로 호불호가 갈리고 있다. 그럼에도 불구하고 '구인회'는 식민지시대에 중요한 순수한 문학단체라는 주장이 정설로 받아들여지고 있는 중이다. 당시 한시대를 풍미했던 카프(KAPF, Korea Artista Proleta Federatio)가 몰락이 되는 과정에서 문학적 반동으로 '구인회'가 등장을 했다는 생각이다. 문학적으로 중요한 위치에 있음에도 불구하고 자세한 연구가 부족하다는 판단 아래 등장 배경, 구성원, 운영 방식과 활동 내용 그리고 기관지 발행 등에 대해서 알아보고자 한다.

나. '구인회' 등장 배경

이 문학단체가 등장을 하게 된 배경은 1930년대 초반에 문단 중심에 위치해 위력을 떨치던 리얼리즘 문학이 침체기에 빠져들었기 때문이었다. 그 원인은 1931년 9월 18일 류탸오거우사건(일본이 만철(滿鐵) 선로를 폭파하고 이를 중국측 소행이라고 트집잡아 북만주로 일거에 군사행동을 개시함)으로 만주사변의 발생, 경제공황으로 삶의 몰락, 그리고 카프 회원들의 대대적의 검거 활동 등이 되었다. 그 빈자리를 채웠던 것이 모더니즘과 순수문학이었는데 구인회는 그것을 취합한 단체로 보인다. 구인회 결성 광고에서 그 성향을 드러내고 있다.

'학예면 소식-구인회 창립'

"純然한 硏究的 立場에서 相互의 作品을 批判하며 多讀多作을 目的으로 하고 아래의 九名은 금번 九人會라는 사교적 클럽을 맨들럿다."

-《조선일보》, 1933년

위의 내용을 보면 구인회는 문인들의 사교 클럽 정도로 생각하고 결성된 것으로 보인다. 이것은 대외적인 내용이고 실제는 카프가 추구하던 현장 문학에서 벗어나 순수문학을 추구하겠다는 의미가 담겨 있는 것으로 보인다. 이것은 리얼리즘 문학에 피로감을 느꼈던 작가 및 독자들에게는 호감을 끌기에 충분한 사건이었다.

다.'구인회' 창립

 '구인회'의 성격은 실제적으로는 애매모호하다. 거창하게 단체 창립 회를 가진 것도 아니고 특별한 규칙도 없어 보인다. 그리고 주요 활동 도 '구인회'라는 이름이 붙어 있지 않다. 그럼에도 우리 문단에 중추적 인 역할을 했던 것은 아이러니한 일이다. 그런 연유로 일부 학자들은 구인회 자체를 너무 확대 해석을 하고 있다는 지적을 하기도 한다. 그 런 논란을 벗기 위해서는 '구인회'가 즉흥적으로 구성된 단체가 아니라 치밀한 과정을 거쳤다는 것을 확인하기 위해 결성 과정부터 알아보기 로 한다.

① 처음 구상을 한 것은 이종명과 김유영이었고 카프에 대응하는 단
   체를 구성하기 위해 문인들에게 접근
② 먼저 염상섭에게 접근했으나 30대가 주축인 구인회에 40대인 자신
   이 가입하는 것을 부담스러워서 거절
③ 다시 정지용에게 접근을 했는데 참가를 수락함
④ 정지용은 자신과 이태준이 같이 가입하는 것이 어떻겠냐 제의
⑤ 상허 이태준이 적극적으로 가입 의사를 밝힘
⑥ 상허 이태준이 새로 만드는 단체인 만큼 회장이 없는 수평적인 단
   체로 운영하는 것을 제안하고 회원들이 수락, 그러는 과정에서 상
   허 이태준이 자연스럽게 좌장 역할을 하게 됨.
⑦ 마지막으로 구인회 준비 모임에서는 운영에 관한 사항이 논의 되

었는데 내용을 아래와 같다.

　　* 친목 모임이므로 강령과 회규 등은 만들지 않음
　　* 같은 이유로 회장·부회장과 같은 직제는 두지 않음
　　* 한 달에 한두 번씩 만나 서로의 작품을 평하고 격려를 함.
　　* 카프가 비난을 해도 무시해 버림.

　　위의 내용은 운영방식을 정리한 것으로 애초 특별한 정관이나 회칙이 없었다. 이런 방식으로 운영되는 것을 주도한 것이 상허 이태준으로 알려지고 있는데 문제는 처음 구상했던 이종명과 김유영은 조금 더 화려한 단체를 만들고 싶었던 것으로 알려지고 있다. 카프라는 단체에 대항하기 위해서는 대외적으로 강력한 문학단체를 만들어야 한다는 생각을 갖고 있었지만 한계에 직면하면서 결국 이 둘은 추후에 탈퇴를 하게 된다.

　　'구인회' 발회식은 경성농업학교 영어 교사를 하던 이효석의 여름방학을 기다려 1933년 7월 그믐께(혹은 하순)로 정한 것으로 알려지고 있다. 모임 장소는 서울 광교 천변의 작은 양식집이었고 이종명, 김유영, 이태준, 정지용, 김기림, 이효석, 유치진, 이무영, 조용만 이렇게 9명이 모였다. 상허 이태준이 모임 이름을 '9명이 모였으니 평범하게 구인회'라고 하는 것을 제안해서 받아 들여졌다.

　　발회식에 이어 창립을 선언을 했는데 1933년 8월에 《조선일보》,《조선중앙일보》,《동아일보》 등 당시 조선인들이 운영하던 각 신문에 창립을 전하는 기사가 실려 있다. '구인회'의 본격적인 활동은 제1회 월평회로 시작이 되었다.

첫 번째 월평회에서는 상허 이태준의 소설『아담의 후예』, 김기림과 정지용의 시, 이무영의 희곡 등이 발표되었고 각 작품에 대한 치열한 비평도 오고 간 것으로 알려지고 있다. 특히 눈길을 끄는 것은 희곡이 들어 있었는데 이후에는 시와 소설만 토론했다.

'구인회'가 전국적으로 영향을 미친 것은 신문지면을 통한 활동이라고 할 수 있다. 대표적인 것이 1934년 1월1월부터 26일까지 총 16회에 걸쳐「1934년 문학 건설 - 창작태도와 실제」라는 칼럼을《조선일보》에 연재한 것이다. 이 칼럼에 참여한 사람은 모두 '구인회'는 아니었지만, 이태준, 이무영, 이종명, 이효석, 유치진 등 5명이 자신들이 추구하는 창작의 태도를 이야기를 하고 있다. 이 칼럼의 내용이 특정한 방향성이 보이지 않았던 것을 살펴볼 때 구인회에는 일정한 강령이 정해지지 않았던 것으로 판단된다.

라. 구인회 회원 변동 상황

* 창립회원: 김기림·이효석·이종명·김유영·유치진·조용만·이태준·정지용·이무영

* 창립한 지 얼마 안 되어 이종명·김유영·이효석이 탈퇴하고 대신 박태

원·이상·박팔양이 새로 들어왔음

　＊ 그 뒤에 유치진·조용만 대신에 김유정·김환태로 바뀌었으나 회원 수
는 항상 9명이었음.

참고적으로 '구인회'는 발족 당시 문인들만의 문학 모임이 아니라《조
선문단》을 통해 등단한 이종명과 시나리오를 쓰며 영화감독을 겸하고
있던 김유영 등이 참여해 예술 전반을 포용하는 단체였다. 그러나 시간
이 경과하면서 시와 소설 중심으로 단체 성격이 자리 잡게 된다.

마. 구인회 운영 방식

'구인회' 창립에는 상허 이태준이 독보적인 역할을 했는데 그 배경에
는 '카프(KAPF:Korea Artista Proleta Federatio:조선 프롤레타리아 예술가 동맹)와
대립각을 세우고, 문학의 현실참여를 주장하는 경향성에 반대'하는 순
수문학을 위한 적임자였기 때문으로 보인다.

즉 '순수예술추구'를 목적으로 약 3～4년 동안 월 2～3회의 모임과
서너 차례 문학 강연회를 했다. 또한《시와 소설》이라는 기관지를 한
번 발행하고 폐간되었다.

이렇게 실제로는 문학 활동에는 소극적이었으나, 참여한 작가들이

차지하는 위치로 인해 '순수예술 기수'로 평가를 받는 분위기를 형성했다. 이런 활동에 대해 후세 작가와 문단에서는 '순수문학을 지키는 파수꾼 역할을 했고 더 나아가 1930년대 이후 민족문학의 주류'로 평가를 내리고 있다.

바. 구인회 창작 토론 활동

이 단체 탄생을 알리는 말의 시작은 상허 이태준이 한 것으로 알려지고 있다. 그 내용이 정확한 것인지 알 수가 없지만 다음과 같이 했던 것으로 전해지고 있다.

"이태준입니다. 좌장께서 모두에 감동적인 인사를 하셨습니다. 저 역시 오늘의 이 모임이 우리 문단사에 유일한 순문학 단체로 남을지도 모른다는 생각을 했습니다. 모두가 같은 뜻으로 모였기에 일관된 초지로써 향후의 작품을 통해 조선 문단예술에 일익이 되었으면 합니다. 친관단체도 아니고 공조직도 아니므로 일체의 의례를 생략하겠습니다. 그럼 지금부터 가칭 '순문학 단체'의 발회를 개회 합니다."

이렇게 공식적으로 시작한 '구인회' 활동은 단체보다는 개인의 활동에 비중을 크게 두고 있었다. 단체적인 활동으로는 '월 합평회와 문학 공개 강연회'을 들 수 있다. 월 합평회는 문학 동인들이 상대방의 작품을 지적하고 토론하는 형식으로 진행이 된 것으로 알려지고 있다. 회원들은 순수 문학 동인 활동 정도로 생각을 했지만 문단 중진들이 대거 포진하고 있었다는 점에서 주목을 받을 수밖에 없었다. 그런 상황을 반증하는 것이 당시의 신문 기사이다. 아서원(雅敍園)에서 처음으로 정기모임을 가진 내용을 소개해 보면 다음과 같다.

* **논의된 작품** – 이무영의 「아버지와 아들」, 상허 이태준의 「아담의 후예」, 이종명의 「순(純)이와 나」 그리고 김기림, 정지용의 시 등임

* **토론 내용** – 김기림, 정지용 시에 대한 상허 이태준의 '어쨋든 鄭芝鎔氏와 金起林氏 두 분에게는 文學史上으로도 큰 기대를 갓습니다. 우리의 말을 좀 더 캐어 낸다는 의미에서, 그리고 그것이 완성되는 때는 想도 수습될 것이고, 말로서나 내용으로서나 완전한 작품이 될 줄로 밋습니다.' -《조선문학》, 「김인용, 구인회 월평 방청기」, 1933년

* **의의** – '순연한 연구적 입장에서 상호의 작품을 비판하며 다독다작을 목적으로' 한다는 '구인회' 창립 목적에 부합했고 정기적인 작품 합평회는 이후에도 계속 지속됨

이 합평회 활동보다 더 대중적인 관심을 집중시켰던 것이 두 번에 걸쳐 진행이 됐던 '문학 공개 강연회'였다. 이 활동이 의미가 있는 것은 창립된 구인회가 몇몇 회원들이 나가고 새로운 회원들을 받아들여서

구체적인 형태를 구성하고 난 뒤여서 '구인회'의 전성기라고 할 수 있기 때문이다.

1차 문학 공개 강연회

− 1934년 6월 30일 《조선중앙일보》의 학예부의 후원 아래 '시와 소설의 밤'이라는 제목으로 종로 기독교청년회관에서 개최 됨

− 문학 강연 내용은 이태준, 박태원, 김기림이 각각 「창작의 이론과 실제」, 「언어와 문장」, 「시의 근대성」으로 강연을 하고 정지용은 시 낭송을 하였다. −《조선중앙일보》, '시와 소설의 밤', 1934년

− 1차 강연회에서는 '이태준씨의 강연이 가장 훌륭하였고 더욱이 정지용씨의 시 낭독은 가장 인기가 좋았다'(B기자, 《문단신문》, 1934년)는 평가가 있다.

2차 문학공개 강연회

− 1935년 2월 18일부터 5일간 '조선 신문예강좌'라는 제목으로 《조선중앙일보》의 후, 청진동 경성보육 대강당에서 개최됨.

−1차 강연회에 비해 훨씬 규모가 커져 구인회 회원뿐 아니라 이광수, 김동인과 같은 선배 문인들까지 연사로 등장을 함.

− 2차 강연회에 출연한 연사와 강연 제목은 아래와 같다.

박팔양 「조선신시사」, 김상용 「시의 제재」, 이상 「시의 형태」, 김기림 「시의 음향미」, 정지용 「시의 감상」, 이광수 「조선 소설사」, 김동인 「장편 소설론」, 「단편 소설론」, 이태준 「소설의 제재」, 「소설과 문장」, 박

태원 「소설과 기교」, 「소설의 감상」(《조선중앙일보》, '조선 신문예 강좌'
1935년)

'구인회'의 원로 문인 공격

'구인회'는 결성 당시부터 기관지 발간에는 관심이 없었다. 당시 세력
을 떨치던 카프에 대항해서 순수문학 단체를 운영하는 것이 목적이었
다. 그러나 카프는 1,2차 구속으로 초토화되었고 아래와 같이 해산을
하게 된다.

동대문경찰서 고등계에서는 지난 4월 초순부터 조선프롤레타리아
예술동맹의 간부 임인식 씨를 여러 차례 방문하고 그 해체를 권고하여
왔으나, 동 예술동맹에서는 해체를 주저하고 그대로 붙들어 왔었는데,
경찰 측의 해체 요구는 여전히 계속되어, 지난 4월 22일에는 맹원들이
집합하여 일대 논의를 거듭한 후 비장한 해체를 결의하게 되어 28일에
는 대표 임인식 씨를 명의로 해체계출(解體届出)을 동대문서 고등계에
제출하였다 한다.

- 《동아일보》, 1935년

위와 같이 카프가 해체된 이후에는 '구인회'는 기존의 문학인들에 대
한 공격에 나서게 된다. 그 대표적인 인물이 당시 최고의 작가로 불리
던 춘원 이광수였다. 이광수의 경우에는 1933년 8월에 편집국장으로
있던 《동아일보》에서 《조선일보》 부사장으로 전직을 한 상태였다. 구

인회 소속 이무영은 이런 점을 지적하면서 6월 20일부터 3회에 걸쳐 다음과 같은 내용으로 공격을 하게 된다.

'…모모신문 편집국장 이광수라든가 모모신문 부사장 이광수라는 것 보다는 소설가 이광수가 얼마나 격에 맞게 들리는지 모르겠습니다…'라 며 춘원의 급소를 건드렸다.

작품으로는 1932년《동아일보》에 연재한「흙」을 공격했는데 '…선생은 농촌으로 가라고는 하겠지만 농촌은 어떤 곳이며 오늘날의 농촌 현실은 어떤 것인가 라는 것은 아르켜 주심이 없었습니다…' 즉 농민이 '농자천 하지대본'일 뿐이라면 그들에게 무슨 심오한 철학과 인간성이 있을 것이 며, 사랑이란 것도 농촌 외적인 것에 담보하는 파격적 외연의 줄거리가 없다면 먹고 자고 일하고 아이 낳는 데에 무슨 예술을 대입시킬 것인가의 지경이라는 것이다.

그러면서도 이무영은 읍소한다. '…선생은 다시 십 년 전으로 돌아가 셨으면 하옵니다. 정치기구인 신문사의 편집국장 시대와 사장 시대를 한 짧막한 여름밤의 못된 꿈으로 돌리시고 다시 혈서의 작자로, '무정'의 작자로 돌아가시면 하옵니다. 다시 옛날의 대학 청년 시대로 돌아가소 서…' 한마디로 정치무대인 신문사와 직책을 버리고 옛날의 열정적 작가 로 돌아가라는 내용이었다.

당대 최고의 작가로 군림을 하던 이광수를 신문 지면을 통해서 공격 을 하고 나서자 문단은 벌집을 쑤셔 놓은 듯 할 수밖에 없었다. 계몽소설의 교과서 같았던 이광수의 「흙」을 부정하는 글은 기성세대에게 던지는 도전장 같은 것이었다. 문제는 여기에 머무르지 않고 당대 작가들을 비판한 것으로 다음과 같이 진행 되었다.

지면:《조선중앙일보》학예면 석간

게재 기간: 1934년 6월 17일~6월 29일

제하: 격! '흉금을 열어 선배에게 —彈을 날림'

필진 및 비판 대상자

* 이무영·이광수/2.이종명·현진건/3.박태원·김동인/4.조용만·염상섭/5.김기림·주요한

비판 요지

* '구인회'의 대외적 과시를 묵시적으로.

* 민족주의 문학의 승계자임을 자긍심으로.

* 카프를 자극하지 말 것.

* 연재(3회까지)도 가능함.

* 필히 예의를 갖출 것.

표현의 자유가 보장된 지금에도 이런 식으로 문단 대표 주자들을 공격하는 것은 불가능한 일이다. 그럼에도 가능했던 이유는 많다. 우선 '구인회' 멤버들이 문학적으로 단단한 입지를 구축하고 있었고 9명이라

는 단체라는 점에서 유리한 것으로 보인다. 또 다른 이유는 9인회 회원들이 당시의 신문 잡지에서 중요한 위치에 자리 잡고 있었기에 가능했다. 당시 상황을 알아보면 아래와 같다.

  * 이태준-조선중앙일보 학예부장으로 《조선중앙일보》 및 자매지 《중앙》

  * 박팔양-조선중앙일보 사회부장으로 《조선중앙일보》 및 자매지 《중앙》

  * 이무영-1933년 2월부터 《문학타임즈》(조벽암과 공동 발행) 주간

      -1934년 《동아일보》 학예부 기자로 자매지 《신동아》

      -1936년 《조선문학》 주간

  * 김기림-《조선일보》 기자와 자매지 《조광》

  * 정지용-1933년 6월 《카톨릭 청년》 주간

      -1930년 창립한 박용철, 김영랑의 《시문학》 후속지인 《문예월간》(1932)

사. 기관지 《시와 소설》 발간

'구인회'의 활동 중에서 중요했던 것 중에 하나가 회원들의 작품을 모아서 만든 기관지이다. 이 잡지 이름은 《시와 소설》이고 40페이지 정도 되는 작은 책자이다. 이 책자를 발간하는데 회원들이 적극적이지 않았던 것 같다. 그런 내용이 인터넷 사이트 경성뾰이걸에서 '8.변동림과의 넉 달|작성자 지촌나루'에 다음과 같이 기록 되어 있다.

《시와 소설》이 《창문사》를 통하여 구인회의 명실상부한 동인지가 될 줄 알았는데 1차 편집으로 종말이었다. 이상은 김기림에게 하소연했다. 지구상에서 최고로 게으른 집단이 구인회라고… 《시와 소설》이 1936년 여름을 넘기자 이상과 구보는 구본웅에게 할 말을 잃었다.

위의 내용을 보면 《시와 소설》은 이상 시인이 전적으로 맡아서 발간 작업을 한 것으로 보인다. 나중에 알려진 사실이지만 2집의 발간을 이상의 시와 소설로 편집하려 했으나 이상의 도일로 보류되었으며 그 후에는 '구인회' 자체가 유명무실해지면서 기관지 발간은 종막을 고하게 된다. 그러나 비록 창간호인 1집에 그쳤으나 당시 카프 문학의 정치성에 대응한 유일한 순수문학 동인지라는 점에서 상징적 의미가 크다는 것이 문학가의 일반적 평가이다. 《시와 소설》의 주요 내용을 소개해 보면 다음과 같다.

편집 겸 발행인은 구본웅(具本雄). 통권 1호. 국판. 호부장. 39면. 1936년 3월 간행. 《창문사》(彰文社:서울 서대문동 2가139)로 되어 있다. 책의 판형은 국판 40면이고, 정가는 10전이다. 창간호에 내용은 평론 1편, 수필 3편, 소설 2편, 시 7편으로 구성되어 있다. 평론으로는 김기림의 「걸작에 대하여」, 소설로는 박태원의 「방란장주인」과 김유정의 「두꺼비」, 수필로는 이태준의 「설중방란기」, 김상용의 「시」, 박태원의 「R씨와 도야지」, 시로는 정지용의 「유선애상」, 김상용의 「눈오는 아침」, 「물고기 하나」, 백석의 「탕약」, 「이두국주가도」, 이상의 「가외가전」, 김기림의 「제야」 등이 게재되었는데, 구인회 활동에 비해 작품의 수량은 빈한했다.

1936년 3월 발간 된 《시와 소설》 앞부분에는 참여 작가들의 '편편상(片片想)'과 '편집을 맡는 이상의 공지 사항'이 실려 있는데 그 내용은 아래와 같다.

"값있는 삶을 살고 싶다. 단 하루를 살더라도―"-(박팔양)

"결국은 '인텔리겐챠'라고 하는 것은 끊어진 한 부분이다. 전체에 대한 끊임없는 향수와 또한 그것과의 먼 거리 때문에 그의 마음은 하루도 진정할 줄 모르는 괴로운 종족이다."-(김기림)

"소설은 인간 사전이라 느껴졌다."-(이태준)

"벌거숭이 알몸으로 가시밭에 둥그러져 그 님 한번 보고지고"-(김유정)

"노력도 천품이다."-(박태원)

"어느 시대에도 그 현대인은 절망한다. 절망이 기교를 낳고 기교 때문에 또 절망한다."-(이상)

"언어 미술이 존속하는 이상 그 민족은 열렬하리라."-(정지용)

"불탄 잔디의 싹이 더욱 푸르다."-(김상용)

"예술이 예술된 본령은 묘사된 대상에 있는 것이 아니라, 그를 종합하고 재건설하는 자아의 내부성에 있다."-(김환태)

차차 페이지도 늘일 작정이다. 회원 밖의 분 것도 勿論 실닌다. 誌面을 나누는 것은 의논껏 하고 編輯만 印刷所關係上 李箱이 맡아보기로 한다. 그것도 역 의논 후ㅅ일이지만. (생략) 詩와 小說에 대한 일체 通信은 彰文

社出版部 李箱안테하면 된다. —(편집 담당 李箱 공지사항)

—《시와 소설》, '編輯後記', 1936년

상허 이태준이 게재한「설중방란기」는 근대에 대한 반성과 비판이 극복되면서 정신의 추구나 전통 세계로의 회귀가 나타나는 상고주의와 후기 이후의 사상적 반성이라는 평가를 받는데 그 내용을 요약해 보면 아래와 같다.

芝容大人에게서 편지가 왔다.

"가람선생께서 난초가 꽃이 피었다고 22일 저녁에 우리를 오라십니다. 모든 일을 제쳐 놓고 오시오. 청향복욱(淸香馥郁)한 망년회가 될 듯하니 즐겁지 않으리까"

과연 즐거운 편지였다. 동지섣달 꽃 본 듯이 하는 노래도 있거니와 이 영화 20도라는 엄설한(嚴雪寒)속에 꽃이 피었으니 오라는 소식이다.

이날 저녁 나는 가람댁에 제일 먼저 들어섰다. 미닫이를 열어주시기도 전인데 어느덧 호흡 속에 훅 끼쳐드는 것이 향기였다. (생략) 주인 가람 선생은 이야기를 잘하신다. 객중에 지용형은 웃음소리가 맑다. 청향청담 청소성(淸香淸談淸笑聲)속에 진잡(塵雜)을 잊고 반야를 즐기었다.

—이태준 수필「설중방란기」일부

아. 나가는 말

상허 이태준의 문학적 업적 중에 하나가 당시 횡행하던 프로문학 카프에 대항해 문학단체를 결성해서 대항한 것이 '구인회'다. 그러나 실제로는 상허 이태준이 구상을 한 것이 아니라 다른 작가들이 한 것이었다. 또 '구인회'의 대표도 염상섭 소설가가 거론되었다. 왜냐하면 당시에 카프에 대항을 해서 논리적으로 싸웠던 사람이 염상섭이었기 때문이었다. 그러나 회원들이 구성되면서 상허 이태준이 좌장으로 자리 잡게 되는데 그 이유는 아무래도 동년배가 아니라는 문제가 있었고 상허 이태준의 야망이 내재되었던 것 같다. 그러나 분명한 것은 '구인회'는 암울했던 식민지시기를 대표하는 순수문학 기수로서 충분한 역할을 했었다는 점이다. 다만 지속성을 갖지 못하고 《시와 소설》기관지 창간 발간으로 생명을 다한 것은 두고두고 아쉬움이 남는다. 이런 원인은 앞에서 밝혔듯이 회원들이 각자 직업을 갖고 있어서 열정적으로 참여할 수 있는 동력을 상실한 것으로 보인다. 또 창립 목적이 '카프에 대항하는 순수문학 단체'였는데 그들이 몰락하는 바람에 목표를 상실했던 것도 한 몫 했을 것이다. '구인회' 상허 이태준에게는 영광과 몰락을 가져다 준 단체였다. 일제 강점기에는 '구인회' 활동을 통해 순수문학의 기수라는 명성과 위상을 안겨 주었다. 그러나 월북한 후에는 1956년 1월 조선노동당 중앙위원회에서 '구인회' 활동과 관련 비판을 받으면서 몰락의 길로 접어들게 됐다. 당시 카프의 리더였던 임화, 김남천 등과 같이 비판을 받았다는 것은 아이러니한 일이다.

IX
잡지 《문장》이 갖는 문학적 위상

상허 이태준의 업적 중에서 중요한 것 중 하나가 잡지《문장》의 주간이 되어 대중들에게는 순수 문예지에 대한 인식을 높이면서 신진 소설가에게 작가로서의 문을 열어 준 것이라 할 수 있다.《문장》이 등장하던 시기는 1937년 7월 7일 베이징(北京) 교외의 작은 돌다리인 '루거우차오(蘆溝橋)'에서 일본군과 중국군 사이에 일어난 작은 사건을 빌미로 일방적인 공격으로 벌어진 중일전쟁이 한참 진행되던 때였다. 당시 일본은 조선반도를 병참 기지로 활용하기 위해 우리의 말과 글을 말살시키려는 책동이 시도되고 있던 상황에서 순수 문예지《문장》이 등장한 것은 많은 사람에게 희망을 주었다는 점에서 문학사적 위상이 컸다는 판단이다.

가. 재정 후원자 김연만

　상허 이태준의 업적 중에서 가장 빛나는 것이 순수문학 종합지로 1939년 2월 1일 창간한 《문장》의 주간으로 활동한 누구나 인정하는 업적이다. 당시의 상황은 일본이 우리나라 민족혼을 말살하기 위해 모든 수단을 강구하던 시기였다. 그럼에도 불구하고 1939년에는 《문장》과 《인문평론》 외에도 《시학》, 《작품》, 《맥》, 《백지》, 《시림》 등 여러 문예지가 등장한다. 이것은 조선의 문학을 살리기 위한 작가들의 몸부림이기도 했다. 그러나 일본의 탄압이 날로 가중되면서 많은 잡지가 곧바로 폐간을 피할 수 없게 된다. 그런 암담한 시절에 희미한 빛을 던지던 것이 《문장》과 《인문평론》이었다. 이 두 개의 문학지도 일본의 압력에 성향이 변하게 되는데 《문장》은 장점으로 활용할 수도 있는 전통 지향주의를 지나치게 고집한 나머지 도피적이고 허무주의적인 색채를 띠게 되었다. 또한 《인문평론》은 발행인 겸 편집인인 최재서의 성향 때문에 친일 성향을 보이는 안타까운 일이 벌어지게 되었다. 그럼에도 불구하고 《문장》은 순수 문예지 성격을 잃지 않아 많은 문학인들에게 선망의 대상이 되었다는 점은 고무적인 일이라고 생각되며 우선 등장 배경부터 알아보기로 한다.

　1936년 8월 미나미 지로(南次郎, 1874년~1955년)이 조선 총독으로 부임하면서 문단에 피바람이 예고되었다. 미나미 지로는 일본의 대륙정책이 1931년에 만주 강점이 성공되자 만주국 특명전권대사에 임명, 사실상의 만주 총독 노릇을 해온 미련하고 저돌적인 인물이었다. 이 작자는 조선을 완전히「황민화」해 일본사람으로 만들어 놓아야 그들의 대륙침략에 후환이 없을 것이라고 착각을 했었는지 조선 총독이 되자마자「황민화」정책을 강력하게 밀고 나갔다. 그때까지의「내선융화」를「내선일체」로 바꾼 다음「국어상용」,「신사참배강요」,「지원병제도 실시」,「조선어 폐지」,「조선문신문폐지」, 그리고「창씨개명의 실시」로 조선 사람을 깡그리 일본사람으로 만들어가려는 작업을 추진시켜갔다. 이어 1937년 7월 노구교사건으로 중일전쟁이 터지자 미나미는 즉시『전시체제령』을 발표해 우리의 손발을 꽁꽁 묶어놓았다. 그 여파로 1937년 이후로 조선에서는 그나마 허용되었던 정상적인 문화 활동을 할 수 없게 되었다. 이런 절망 속에서 상허 이태준이 주간으로 1939년 2월 창간한 순수문예 잡지《문장》은 다음과 같은 상당한 의미가 있다.

'발행인 김연만, 주간 이태준, 그림과 장정 길진섭 김용준.
일제강점기 말의 민족문화 말살정책의 와중에서 탄생하여,「한중록(恨中錄)」,「도강록(渡江錄)」,「인현왕후전(仁顯王后傳)」등 민족고전의 발굴·주석에 힘쓰고, 민족 문학의 계승 발전을 위해 유능한 신인을 많이 배출하였다.'

– 한국국학연구소 자료 인용

위의 내용을 보면《문장》의 초대 발행인은 김연만으로 되어 있다. 많은 사람이 상허 이태준으로 알고 있지만, 실제 발행인이 된 것은 제2

권, 제6호부터이다. 이렇게 된 것은 김연만이 《문장》의 발간 비용을 담당하는 사람이었고 나중에 발행인을 상허 이태준에게 넘긴 것은 특별한 관계에 있었기 때문이었다. 더 정확하게 말을 하자면 김연만이 없었다면 이 땅에 《문장》은 태어날 수 없었다. 또 김연만은 자신이 믿고 맡길 수 있었던 상허 이태준이 없었다면 문예지 발간을 추진하지 않았을 것으로 보인다. 따라서 김연만과 상허 이태준은 서로 믿고 의지하는 관계였던 것으로 판단된다.

김연만의 출생지인 경상북도 김천시의 『디지털김천문화대전』 자료를 보면 '독립운동가'이면서 '출판인'으로 기록되어 있다. 그는 1904년경 지금의 경상북도 김천시 감호동에서 태어났다. 아버지는 부산 출신으로 김천에 정착 후 우피(牛皮) 무역을 통해 거부(巨富)가 된 김기진으로 알려지고 있다.

참고로 『한국학 중앙연구원』 자료집에 '일제 강점기 김천 황금동 현 수원지 남쪽에 부지 3,844㎡에 우시장이 설치되어 일반 시장과 같이 5, 10일에 개장하였다. 시장에는 50여 명의 중개인이 있었고 광복 전까지는 상주·거창·선산·무주 등에서 소 장사들이 몰려 1939년의 경우 연간 5,900여 마리가 거래되었다.'는 기록이 있는 것으로 봐서 당시 김천은 우시장으로 유명했던 것으로 보인다.

이런 거부의 아들이었던 김연만이 상허 이태준이 다니던 휘문고등보통학교에 진학한 것은 하늘이 도운 것이라 할 수 있다. 같은 성향을 가진 학생들끼리 아주 친하게 지낸 것으로 알려지고 있는데 자전적 소설 「사상의 월야」에서 상허 이태준을 도와준 것에는 김연만이 등장하지 않고 박일선(朴一善)이 후원자로 다음과 같이 묘사되고 있다.

　밀양에서 온 학생으로 이태준과 제일 친한 동무로서 이태준의 학비를 자진해서 도와주기로 한 것도 이 사람이었다.

—《을유문화사》, 「사상의 월야」, 1946년

　박일선은 상허 이태준이 어려움에 빠졌을 때 옆에서 도와주었고 특히 1924년 동맹휴학 주모자로 퇴학당한 상허 이태준이 일본으로 유학 갈 수 있도록 후원을 하였고 실제 일본으로 떠나는 정거장에 '퇴학 동무와 같이 나와서 굳은 악수를' 한 것으로 기록되어 있다. 그러나 「사상의 월야」를 발표하면서 실제 등장인물에 피해가 갈까 봐 가명을 사용했던 것을 생각하면 '박일선=김연만'일 가능성이 높다. 상허 이태준 작품에는 박일선이 더 이상 등장하지 않고 일제강점기 각종 신문자료에도 이름이 거론되지 않는 것을 보면 가명일 가능성이 높아 보인다.

　이렇게 든든한 후원자 중의 한 사람이었던 김연만은 메이지대학[明治大學]을 졸업한 후인 1938년 이후에는 더 적극적으로 나서게 된다. '구인회(九人會)' 활동을 하던 시기에는 박태원의 소설 『소설가 구보씨의 하루』를 발행하는데 재정적 후원을 했으나, 내용 가운데 '군인의 태도를 야유'하는 내용이 있다고 하여 「출판법」에 의해 삭제 처분을 당하기도 하였다. 이런 일을 했던 김연만은 조선원피판매주식회사(일본군에게 가죽 의류 제품을 공급하던 회사) 대주주로 활동하면서 재정이 넉넉한 상태였다.

* 참조: 조선조선원피판매주식회사

조선총독부는 한국의 진돗개를 천연기념물로 지정한 1938년도에 조선총독부령 176호를 발령, 한국의 견피를 국가적으로 중요한 품목으로 지정해 함부로 사고팔 수 없도록 했다. 이런 조치는 한국의 토종개를 보존한다는 명분을 얻는 한편 다른 개들을 쉽게 도살해 견피를 조달하기 위한 것으로 해석된다. 또 그 이듬해인 1939년에는 견피의 배급통제에 관한 법령을, 1940년에는 견피의 판매제한에 관한 법령을 각각 발표하는 등 엄격한 수급제한 조치를 계속해서 내리고 원피 수급을 독점하는 일종의 공기업 성격인 조선원피판매 주식회사를 설립하고 특별한 사유가 없는 한 이 회사를 통해서만 견피를 유통 시킬 수 있도록 조치했다.

–《연합뉴스》, 「한국 토종개 조직적으로 학살한 조선총독부」, 2001년

위의 원피가 중요 했던 것은 일본군의 방한옷과 방습용 옷으로 만들었기 때문이었다. 특히 우리나라의 개들의 가죽이 좋다는 판단 아래 총독부 산하 조선원피주식회사가 매년 적게는 10만~20만 두, 많게는 50만 두를 모아 군용 모피로 썼다. 일본은 7년간 100만 마리 이상을 도륙한 것으로 나타났다. 당시에는 견피만 사용했던 것이 아니라 여러 동물 가죽 사용을 했다. 그래서 상허 이태준의 작품 「토끼 이야기」가 등장을 하고 있다. 이 작품은 상허 이태준 의 일제 말기의 사생활을 담

고 있기도 하다. 일부 평론가들이 친일 성향 작품이라는 평가가 있지만 '단지 일본 군인들에게 필요한 모피를 생산하기 위해 토끼를 기르는 행위'를 가지고 혐의를 두는 것은 확대해석이라는 생각이다. 작품 전체를 본다면 일본의 가죽 납품 사업에 섣불리 동참했다가는 낭패를 볼 수 있다는 뜻으로 해석된다. 친일 작품으로 몰아부치기 위해서는 토끼를 기르는 주인공이 성공하는 것으로 끝이 나야 하는데 M여전 문과 출신 우아한 부인이 칼을 들고 토끼 가죽을 벗기는 참혹한 모습이라는 점을 생각하면 '당시 상황을 풍자한 것'이라는 심증을 굳히지 않을 수 없다.

김연만은 상허 이태준이 문학지 발행을 권유하자 이를 받아들이고, 1939년 편집 겸 발행인으로 《문장》을 발간하였다. 주요 필진으로 이태준·정지용·이병기 등이 참여한 《문장》은 《인문평론》과 함께 당대 대표적인 문예지로 많은 인기를 누렸다. 1944년 김연만은 조선총독부가 연극을 통한 체제 정비 과정에서 만든 조선이동창극단(朝鮮移動唱劇團) 창설에도 관여하였다.

해방 후 김연만은 다시 언론 활동에 뛰어들어 1947년 《만세보(萬歲報)》를 창간하였다. 그런데 1948년 12월에 속간된 《문장》 3-5호의 「현단계 문화 발전의 역사적 특질」이 「국가보안법」에 저촉된다고 하여 전부 압수되고, 《문장》 속간호는 공보처로부터 발매가 금지되었다. 또한 《문장》을 발간한 김연만은 편집 책임자인 정지용과 함께 수도관구 경찰청에 「국가보안법」 위반 혐의로 불구속 송치되었다.

6·25전쟁이 한창이던 1952년 조선노동당은 남한에서 대중 포섭의 새로운 방법으로 '구국투쟁동맹'을 각 지역에 결성하고자 하였다. 그 과정에서 구국투쟁동맹 서울특별시지회가 구성되었는데, 상허 이태준·엄항섭(한국독립당 소속)·이갑성(민주독립당 소속) 등과 함께 김연만의 이름도 확인된다. -『디지털김천문화대전』인용

나. 잡지 《문장》 발간과 김연만

《문장》 발행인이 김연만이 된 것은 일본과 합작형태인 조선원피판 매주식회사의 대주주로 막대한 경제력을 바탕으로 하고 있다. 특히 일본 군인들의 전투복 재료인 모피를 공급한다는 점에서 친일에 대한 혐의가 있을 수 있다. 그럼에도 그 행적에 대해서 비판을 하지 않는 것은 김연만이 갖고 있던 우리 문학에 대한 깊은 이해와 상허 이태준과 특별한 관계가 있었기 때문으로 보인다. 만약 1930-40년대 순수문학지인 《문장》마저 없었다면 그야말로 문학 암흑기였을 것을 생각해 보면 김연만의 기부 행위는 매우 의미 있다 하겠다.

그런 주장을 뒷받침하는 것이 《문장》지 마지막에 '여담'이라는 코너에 김연만이 쓴 내용을 보면 알 수 있다. 그것을 소개해 보면 다음과 같다.

'나는 공부한 것도 문학이 아니요 현재의 생활도 문학이 아닙니다. 그러나 예술에의 존경과 서적에 대한 관심만은 이미 가져온 지 오랬고, 또 힘만 자라면 어느 각도에서나 좀 진취적인 문화행동을 갖고 싶었던 것이 나의 청년 소회였다. 마침 나와 막역한 문학인 李泰俊兄과 뜻이 합하매 우선 조그맣게나마 출판 일부터 첫걸음 삼는 것이다.

잡지 《문장》은 월간으로, 단행본들은 좋은 원고를 얻는대로 수시 간행할 방침이다. 이런 일이 작가들께, 문단에, 좀 더 크게는 우리 문화 전반에 조그마한 도움이라도 되어 드릴 수 있다면 하는 나로서는 과도한 열정을 품는다. 특히 애독자 제씨들의 끊임없는 성원을 빈다. (김연만)'

−《문장》, '여담', 1939년

위의 내용을 보면 김연만이 우리 문학을 얼마나 좋아했고 어떤 생각을 가졌는지 알 수 있는데 정리해 보면 아래와 같다.

* 자신은 문학을 공부하지 않았다.

* 문학을 존경하고 책의 출판에 관심이 높다.

* 경제력이 생기면 어떻게 해서든 문학을 돕겠다는 생각이 청년 시절부터 있었다.

* 상허 이태준이 구상한 문학지에 참여하게 됐다.

* 당장은 월간지를 발간하지만 단행본도 수시 간행할 방침이다.

* 이런 활동이 문화 전반에 도움이 된다면 좋겠다.

당시 상허 이태준은 어떤 계기와 생각으로 《문장》 창간을 김연만에게 권하게 됐는지 밝힌 글이 있어 소개 한다.

'일전에 어느 사석에서다. 누가 조선문화를 알려람에 정기 출판물들의 수효를 물었다. 한 친구는 무엇 무엇하고 다섯 손가락이나마 얼른 꼽지 못해 구구하였고 한 친구는 이곳의 문화는 과거에 있지 현재에 있는 것이 아니라고 방패매기를 하였다. 아무러튼 現刊의 문예지 하나 갖지 못한 문단임엔 너머 얼굴이 들리지 않았다. 그렇다고 이 《문장》이 오르지 그런 일시대의 분으로서만 탄생됨이라 함은 아니나 그로말미암에 出世하는 시일을 단축시킨 것만은 사실이다.'

─《문장》, '여담', 1939년

《문장》 창간지 뒷부분을 보면 발행인과 편집인으로 김연만이 등록이 되어 있다. 이것에 근거하면 잡지에서 중요한 위치인 편집을 문단 사람이 아닌 김연만이 하는 셈이다. 실제로 불가능한 일이기 때문에 상허 이태준이 실질적인 편집장을 맡겠다는 내용이 창간호 여담 코너에 기록되어 있다. 그것을 옮겨 보면 다음과 같다.

'사주 김연만友는 문단인은 아니다. 문단의 한 義人일 뿐이다. 그의 義에 대한 禮나, 그 의를 성숙시킴엔 좋은 작품을 낳는 것뿐이다. 좋은 작품을 낳음엔 작가 독단의 힘만은 아니다. 때로는 편집자가 산파의 역할을 담당하는 경우도 있다. 당분간 나는 작가보다 편집자로서의 그 일에 충

실할 것을 《문장》과 작가, 여러 벗에게 약속한다.'

-《문장》, '여담', 1939년

《문장》은 내용뿐만 아니라 장정에서도 독창적으로 꾸며져 독자들의 사랑을 받는 것으로 유명하다. 이것은 상허 이태준이 작품집 발간 장정에 최고의 작가를 선택하던 것과 일맥상통하는 것으로 길진섭씨에게 맡겨 현대에도 아름답게 느껴질 정도로 최고의 문예지가 탄생 되도록 했다.

간단하게 길진섭 화가를 소개해 보면 그는 1907년 평양 출생, 3·1운동 민족대표 33인 중의 한 사람인 길선주(吉善宙) 목사의 아들이다. 1932년 일본 동경미술학교 서양화과를 졸업한 뒤 서울에 정착하였고, 1939년 창간된 문예지 《문장》의 디자인 편집위원을 담당했다. 해방 전까지는 간결한 필치와 풍부한 감화력을 보여주는 여인, 꽃, 풍경 등을 그렸으며, 윤희순(尹喜淳)으로부터 '현대적인 표현 감성이 돋보이는 작품들'이라는 평가를 받았다.

다. 잡지 《문장》 발간과 추천제도

《문장지》가 다른 잡지와 달랐던 것은 신인 추천제도 도입이었다. 당시 문학을 꿈꾸는 예비 작가들이 아주 많았다. 이들에게 등단 기회를 준다는 것은 작가로 향해 열린 문과도 같았다. 그래서 전국적으로 주목을 받기에 충분했다. 그리고 당시에는 순수문학의 기치를 내세운 《문장》 인기가 상당했다. 이렇게 주목을 받게 된 것은 '카프에 대항한 구인회의 역할' '구인회 멤버의 실질적인 수장이라고 할 수 있는 정지용 시인과 이태준 소설가가 참여함'으로서 잡지 위상이 높아졌다는 생각이다. 이렇게 문학지에 당대를 대표하는 '구인회' 멤버들이 같이 활동을 한 경우는 현대까지도 유일무이했다는 점에서 최고의 잡지였다는 평가이다.

그런 것을 증명하는 것이 《문장》의 2호 발간 여담에 나온 내용이다. 그것을 옮겨 보면 다음과 같은데 얼마나 인기가 높았는지 알 수 있다. 그리고 김연만은 작가들에게 지불해야 할 원고료에 대해서도 자세히 써 놓고 있다.

'창간호가 발간 된지 오일만에 절판이 되었다. 재판하려 하였으나 인쇄소에서 그만 해판해 버리었다. 아모튼 조선 출판계에서 이런 성사는 처음일 것이다. 이 명예스러운 기록에 우리는 교만하기 전에 더욱 자중하며 문단 제씨의 편달을 바란다.'

―《문장》, '여담', 1939년

'나는 숫자는 모른다. 그저 단박에 다 나가고 서점 주문은커녕 개인적으로 입금된 일책 주문자에게도 보내지 못한다니 미안하나 통쾌는 하다.'

―《문장》, '여담', 1939년

'당분간 한 가지 유감 되는 것은 필자들에 대한 사례이다. 기자가 만드는 기사가 없고 전부 사는 원고들뿐인데다가 처음이라 덜컥 많이 박을 수가 없어 단가가 여간 비싸게 먹히지 않는다. 나는 본래 예술이나 예술가를 이용해 돈을 모으려는 뜻이 있지 않았음으로 언제나 비밀이 없이 나가려 하거니와 창간호는 인건비 말고 책만 매부에 삼십육전이 먹히었다. 이 숫자에도 모다 놀랄 것이지만 사실이다. 서점에는 삼십이전에 주니 사전씩 미찌고 팔았다. 도저히 고료라고 명칭할 사례를 하지 못했음을 매수가 많은 작가들에게는 더욱 미안했음을 미안하게 생각한다. 그러나 2호부터는 부수가 훨씬 늘었음으로 미찌지 않는 고마움을 고료에 기울이려 한다. 부수가 늘어 나감을 따라 정당한 숫자에 까지 고료를 끌고 올라가려는 성의만은 처음부터 《문장사》의 정신임을 밝혀 둔다.'

–《문장》, '여담', *1939년*

위의 내용을 보면 김연만이 《문장》의 대표가 되어서 자금을 댄 것은 '《문장사》건물을 마련한 비용' '《문장사》운영에 필요한 인건비' '창간호의 발간 과정에서 손해를 본 비용' '창간호에 원고를 낸 작가들 고료' 등을 부담한 것을 알 수 있다. 다행인 것은 창간호의 절판으로 독자층을 확인한 《문장》 집필진들이 더 많은 부수를 출판함으로서 정당한 원고료를 지불할 능력이 생겼다는 점이다. 그리고 더욱 고무적인 일은 신진 작가를 배출하는 추천제도의 운영을 했는데 그 내용을 옮겨 보면 다음과 같다.

〈추천작품 응모〉

신인을 위해 이하의 규정으로 추천작품을 항시 모집함

−시조: 이병기, 1인 1회 3편 이내

−시: 정지용, 1인 1회 3편 이내

−소설: 이태준, 1인 1회 1편, 4백자 원고지로 30매 이내

−규정: 1. 당선작품은 본사추천 작품으로 본지에 게재하고 기성작가
와 동등한 원고료 지급함.

2. 매월 마감날은 초 5일

3. 시는 시, 소설이면 소설로 추천을 3번 얻는 작가에겐 그 후
부터는 기성작가로소 대우를 함.

4. 무슨 원고든 반환치 아니함.

5. 원고는 정서할 것은 무론, 철자법과 떼여쓰는 것 다 정확히
하고 원고 끝에 주소성명을 명기할 것

6. 피봉에 〈추천응모작품〉이라고 쓸 것

추천 모집 내용을 보면 한 사람이 3회 추천을 받아야 작가로 대접을
받는다는 규정을 갖고 있었다. 이것은 많은 작가를 배출하기 보다는
완성된 작가를 세상에 내놓겠다는 의지를 표명한 것으로 보인다. 그러
나 시와 시조에 비해서 단편소설은 분량이 많다는 점에서 추천 방식을
바뀌게 되는데 그것은 기회가 있을 때 소개해 보고자 한다. 그리고 소

설 작품 추천을 맡게 된 상허 이태준은 《문장》 2호, 여담, 1939년 3월에 '추천원고는 어느 작가의 추천을 받아 보내라는 것으로 오해한 분이 있는데 본사 추천을 발표 하는 것이며' '신진들은 문단인이 가장 많이 주목하는 이 무대를 보람 있게 이용하기를 바란다.'고 말하면서 새로운 작가 탄생에 대한 기대감을 나타내고 있다.

라. 《문장》의 신인 추천의 기준

《문장》이 주목을 받았던 것은 정식으로 신인 추천제도를 운영을 했다는 것이다. 당시 작가로서 등단은 잡지 투고나 신춘문예를 통해서였다. 즉 1회만 통과하면 되는 형태를 유지했다. 이럴 경우 작가가 많이 배출되지만 질적 수준이 떨어진다는 문제점을 안고 있다. 이런 것을 해소하고 작가의 위상을 높이기 위해 3회 추천제도를 도입했다. 1회도 어려운데 3회라는 깐깐한 방식을 선택, '엄선된 작가를 배출한다는 인식' '잡지의 위상 제고' 등의 부수적 효과를 이끌어내 일제 강점기 최고의 순수 문예지로 자리 잡는 데 결정적인 역할을 한 것으로 판단되고 있다.

더욱이 추천 위원으로 당대 최고라 평가를 받는 '시 부분 정지용', '시조 가람 이병기', '소설에 이태준'을 선정 함으로써 문학을 꿈꾸는 작가들에게는 도전하고 싶은 잡지로 자리 잡았던 것으로 보인다. 그리고 상허 이태준은 《문장》 2호에서 소설에 도전하는 사람들을 위해 명백한 기준을 「잡기장 訥史」164~165페이지'에서 설명을 하고 있다. 그것을 알아보면 다음과 같다.

(1) 익명을 쓰지 말 것

현상에 응모하는 작품들엔 흔히 익명이 붙는다. 첫째 불유쾌하다. (생략) 이런 심리는 한번 해봐서 당선이 안 되면 곧 다른 방면으로 살짝 돌아서는 사람들일 것이다. 자기 성명 3자를 애끼지 않는, 자기의 성명 3자는 문학의 길을 떠나서는 쓸데가 없는, 자기의 전부를 떠메고 나서는 그런 신인이기를 바란다.

－《문장》, 「잡기장」, 1939년

위의 글은 신인 작가라면 당당하게 자기 이름을 걸고 응모를 하라는 당부이면서 '문학의 길을 떠나서는 쓸데가 없을' 정도로 모든 것을 다 쏟아부으라는 충고라고 할 수 있다.

(2) 소설에 등장하는 인물들 이름이 중요하다

설혹 익명을 써야 할 사정이거나 또 자기의 본이름이 마음에 들지 않아 꼭 애착을 가질 수 있는 새 이름에 집착을 한다. (생략) 무슨 花니, 무슨 夢이니, 무슨 城이니 類로 값싼 감상구를 만들어 놓으면 도모지 그 이름에 입맛이 쏠리지 않는다. (생략) 그 이름에 벌써 사람때(格) 묻어 있어야 한다. 소설을 지으려면 제일 먼저 지을 줄 알아야 하는 것이 이름이다. 자기 이름을 벤벤히 못 짓고, 어찌 이름들을 지으며 인물의 이름을 지을 줄 모르고 어찌 항차 인물들의 성격을 지을가보냐!

-《문장》, 「잡기장」, 1939년

인용한 글은 글을 쓰는 사람들에게는 중요한 충고라고 할 수 있다. 즉 본명이 마음에 들지 않아 부득이 예명을 지을 때는 격이 따르도록 지어야 한다는 점을 강조하면서 소설을 꾸밀 때도 이름을 적당하게 붙이는 것이 반드시 필요하다는 점을 강조하고 있다. 이것을 상허 이태준 작품에 등장하는 사람들을 알아보면 더욱 분명해진다. 예를 들자면 성이 문란한 여성을 그린 등단작 주인공이 '오몽녀' 기생의 이름이 '산월이' '소련' 약간 모자른 성격의 인물을 '황수건' '손거부' 등으로 정해서 인물의 성격을 드러나게 한 것이라 할 수 있다.

(3) 안 읽히는 소설

아무리 군소리가 많아도 잘만 썼으면 군소리로서 읽을 맛이 또한 있다. 유성기판도 그렇다. 보잘 것 없는 유행가나 만담이라도 제대로 판만 돌아가면 그런 건 그런 것 맛이라도 들을 수 있다. 그러나 아모리 명곡 판이라도 금이 갓거나 닳았거나 해서 금뺑뺑 도는 소리, 예를들면 〈아베 마리아〉를 '아베마 아베마 아베마…'하는 소리는 정말 들을 수 없다. 이런 '아베마 아베마 아베마…' 하는 소설은 참말 읽을 맛이 없다.

'…바람이 불어도 이 산제당을 믿었고 고기가 잡히지 않거나 무슨 병에 걸리거나 하여도 이 새나루 부녀들은 청도에 달려 올려와 선제당 앞에 엎드렸고 무슨 재난, 무슨 걱정이 생기여도 먼저 마음에 떠오르는 것이 이

산제당이 되고 말았다. 산더미 같은 파도가 밀려오는 바다를 보고도 집

들이 날려갈 듯한 바람이 불어도....'

　어느 소설의 일부다. 결코 군소리가 아니다. 그림으로 치면 한점이

나 한선을 자꾸 개칠만 하는 격이요, 유성기판에서 '아베마 아베마 아베

마...'하는 격이다. 이런 표현엔 미술이건, 음악이건, 문학이건, 끝까지

판이 되기엔 참말 진땀이 난다.

—《문장》, 「잡기장」, 1939년

　여기서 안 읽히는 소설 의미는 독자가 아니라 '심사 위원 입장'에서

말을 한 것이다. 눈여겨봐야 할 것은 중간에 인용된 소설이 '산제당 나

무를 소개하면서 같은 말을 반복하고 있는 것을 그림의 한 개의 선을

개칠하고 있는 것'으로 지적을 하고 있다. 즉 인물 위주의 소설 전개를

하라는 충고이다. 이 말을 다시 정리하자면 묘사는 미술로 치면 스케

치를 하는 것과 같은데 가장 간단하게 표현해야 하는 것을 여러 선으

로 개칠하고 있다는 설명이다.

(4) 《문장》의 첫 번째 1회 추천 소설가 최태응

　위에서 언급했듯 《문장》은 3회 추천을 받아야 정식 작가로 등단을

하는 제도를 도입했다. 신인 작가에게는 어려운 일이지만《문장》잡지

위상에 비추어 보면 주목받는 신인이 등장하는 것이라 할 수 있다. 3회

추천 방식이 발표되었을 때《문장》의 1회 추천을 누가 받느냐에 관심

이 집중되었다. 그런 관심 속에서 문장 4월호에서 1회 추천 작가가 등

장을 하는데 그 사람은 「바보 용칠이」를 쓴 최태응이었다. 상허 이태준은 47편의 응모작품 중에 1회 추천자로 결정을 하면서 최종적으로 올라온 작품 「바보 용칠이」, 「홍진사의 하로(하루)」, 「백지」 3편에 대해 이렇게 평을 하고 있다.

「홍진사의 하로(하루)」

전편이 간명한 묘사임에 놀랐다. 그 정확하고 침착한 관찰과 묘사엔 여간 끌리지 않았으나 문제는 사건에 있었다. 사건의 없음에 있었다. 소설은 첫마디부터 우선 사건이고 봐야 한다. 구상하지 않는데 혹은, 구상이 희박한 데는 소설이 건축되지 않는다.

—《문장》, 「소설 선후에」, 1939년

위의 내용을 보면 작품의 묘사력은 아주 뛰어나지만 그 안에 사건이 없었다는 지적을 하고 있다. 특히 소설의 시작 첫 문장부터 사건이어야 하는데 그렇지 못하다는 점을 아쉬워하고 있다. 그렇다면 상허 이태준은 자신의 작품에서 첫 문장을 어떻게 시작했는지 알아보면 이해가 쉬울 것 같아서 몇 가지를 인용해 보고자 한다.

* 창서는 하학하기 전에 미리 서무실에 가 기차 할인권을 얻었다.

—《사해공론》, 「3월」, 1939년

* '오호'/새로 사 온 것이라 등피에서는 아직 석유 내도 나지 않는다.

—《조광》, 「까마귀」, 1936년

* "가만히 눴으니 반침이나 좀 열어 보구려."

–《조광》, 「장마」, 1936년

「백지白紙」

백지는 문장이 가장 세련되었다. 역시 사건에는 백지다. 무엇을 쓸 것인가는 생각지 않고 어떻게 쓸까에만 야심이었다. 그 두 가지는 뼈와 살이다. 두 가지가 서로 살아야 한다.

–《문장》, 「소설 선후에」, 1939년

위의 「백지」라는 작품도 사건이 빈약하다는 점을 지적하고 있다. 이런 평을 받는 원인은 당시나 현대에도 문학 공부 방식에 문제가 있다. 통상적으로 많은 작가들이 멋진 문장에만 집중하고 있다. 어떻게 하면 명문장을 쓸 것인지 고민을 하는데 이것은 마치 '선물 내용에는 신경 쓰지 않고 포장에만 공을 들이는 것'과 같다. 더 솔직하게 말을 하자면 상허 이태준 선생이 추구하는 문학의 문장에는 등장하는 인물(촌스런 사람)에 가장 알맞은 어딘지 부족해 보이는 문장으로 꾸며져 있어 사건을 살려내고 있다는 점에 주목을 해야 한다.

「바보 용칠이」

결코 선자의 욕심을 만족시키는 작품은 아니다. 그러나 사건이 뚜렷하고 그 사건을 어느 정도 감당해 냈다. 그 사건을 좀 더 감당하려면 용칠이 처가 영월관에 팔리게 된 데서 다른 계획이 있어야...(생략) 그러나 용어의 가공어들이 아니라 원료 같은 우박한 말들이 좋았고, 기술에도 허탕을 짚는 데가 없다. 억지로 말을 닦으려 하지 말고 이투로 꾸준히 나가기 바란다.

－《문장》, 「소설 선후에」, 1939년

이런 평의 핵심은 크게 두 가지이다. 첫째 사건을 중심으로 하라. 두 번째 억지로 말을 꾸미지 말라 이다. 그런 부탁을 하면서 《문장》의 첫 번째 추천 작품으로 선정을 하게 된다. 그리고 사고(社告) 형식으로 개인적으로 평을 부탁하는 사람들에게 다음과 같은 이야기를 한다.

당선이 못되더라도 독후감을 써달라는 부탁이 있다. 모두 간절한 부탁이다. 그러나 도저히 불가능한 일이다. 추천관계를 떠나서 개인으로 보내는 것도 도저히 일일이 읽어보지 못한다. 읽는 것도 여간 노력이 아닌데 단 한 줄이라도 책임 있는 말을 쓴다는 것은 정신상 시간상 부담이 되는 과중한 일이기 때문이다.

－《문장》, 「사고」, 1939년

상허 이태준은 사고를 내면서까지 '개인적인 평을 하지 않겠다.'고 한 것은 심사에 사사로운 정을 개입하지 않겠다는 생각과 자신의 부담을 최소화하겠다는 의지로 보인다. 그러나 습작기에 있는 사람 입장에서는 서운한 감정을 가질 수 있었겠지만 실제로 《문장》의 소설 응모가 폭발적으로 증가했다는 점을 생각하면 제대로 된 결단으로 판단된다.

⑸ 《문장》의 첫 번째 2회 추천 소설가 최태응

상허 이태준의 눈에 들어온 작가는 아무래도 최태응이었다. 많은 투고자들 중에서 최태응을 주목한 이유는 소설가적 재능이 있었기 때문이었다. 상허 이태준은 소설에서 가장 중요하게 여겼던 부분이 다음과 같기 때문이다.

'인물 스케치를 많이 하라. 신변에 있는 사람 중에 좀 특색이 있거든 그 사람을 작문을 지어보라. (생략) 그 애착을 일으키는 매력소를 찾아내어 언어 문자로 형상화 해보라. 그런 게 소설 공부 중 상이다. 인물을 그리지 못하고는 천만번 덤벼야 소설은 못 쓴다. 아모리 대가라 해도 인물을 살리지 못하고 그 소설을 구하는가 보라. 소설을 생각으로나 사건으로 만들거니 할 게 아니라 인물로 만든단 정의를 가짐도 좋다.'

　　　　　　　　　　　　　　　　　　　　－《문장》, 「소설 선후에」, 1939년

위의 인용된 부분은 상허 이태준의 문학의 뿌리이다. 그동안 우리 문학은 사건에 의해서 인물들이 만들어지는 것이 대부분이었다. 흥부전만 보더라도 읽는 사람에게 권선징악의 사건에 집중되어 있어서 정작 등장인물의 성격이 최소한으로 드러나게 되어 있다. 그런 방식의 소설 작법이 상허 이태준이 활동하던 당시에도 많았던 것 같다. 그런 문학 구성이 대세이던 시대에 인물을 중심으로 삼는 소설 영역을 개척한 상허 이태준의 공은 '대한민국 단편 소설의 완성자'라는 명성을 얻게 만들었다는 판단이다. 그리고 당대 최고 인기 문학지에 '인물 중심의 문학'을 강조함으로써 작가를 꿈꾸는 사람들에게 나 가야할 지표를 제시한 것으로 보여진다.

그리고 상허 이태준이 최태응에게 지대한 관심을 가졌던 부분은 뛰어난 소설과 더불어 그의 독특한 삶의 이력도 있었던 것으로 보인다. 즉 상허 이태준이 고아라는 신분에서 받았던 아픔과 절망을 최태응에게서 발견한 것이 아닌가 하는 심증을 갖게 만든다. 그런 유사성은 최태응이 투고를 하면서 밝힌 이력에서 찾을 수 있다.

> * **약력**(최태응이 투고한 작품에 게재한 내용)
>
> 대정 육년(1917년) 칠월, 황해도 은율군 장연읍에서 출생
>
> 학력 – 별로 없음
>
> 현재 – 1년이면 8개월 가량을 기동불능
>
> 주소 – 출생지와 같음

위의 내용 중에 학력이 '별로 없음'으로 기록을 해서 학교를 안 다닌 것으로 착각을 하기 쉽다. 그러나 최태응은 휘문고보를 거쳐 경성제대 예과에 입학했으나 1932년 성대 예과 사건으로 정학 처분을 받고 일본으로 건너가 니혼대학교를 다녔다.

참고로 성대예과사건은 경성제국대학 법과 학생인 신현중(愼弦重)은 학우 조규찬(曺圭瓚) 및 일본인 학생 3명과 함께 서울 관훈동의 중화원(中華園)에서 모임을 가졌다. 이들은 1929년 이래 활동하던 이 대학 재

학생 중심의 독서회 소속 학생을 포섭, 반제부(反帝部)의 결성을 합의를 한 뒤에 계속 세력을 확장, 독서회, 출판물 인쇄 등을 하다 1931년 9월 27일 회원 대부분 검거되었다. 이 독서활동에 최태웅도 활동을 하면서 정학 처분을 받았다는 사건이다.

상허 이태준이 최태웅의 작품 중에 「봄」을 《문장》 9호 102페이지에 2회 추천작으로 선정을 하면서 다음과 같은 평을 하였다. 우선 기존에 추천을 받은 사람들 작품 위주로 읽어보았고 열심히 하는 것에 격려를 보내는 내용이 먼저 언급이 되었다. 그 후 최태웅의 「홍수뒤」, 「봄」, 「처녀에게」의 세 편이 투고되었고 그중에서 「봄」을 읽은 느낌을 소개하고 있다.

'이번에 「봄」은 너무나 「바보 용칠이」와 작품 성격이 유사하다는 것도 깨달(독자)을 줄을 안다. 선자(이태준)도 그 점이 「봄」에 먼저 느끼는 불만이기도 하지만 「바보 용칠이」이와 한 자리에 있더라도 이 「봄」을 취하겠기에 이 작품을 버리지 못했다.'

—《문장》, 「소설 선후에」, 1939년

최태웅의 「봄」을 2회 추천작품으로 선정한 이유를 설명하고 있는데 첫 번째 작품 「바보 용칠이」와 내용이 유사는 하지만 작품 구성이 더 뛰어나기 때문에 추천한다는 것을 밝히고 있다. 그러면서 「봄」의 인물이 아직 완전한 건축물이 아니다.' 이것은 '주인공의 심리가 늘 기초를 갖지 못한다.'는 점을 지적하면서 사건의 돌발적인 심리 전환이 튼튼한 기초 위에서 움직여야 한다는 점을 강조하고 있다. 마지막으로 소설의 끝부분에 '좀 더 극적인 행동을 시키지 못한 것' '인물을 정확히 모르고 (작가가) 무서워하기 때문'으로 진단을 하면서 조금 더 분발할 것을 요구하고 있다.

소설 신인 추천을 담당하는 상허 이태준에게 추천작품을 뽑는 일은 많은 갈등의 연속이었던 것으로 보인다. 시와 시조 같은 경우는 분량이 짧아서 선정하는데 시간이 많이 걸리지 않는다. 그러나 소설의 경우에는 분량이 많고 '결벽증에 가까운 작품 평가'를 하는 상허 이태준에게는 많은 시간과 책임감을 느꼈다는 것이 《문장》의 곳곳에 기술되어 있다.

> 될 수 있으면 첫 이름을 소개하고 싶음과, 될 수 있으면 두 번째, 세 번째 작품을 패쓰 시키어서 한 사람의 완성 신인을 내이고 싶은, 두 가지 욕망이 늘 다툰다.

> 다달이 이 추천소설을 뽑는 것이 내 큰일이 되었다. 이달에 제일 많이 밀려있었고, 이달처럼 적당한 작품이 얼른 잡히지 않아 애쓴 적도 없다.
>
> ―《문장》, 「소설 선후에」, 1940년

이런 고민 끝에 첫 번째 소설가로 등단을 시킨 사람이 최태응이다.

상허 이태준은 최태응이라는 작가가 당시 조선의 문단을 이끌만한 재목으로 소설평에서 지속적으로 언급을 하는 등의 특별한 애정을 보였었다. 「바보 용칠이」, 「봄」을 추천 받은 최태응은 《문장》 15호에 「항구」가 실리면서 첫 번째 추천 작가로 탄생을 한다. 어렵게 추천 소설가를 낸 상허 이태준은 그 감격을 다음과 같이 기록을 하고 있다.

《문장》의 3회 추천제를 까다롭게 여기는 분이 있으나 추천하는 책임과
믿을만한 성의와 역량을 가진 사람만 뽑으려는덴 불가피한 방법이요 과
정이라 자신을 한다.

－《문장》, 「신작가 최태응군」, 1940년

의의 내용은 신인 추천제가 너무 가혹하다는 신인 작가들의 지적에 대해서 상허 이태준이 답을 한 것으로 그는 이런 방식의 추천제도 이유에 대해서 다음과 같이 정리하고 있다.

* 세 번 추천한다고 해서 염려 없는 신인은 아니다
* 단 한 번 당선된 사람보다는 그 성의와 역량을 더 알 수 있다
* 더 믿을 수 있는 것이 공평한 산술이다.
* 그런 과정을 거친 신인에게는 《문장》에 발표한 우선의 기회를 줘서 작
  가로 성장을 도와 준다.
* 시는 빠이론처럼 하루아침에 유명한 시인이 될 수 있지만 소설은 그렇
  지 않다.

* 천재라도 소설에서는 인생을 아는 공부와 소설을 아는 공부를 뛰어넘지 못한다.
* 이런 점을 종합해 보면 신인이 소설에서 나오는 것은 더딜 수밖에 없다.

이런 주장을 하면서도 상허 이태준은 '시에서는 벌써 신인의 자리를 차지하는 이가 두 분이나 난다. 우리 소설은 지면 관계로 한 번에 고작 한 분밖에 추천 못 하는 것도 신인이 더디게 된 원인의 하나'라고 지적을 하면서 초조감도 느끼고 있었다. 그런 점은 신인 작가들도 느끼는 사실이라는 점을 의식하고 아래와 같은 당부를 하고 있다.

현재는 1호에 1편 추천을 하지만 '두 번째 추천을 받을 실력 있는 작품이라면 증 페이지를 하더라도 넣을 성의는 있으니 좋은 작품을 보내기만 하라.'고 충고를 하고 있다. 즉, 소설 신인을 배출하는데 지면의 한계에 부딪히고 있지만 과감하게 고칠 생각이 있다는 것을 보여주고 있다. 이런 갈등은 차후에 3번 추천제도를 바꾸는 원인이 되었을 것으로 추측되고 있다. 그리고 상허 이태준이 자기 손으로 선택한 최태응에게는 다음과 같은 이야기를 하면서 큰 기대감과 격려를 아끼지 않았다.

최군은 더디게 나서는 소설부의 첫 신인이다. 그의 작품도 여러분도 다 읽었다. 첫 솜씨인 세 편만을 통해 결정적인 어떤 경향, 가치를 지향하려 함은 아직 이르고 부질없다.

'구속된 예술은 인류를 구속한다.'는 뿔레익의(윌리엄 블레이크, William

Blake) 말은 천고의 명언이다. 최태응은 최태응으로 만발하게 두고보자.

−《문장》, 「소설 선후에」, 1940년

신인 추천을 첫 번째로 하면서 각종 미사여구를 동원하기보다는 아직 완성된 작가가 아니라 이제 막 시작하는 소설가이기 때문에 섣부른 평가를 자제해 달라는 독자를 향한 부탁을 담고 있다. 그리고 최태응 작가에게는 윌리엄 블레이크의 말을 인용해 자기만의 독창적인 예술 세계를 구축해 나갈 것을 기대하고 있다. 참고로 윌리엄 블레이크 William Blake 를 알아보면 영국 출신으로 시인 겸 화가로 자신의 신비로운 체험을 시로 표현했다. 작품에는 《결백의 노래》, 《셀의 서(書)》, 《밀턴》 등이 있다. 화가로서 단테 등의 시와 구약성서의 《욥기》 등을 위한 삽화를 남김으로써 천재성을 보이는 활약을 하기도 했다.

작가로 등단을 하면 해당 잡지에 당선 소감을 쓴다. 이것은 시로 치면 자화상과 같이 자신이 어떤 문학 세계로 나갈 것인지 방향을 제시하는 글이다. 따라서 많은 작가들이 습작 기간에 등단하면 어떤 말을 할 것인지 스스로 생각해 보는 것도 남다른 즐거움이기도 하다. 최태응 소설가는 자신이 《문장》의 소설 부분의 첫 번째 당선자라는 감회를 「요설록(饒舌錄)」이라는 글로 다음과 같이 발표를 했다.

'내가 소설을 쓰고 내 소설이 남들에게 읽혀지는데 자그마한 행복이나 보람이 있다면 나는 내 운명이 나를 불구자로 만들어준데 고마워해야 할

른지 모른다. 반대로 공연과 허공만이 있다면 또한 그것이 내가 불구자가 된데 있다.'

—《문장》, 1940년

위의 글을 보면 시작 부분에 작가가 '불구자'라는 말을 많이 쓰고 있다. 이런 이야기가 등장하는 것은 최태응이 관절염에 걸린 것을 말을 하고 있다. 최태응은 처음에는 음악·미술 등에 뜻을 두었던 것이 19세 때 관절염에 걸려 18개월 동안 병상에서 신음하면서 결국 문학으로 전환하게 된 것으로 알려져 있다. 그런 연유로 '자신의 소설은 관절염이 주는 고마움'이라고 표현을 하였고 '자신의 작품에서 비현실성이 보인다면 그것도 자신이 불구자이기 때문에 활동 영역이 넓지 못해서 상상의 산물'이라는 점을 밝히고 있다. 그리고 그는 자신의 약력에서 '현재: 1년이면 8개월가량은 기동불능'이라는 내용을 기록하고 있다. 그러면서 자신의 작품이 현장성이 부족하다는 점을 다음과 같이 설명하고 있는데 소개해 보면 다음과 같다.

'마땅히 삽과 가래를 다루며 거름 내음새를 소화해야할 처지를 실기하고 나는 내 소설에 취급되는 인물들(그들은 무수하다)을 위해서 감히 글을 쓰자고 내 마음에 일렀는데 그들에게 미안하다. 수박 겉핥기의 감이 치미는 까닭이다.'

'작가는 많이 알아야 한다면서(그리고 농민문학을 입담으면서) 나는 그들의 생활이 달고 쓴 것쯤(그도 추상적으로) 만 이해할 뿐 「달착지근한」 것과 「쌉

싸할」한 것까지 안다고 할 수 없지 않은가.'

－《문장》, 「요설록」, 1940년

최태응은 자신의 문학이 농촌 사회를 바탕으로 하고 있어서 농부들이 하는 일들을 직접 체험해야 하는데 그러지 못하고 있다는 점은 자인하고 있다. 그러면서 자신의 소설의 주인공은 무수하게 많지만 그들의 삶을 이해하지 못하고 글자로 표현할 생각을 하기에 미안한 함을 갖는 등 최소한의 작가적 양심으로 보인다.

그러면서 관절염에 걸리지 않았을 당시에는 어떤 문학 공부를 하고 있었는지를 밝히고 있다. 즉 '우리 선배들의 좋은 글 훌륭한 교훈들을 제쳐 두고' 다른 외국 사람들을 공부했다는 점도 다음과 같이 반성을 하고 있다.

'떠스트옆스키(도스토예프스키, Dostoyevsky)이니, 지이드이니, 니체이니를 쑤셔 보기에… 덕분에 －가장 절망한 순간에 속에 가장 아름다운 노래가 담긴다－ 지이드 말로 자위를 삼기는 했으나 「모랄」, 「테에마」니 자기 문학론까지 내걸고 작문을 할만큼 재간을 갖추지 못했다.'

－《문장》, 「요설록」, 1940년

젊은 시절에는 도스트예프스기와 앙드레 지이드, 니체 등의 서양 문학에 관심을 가진 적이 있었다. 그러나 자신의 이름을 내걸고 문학을 할 만한 수준이 되지 못했다. 그런 연유로 당시 문학의 거대 담론 중에 하나였던 모럴, 테마 등의 서양 작품론에는 관심을 갖지 못했지만 위의 인용문에는 생략했지만 「요설록」에서 '죽도록 문학을 한다.' '소설을 쓴다.'는 생각을 갖고 있다는 각오를 밝혔다.

작가는 자유로운 정신세계를 표현하는 사람들이다. 그래서 자신이 쓰고 싶지 않은 글들, 정신적으로 부담이 되는 글을 피하려는 성향이 강하다. 최태응처럼 몸이 불편한 사람은 대인기피증과 같이 쓰고 싶지 않은 글에 강한 거부감을 나타낸다. 다른 작가라면 등단이라는 영광의 지면은 학수고대하는 자리일 것이다. 그러나 최태응은 환희보다는 쓸쓸한 자기 고백조로 스스로 자질 부족이라는 점을 지적하고 있다. 또 요설록 마지막 부분에는 쓰고 싶지 않은 글이기 때문에 미칠 것 같은 거부감(狂症)이라고 밝히고 있다.

'변절기가 가차와서 그런지 여병(류마치스)이 기세하는데 쓰고 싶은 글이 아닌 글을 쓰기에 광증이 치민다.'

－《문장》, 「요설록」, 1940년

⑹《문장》의 두 번째 추천 작가 임옥인

첫 번째 추천 작가인 최태응을 배출한 뒤에는 신인 작가를 발굴하기까지는 오랜 시간이 걸렸다. 이유는 3회 추천제도라는 까다로운 절차 때문이었다. 이에 대한 불만이 높아지자 추후 개정을 하였지만 3회 추천제도가 시행되자 많은 독자들의 관심을 끄는 데는 성공을 했으나 너무 어렵고 가혹하다는 불만이 제기되기 시작했다. 이런 문제를 해소하기 위하여 추천제도를 완화하는 조치를 취하기도 했지만(차후 이 문제를 다룰 예정) 상허 이태준은 자기 문학관을 포기하지 않고 자기 개념을 확실하게 밝힌다. 그것인 첫 번째 추천 작가인 최태응의 소설 당선 평에서 확실하게 드러난다.

> '「항구」를 뽑고 보니 최태응의 것 최군이고 보니, 「바보 용칠이」, 「봄」을 거쳐 세 번째의 당선이 된다. 먼저 축하를 한다. 돌아보니 「용칠이」, 「봄」의 주인공, 다 정든 친구들이다. 「항구」의 늙은이와 소년의 콤비도 눈물겹게 읽었다. 인물의 발굴, 이점에 꾸준하라. 또 앞으로 더욱 겸손하고, 소설공부는 이제부터라 생각하라.'
>
> ―《문장》, 「소설 선후에」, 1940년

위의 글을 보면 상허 이태준의 '인물이 살아야 소설이 산다.'는 문학관은 한 치도 양보할 생각이 없음을 드러내면서 두 번째 추천 작가로 소파 방정환 선생의 부인인 임옥인(林玉仁)을 선택한다. 당시 상허 이태준은 《문장》에 「작가 지망생을 위하여」라는 글을 실으면서 선고(선정) 기준이 편협하다는 인상을 받을 정도로 까다롭다는 비판이 일었지만 자신이 의지를 굽히지 않고 추천을 하면서 밝힌 주요 내용을 간추려 보면 다음과 같다.

'여류가 부진한 때에 재품과 성의를 겸해 가초운(갖춘) 임양을 문단에 소개하게 되는 것은《문장》으로선 무엇보다 기쁘다.'

'우리 남성이 접근할 수 없는, 여성만이라야 건드릴 수 있는, 우리 남성에게 대해서는 일종의 비밀의 세계가 여성의 손으로 천명(闡明)되기를 진작 바라왔다.'

'나는 이「후처기」를 남성이 쓰기 어려운 내용임에 한손을 더 높이 평가함으로써 이것으로 넉넉히 임양의 제3의 작품(3번째 추천)으로 삼는 것이다.'

－《문장》,「소설 선후에」, 1940년

이상의 내용을 보면 상허 이태준이 임옥인을 추천한 것은 여성이 갖고있는 독창적인 세계를 잘 표현한 것에 주목하고 있음을 보여주고 있다. 남성 소설가들이 득세하는 시대에 여성의 목소리를 대변하는 작가로서 반드시 필요하다는 입장을 밝히고 있다. 이것은 아직까지 남존여비 잔재가 남아 있던 시기에는 특별한 용기가 필요했다는 판단이 되고 양성평등을 맞추기 위해 1회 남자, 2회 여자를 선정한 것 같다는 생각을 들게 한다. 그리고 '아직까지처럼 진실하고 꾸준하면 반드시 작가로 빛날 것'이라는 당부를 아끼지 않고 있다. 이로써《문장》을 통해 시부분에 7명의 신인, 소설부에 2명의 작가가 배출되게 되었다.

두 번째 추천 작가인 임옥인 소설가를 소개해 보면 다음과 같다.

* 1915 함경북도 길주 출생

* 1939 일본 나라여자고등사범학교 문과 졸업

* 1940 《문장》에 단편 「고영」, 「후처기」 등으로 추천

* 1945 혜산진대오천가정학교 설립, 운영, YWCA 이사

* 1950 월간 《부인경향》 편집장

* 1957 장편소설 「월남전후」, 단편집 『후처기』 출간

* 1959 건국대학교 가정대학 강사를 거쳐 1968 건국대학교 가정대학장

* 1968 여류문인회장

* 1995년 4월 4일 작고

* 수상 : 자유문학상, 아세아자유문학상, 한국여류문학상, 대한민국예
  술원상 등 수상

(7) 《문장》의 두 번째 추천 작가 임옥인과 이태준의 여성관

《문장》의 두 번째 추천 작가로 여성을 선택한 것은 상허 이태준의 배려라는 생각이다. 왜냐하면 남성 작가들이 갖지 못한 독특한 시각을 작품으로 표현을 할 수 있다는 장점을 눈여겨보았기 때문이다. 여성 작가들의 부진을 만회하고 여성들만의 비밀의 세계가 열릴 수 있기를 바라는 기대감이 표현으로 보인다. 그렇다면 상허 이태준은 남성 위주의 유교 사상이 남아 있는 시대에 '여성을 어떤 시각'으로 바라보고 있었는지를 먼저 파악할 필요가 있어 보인다. 그래야만 두 번째 추천 작가로 왜 여성을 선택했는지 알 수 있을 것 같기 때문이다.

'남자에게 있어 여자처럼 최대, 그리고 최적의 상이물(相異物)은 없다. 같은 조선의 복색이되 우리 남자에게 여자의 의복은 완전히 이국복이다.'
―『무서록』,《깊은샘》,「이성 간 우정」, 1999년

상허 이태준은 여자는 남자와는 전혀 다른 존재임을 인정하고 있다. 남자들끼리 있다면 별 감정이 없지만 '같은 아는 정도라면 남자를 만나는 것보다 여자를 만나는 것이 우리 남성은 늘 더 신선하다.'라는 입장을 밝히고 있다. 이렇게 다른 세계에 있는 여성들이 작가로 활동을 한다는 것에 항상 경외심을 갖는 것으로 보인다.

그럼에도 당시 사회는 '감각도 예전보다 날카로워지는 것이 사실인데' 여성에 대해 개방적이지 못하였다. 그런 것을 불식시키기 위해 1940년 8월《여성》에서 지면으로 소개한 '현대여성의 고민을 말하다에서 여류 평론가 박순천씨와의 대담'에서 자신의 여성관을 아래와 같이 말을 하고 있다.

'보편적으로 보면 생활 전체가 수입문화 영역을 벗어나지 못하고 있는데 이런 점에 있어서도 여성교육 방침이라는 것이 현실에 맞도록 고쳐져야겠죠.' '화장 일체를 엄금해선 도리어 반동심으로 더하게 될 것 같습니다. 학교에선 엄금주의를 쓰지 말고 화장은 해라 그러나...식으로 그 정도만(파마 금지, 립스틱 금지)을 간섭했으면 좋을 것 같습니다.'
'여성에 있어서는 소년과 마찬가지로 노동시간을 제한했으면 대단히 좋겠어요.(가사와 일을 겸하는 직업여성의 고민 문제에 대한 의견)'

'죽은 사람을 잊을 수 없어서 자신의 정열로 현실을 무시한다면 모르나 가문과 도덕에 얽매여 수절을 한다는 것은 생각해 볼 문제입니다.'(미망인 문제)

위의 내용을 분석해 보면 첫 번째 여성 교육의 문제인데 '남녀평등 시대에 어울리지 않는 생각을 고치기 위해서는 사회기관, 교화기관이 여자들이 교육하는 방도가 원활히 되고 있지 않다는 점'을 두고 개선이 필요하다는 점을 이야기하고 있다. 즉 학교와 협력해 사회언론 기관 같은 데서 간접 지도하는 방식이 필요하다는 생각을 갖고 있었다.

두 번째는 학교에서 화장을 전부 금지하는 것은 반대하면서 머리를 파마하는 것과 립스틱을 진하게 바르는 경우만 빼면 자유롭게 했으면 좋겠다는 입장으로 당시로서는 앞서가는 생각을 갖고 있었다는 판단 이다.

세 번째는 여성이 직업을 갖는 것에 찬성하는 내용으로 여성들이 가정에서 벗어나 자기 능력을 발휘할 수 있도록 사회에서 도와줘야 한다는 입장을 보이고 있다. 마지막에는 여성의 재혼에 대한 문제로 여성 자신이 판단해야 한다는 의견으로 당시 미망인이라는 속박으로 평생을 희생을 강요하던 사회 풍조에 정면으로 대립하는 생각을 갖고 있었던 것으로 파악되고 있다.

즉 여성도 완전한 인격체로 어디에 속박되지 않는 자유로운 존재라는 관념을 갖고 있었던 것은 확실하다. 그러나 해방 이후에는 여성관이 급변하게 되는데 그 내용을 알아보면 다음과 같다.

'우리는 완전 해방이 아직 아니다. 먼저 민족으로서 완전해방 완전 독립에 매진해야겠다. 민족자체의 해방 없이 계급해방도, 여성해방도 존재할 수 없을뿐더러 의미부터 없다.'

첫째, 민족의 완전해방

둘째, 계급의 완전해방

셋째, 여성의 완전 해방

이 순서가 없이 덤비면 서로 뒤죽박죽이 되고 말 것이다.

－《여성문화》, 「여성에게 보내는 말 － 선후 분별」, 1945년

위의 내용은 민족이라는 큰 틀 안에 다른 것을 다 속박할 수 있다는 '전체주의적 사고'를 나타낼 정도로 여성관이 바뀌게 되는데 이것은 사회주의 계열에서 필요한 개념으로 변화한 것으로 판단된다. 어쩌면 이때부터 순수문학을 상실하고 있는 것이 아닌지 안타까운 생각이 들고 있다.

임옥인의 작품은 분석한 권영민 문학평론가는 '그의 작품에서는 기독교적인 윤리의식이 잘 나타나 있으면서 부드러운 감촉을 주는 여성 특유의 표현은 여성문학으로서의 특징을 보여준다.'고 평을 하고 있다. 이것은 상허 이태준이 남성 작가들이 갖고 있지 못한 새로운 문을 열어 줄 것을 기대한 것에 부응하는 결과라는 판단이다. 이런 기대감을 갖고 문단에 등장을 하게 된 임옥인은 당선 소감 형식으로 쓴 「실제(失題)」에서 다음과 같이 밝히고 있다.

'내가 글을 쓴다는 일은 내 빈약을 표명하는 것밖에 못 됩니다. 그래도 쓰지 않고 못 배김은 전혀 내 성격의 숙명 때문입니다. 이 무겁고 어려운 짐을 어떻게 짊어지려고 이 길을 나섰는가? 당돌한 짓입니다. 하지만 나는 조금도 주저함이 없이 나서겠습니다.'

―《문장》, 1940년

　위의 당선 소감을 보면 임옥인 작가가 자신의 글은 빈궁한 삶을 표현하는 것에 지나지 않지만 그것을 쓰지 않으면 못 배기는 숙명적인 성격임을 밝히고 있다. 이렇게 글을 쓰지 않고서는 못 배기는 마치 '신이 내린 것 같은 치밀어 오르는 욕심'이 작가로 인도를 한 것으로 보인다. 그리고 여기서 당돌한 짓이라는 것은 다른 작가들이 추구하지 않는 새로운 세상이라는 의미로 읽는 것이 정확하다는 생각을 갖게 한다. 그러면서 '내 마음에 뿐 아니라 내 주위에 너무나 하고 싶은 이야기로 꽉 차 있다.' '내 신경은 그런 속을 속속들이 해부하려는 의도에 지칠 지경'이라는 말로 글을 쓰고 싶은 간절한 마음을 이야기하고 있다.

　'앞치마를 두르고 가사에 몰입한 채 생각의 물줄기를 따라 화려하진 못하나마 실하진 못하나마 내 속에 여러 가지 세계를 설정해 봅니다. 의식적으로나 무의식적으로나 내가 그리는, 또, 그리려는 세계는 주로 여자의 세계입니다. 그것이 내가 문학의 길을 걷는데 최단거리요 또 자연이라고 생각을 합니다. 그렇다고 많은 우리(여자)를 대변할 수 있으리란 자부는 추호도 없습니다.'

임옥인 작가는 상허 이태준이 기대했던 여성 작가상을 모두 갖추고 있다는 것을 위에서 확인을 할 수 있다. 무의식적으로도 여자들의 세계를 그리는 것이 자연스럽다는 판단을 하고 있었던 것은 남성 위주 소설계에 중요한 위치를 차지하고 있는 것으로 보이고 있다. 그렇다고 해서 여자 쪽으로 편향된 의식을 갖고 있지는 않다는 것을 보이기 위해 임옥인 작가는 문학은 '자기를 추구하는 것'이고 '내가 여자인 까닭에 그 형태를 입고 나온다.'고 밝히고 있다. 그리고 '소설을 쓰므로 해서 주어지는 현실은 어떠한 적은 한 토막이라도 소중히 여겨진다.'는 이야기를 통해 자신은 현장을 바탕으로 글을 쓸 것이라는 방향을 제시하고 있다.

이런 작품 성향을 바탕으로 임옥인 작가의 등단작품 및 대표작을 (『국어국문학자료사전』, 1998, 이응백, 김원경, 김선풍)을 참조해 소개해 보면 다음과 같다.

「봉선화(鳳仙花)」

1939년 《문장》에 발표한 단편으로 처녀작이다. 젊은 여인의 섬세한 감정 세계를 서정적으로 그린 첫 추천작이기도 하다. 약혼 후 결혼 준비를 하고 있는 혜경의 한없이 수줍은 모습이라든가 그녀의 약혼자 웅식에 대한 은근한 열애가 한폭의 그림처럼 아름답게 묘사되었다. 특히 혜경의 순정은 우리의 전통적인 애정 표현에서 벗어나지 않는 정적(靜的)인 것이지만 독특한 향토색(鄕土色)을 표현하고 있는 것이 특징이다.

「후처기(後妻記)」

1940년 《문장》에 발표한 단편으로 그의 대표작이다. 후처란 핸디캡을 간직한 여인의 심리라든가 깊이 숨겨진 심층을 리얼하게 부각시켜 성공한 작품이다. 전작 「봉선화」와 함께 추천작이기도 한 이 작품은 인물의 성격묘사에 성공해서 주인공들이 몹시 의지적이고 현실적인 강인성을 보여준다. 여주인공의 남편과 가족들을 위해 쏟는 지극한 부정(婦情)이 유감없이 그려지고 있어 당시 시대상을 보여주고 있다.

「월남전후(越南前後)」

1956년 7월부터 12월까지 《문학예술》에 발표한 장편소설이다. 제목이 암시하듯 우리 민족의 수난을 직접 작가의 체험을 통해서 르포 형식으로 써서 성공한 출세작이다. 함북 길주 출신의 작가가 함남 혜산진에서 8·15 해방부터 월남하기까지에 겪은 생생한 경험을 숨김없이 쏟아놓고 있다.

(8) 《문장》에서 두 번 추천 받은 곽하신

앞에서 이야기한 것 같이 《문장》의 세 번 추천제도는 가혹하다는 불만이 높았다. 또 소설은 시나 시조에 비해서 지면을 차지해서 상대적으로 불리했었다. 《문장》의 8호가 발간되었을 때 상허 이태준은 작품

평을 알리는 「소설 선후에」서 '시에서는 벌써 신인의 자리를 차지한 분이 두 분이나 되는데 우리 소설에서는 지면 관계로 한 번에 고작 한 분의 것 밖에는 실리지 못하는 것도 신인이 더디게 된 원인'이라고 말하고 있다. 그러면서 '두 번째 추천받을 실력만 있는 작품이라면 지면을 늘려서라도 넣을 수 있는 성의가 있다.'고 밝혀 신인 발굴에 대한 열의를 숨기지 않았다. 그럼에도 불구하고 소설에서는 2번 추천받은 사람, 1번 추천받은 사람들이 있는데 이번 호에서는 두 번 추천을 받았던 곽하신(郭夏信) 소설가에 대해서 소개해 보고자 한다.

「마냥모」의 주인공 대복이는 꽤 게으름뱅이다. 대복이를 읽으면서 나는 이 추천작품 뭉텡이를 꺼내왔단 도로 넣고 하던 내 모양을 군데 군데서 느끼었다.'

'석 장씩 읽고 버린 것이 수두룩하다.(그처럼 애써 쓴 것을 그다지 무성의하게? 하고 성은 내시라, 그러나 명작을 빠트렸을가마는 불안하지 말라, 명작이기만 하면, 첫 한 장 그것이 벌써 그렇게 녹녹히 넘어가지 않는 것이다.)'

-《문장》, 「소설 선후에」, 1939년

위의 글은 곽하신의 「마냥모」을 1회 추천을 하면서 쓴 글이다. 상허 이태준은 곽하신의 작품에 대해서 '추천작품으로 할까 말까 망설이는' 것을 표현했으며 '석 장씩 읽고 버린 것이 수두룩하다.'라는 말로 비판을 하고 있다. 그런 이유로 '주인공의 입심에 취해' 작품의 내용이 너무 의식적(작위적: 일부로 꾸민 것 같은 느낌)이라는 것을 지적하고 있다. 그렇게 억지로 꾸미는 것을 '의식의 가시에 돋혀서는 안 될 것'이라고 말을 하고 있다. 그러면서 '인물만 살면 플롯은 없어도 좋다.'라고 강조를 하고 있다. 정리하면 작품이 장황하게 꾸민 것이 많아서 서너 페이지를 넘어가도 읽는데 문제가 없을 정도라는 점을 경계하고 있는데 아마 이 것은 '글에서는 써도 되도 안 써도 되는 내용이면 과감하게 없애라.'는 이야기를 돌려서 한 것으로 보인다.

「마냥모」

대복은 자기보다 힘센 아내와 함께 아버지를 모시고 살고 있다. 그런 데 대복은 혼례를 치른 뒤 자기 몫이 된 논 세 마지기에 3년이 넘도록 자기 손으로 모를 내본 적이 없을 정도로 게으른 인물이다. 뿐만 아니 라 식욕과 성욕을 채우는 일에만 매달릴 뿐, 시키는 일조차도 제대로 하는 법이 없다. 이러한 게으름 때문에 아버지와 아내로부터 늘 구박 을 받을 수밖에 없다.

어느 날 마냥 모를 내는 일꾼들에게 가져다줄 음식을 담은 함지를 지게에 지고 가던 중 정자나무 그늘을 만나자, 그렇지 않아도 옮기기 싫은 발걸음을 멈추고 쉬게 된다. 그리고는 가져다줄 음식을 마음껏 포식하고 그 자리에 누워서 세상모르게 잠을 자다가 아버지가 휘두르 는 지게막대를 맞고 잠을 깬다는 이야기이다.

—[네이버 지식백과] 마냥모 *(한국민족문화대백과, 한국학중앙연구원)*

그렇게 지적한 단점이 곽하신의 두 번째 추천작품인 「사공」에서도 고쳐지지 않았던 것 같다. 상허 이태준이 다시 지적을 하고 있는 부분을 정리해 보면 다음과 같다.

> '곽하신의 「사공」은 그리 탐탁치 않다.'
> '곽군은 우선 그의 변(이야기)의 수다스러움에서 해방되어야 할 것이요. 그래야 플롯이 지금 어떤 형태로 발전한다는 것을 자신이 보고 만지고 하면서 쓸 수 있을 것이다.' '소설은 쓴다기보다는 만드는 것, 변(이야기)에 취해가지고는 만드는데 방심하기 쉬운 것이다.'
>
> —《문장》, 「소설 선후에」, 1939년

이런 지적을 한 이유는 '작품 속에 등장하는 인물이 왜 그렇게 설정이 되었는지 구체적인 이유가 분명치 않다는 점'을 불만으로 나타내고 있다. 다시 말을 하자면 '실증정신(實證精神:모든 사건이 이치에 딱 들어맞게 표현하려는 태도) 이것 곧 소설의 정신이다.'라는 점을 강조하고 있다. 이런 점을 보완하기 위해서는 다음과 같이 공부할 것을 권하고 있다. '이 점에서 사건 실증화에 몰두하는 탐정소설을 소설 초심자로서는 배울 필요가 있다.'라고 말을 하면서 과학적으로 치밀한 구조가 필요하다는 것을 재삼 강조하고 있다. 이것은 이야기 소설로 대변되는 옛소설과의 차별성을 정리한 것으로 판단 된다.

상허 이태준은 가장 단순한 문장으로 작품 세계를 펼쳐 가는 작가이다. 그래서 문장이 복잡하고 화려한 문체들을 좋아하지 않는 성격이다. 그런 까닭에 '곽군은 우선 그의 변(이야기)의 수다스러움에서 해방

되어야 할 것이요.'라고 요설적인 소설 전개를 지적하고 있다. 그래서 소설은 쓰는 것이 아니라 만드는 것 '변(이야기)에 취해 가지고는 만드는데 방심하기 쉬운 것'이라는 점을 강조하고 있다. 이런 지적을 하는 이유는 상허 이태준은 우리나라 고대소설의 특징을 지적한 「조선의 소설」들이라는 수필에서 다음과 같이 밝힌 것에 기인을 할 수 있다.

'사실 구식 소설의 독자들인 부인네들이나 농군들이 소설을 문학으로 읽기에는 근본적으로 문학 의식을 갖지 못한 것이다. 이야기 책, 즉 귀로 듣는 책일 뿐으로'
'이런 이야기책 속에도 내용만은 훌륭히 문학적인 것이 있다 할지언정 그 문장, 그 표현, 그대로를 소설이라, 문학이라 할만한...'

－『무서록』,《깊은샘》, 「조선의 소설들」, 1999년

위의 내용은 우리 조상들이 글자를 아는 사람이 읽으면 글자를 잘 모르는 사람들이 모여서 귀로 들었던 소설을 이야기하고 있다. 「장화홍련전」에서 계모의 모습을 '코는 통방울 같고 코는 기름병 같고 입은 메기 같고 털은 돼지 털 같고'라고 표현하는 것은 청중들에게 공감을 이끌어내기 위한 이야기의 과장이라는 점을 지적하고 있다. 따라서 현대의 소설은 이야기를 억지로 꾸미는 것이 아니라 있는 사실을 그대로 쓰라고 충고를 한 것이다. 실제 상허 이태준은 문장에 대해서는 다음과 같은 지론을 갖고 있다.

'내 문장'을 쓰기보다는 될 수만 있으면 '그 작품의 문장'을 써보고 싶다. 우선 '그 장면의 문장'부터 써보려고 한다.

－「무서록」,《깊은샘》, 「명제 기타」, 1999년

상황에 맞는 가장 적절한 문장을 찾는 것이 중요하다는 것을 강조하고 있는 것으로 요약될 수 있으며 곽하신의 문학세계 및 삶에 대해서 알아보면 다음과 같다. 그는 경기도 연천 출생했고 1958년 동국대 국문과 졸업을 했다. 서울에서 중학교를 다니며 기식(寄食)하게 된 외숙부 김상용(金尙鎔)의 서재에서 문학의 싹이 텄다고 전하고 있다.

1938년 「실락원」이 《동아일보》 신춘문예에 당선되어 소년작가로 문단에 데뷔하였다. 또한 그해 4월 《동아일보》에 「아내」를 발표하고, 다시 이듬해 「마냥모」가 《문장》에 추천되었다.

1945년 해방 후에는 월간잡지 《여성문화》를 펴냈으며, 1954~59년 《희망사》 편집장을 지냈다. 그 뒤 《세계일보》《조선일보》 문화부장을 거쳐 한양대학교에서 소설을 가르치기도 했다. 1941년 농촌 어린이들의 애환을 그린 「신작로」를 비롯하여 1946년 「연적」「여직공」 등을 발표하고, 1955년에 첫 창작집인 「신작로」를 펴냈다. 1953년 「죄와 벌」「달은 뜨는가」 등을 발표하는 등 왕성한 창작활동을 보였다.

곽하신의 작품의 특성은 현실도피 경향과 다변적인 문장, 그리고 요설체 문장이 특징이다. 조숙하였던 곽하신의 작품 경향을 보면, 그의 첫 데뷔작인 「실락원(失樂園)」에서 구성상의 많은 빈약성을 드러내고 있으면서도 예리한 감수성과 표현의 자극적인 특이성이 독보적인 문학세계를 이루어나갈 가능성을 보여주고 있었다.

(9) 《문장》에서 1회 추천을 받은 작가들

문장의 3회 추천은 작가 지망생들에게는 선망의 대상이었지만 실제로는 그 과정을 거친 작가는 많지가 않다. 그럼에도 많은 작가들이 응모를 한 것으로 나타나고 있다. 실제 상허 이태준은 소설에 대한 평을 하는 곳에서 다음과 같이 밝히고 있다.

'이번 호에 읽어야 할 응모작품을 반 밖에는 읽지 못하고 다음 달 분으로 넘기는 것은 오직 내가 시간을 얻지 못한 때문이다. 응모 제군에게 미안하다.'

-《문장》, 「소설 선후에」, 1939년

이와같이 소설 응모작품을 전부 읽지 못할 상황이 된 것은 상허 이태준은 신문소설을 쓰기 위해 여관방을 잡아놓아야 할 정도로 바빴고 또 이화여전에 출강하면서 시간적 여유가 없었던 것이 원인이었다. 여기에다가 《문장》에 「문장강화」를 연재하는 등의 너무 많은 일을 했던 것이 신인 작가들 응모작품을 다 읽지 못하는 지경에 이르게 된 것으로 보인다.

또한 신인 작가들도 의욕을 가지고 응모를 해서 1회 추천을 받았지만 이후 2~3회를 포기하는 경우가 있었는데(아니면 2회 추천을 받지 못한 것일 수도 있음) 그런 작가들을 소개해 보면 다음과 같다.

* 1회 추천받은 작가 정진업(鄭鎭業)

1회 추천을 받고 2회 추천이 없는 작가가 정진업이다. 추천을 받았던 작품은 「카츄샤에게」로 상허 이태준은 작품 평에서 조금 더 치열성을 가질 것을 요구하면서 다음과 같은 이야기를 하고 있다.

'모다 한 마디로 말해 버리고 싶도록 읽기에 피곤하였다. 그 한마디란 〈줄이지 않았다〉이다. 실례지만 아직 습작기들인 것은 물론이다. 습작이란 쓰는 공부인 동시에 줄이는 공부다. 도모지 줄일 자취들이 없다.'

'정미공이 쌀알 한알 한알 골르듯 글자 한 자 한 자를 골랐어야 하는데 한자는커녕 한 줄, 두 줄, 심한 것은 몇장씩 찢어 버려야 되게 되었으니...'

'「카츄샤에게」도 마찬가지다. 또 반은 감상문이다. 그러나 창백한 현대 인테리어의 생활과...조금더 야심적인 다음 작품을 기다린다.'

—《문장》, 「소설 선후에」, 1939년

아마 이때는 소설에 대한 기본틀이 완성되지 않은 습작기 작가들이 많이 응모했던 것 같다. 그런 연유로 원고를 줄여야 할 부분이 너무 많다고 지적을 하면서 '치열하게 줄이는 것이 습작'이라고 강한 어조로 이야기를 하고 있다. 그러면서 정진업의 「카츄샤에게」를 추천을 한 것은 다음 작품을 기다려 보겠다는 생각으로 한 것 같다. 그러나 이 정진업 작가는 소설을 쓰기보다는 시 분야에 더 관심을 갖고 시집을 발간하는 등의 활동을 펼치게 된다. 참고로 알아보면 정진업(1916~1983)은 1916년 경남 김해에서 출생하여 1930년에 김해 보통학교(현 동광초등학교)를, 1934년에 마산 공립상업학교(현 용마고등학교)를 졸업했다. 1936년 무렵 이광래가 이끄는 〈극예사〉와 〈황금좌〉 같은 연극단체에 들어 연극인으로 활동했다. 1939년 5월 《문장》에 단편소설 「카츄사에게」로 이태준의 추천을 받았다. 1945년 9월 건국준비위원회 주최로 마산 '공락관'에서 「강씨일가」를 연출하고 주연을 맡았다. 1948년 첫 시집 『풍장』을 《시문학사》에서, 1953년 두 번째 시집 『김해평야』를 《남광문화사》에서 간행했다. 1950년 8월 좌익계 문화단체원으로 몰려 투옥되어 6개월간 고초를 겪다 《부산일보》에서 해임되었다. 1951년 거제 하청중학교 국어교사를 시작으로 여러 학교에서 근무했다. 1967년 문협 마산지부장을 역임하면서 『불사의 변』 등 5권의 시집과 허버트 리드가 쓴 『시와 아나키즘』(형설출판사, 1983)을 번역 출간하기도 했다. 1983년 3월 28일 타계했고 1990년 5월 마산 산호공원 '시의 거리'에 시비가 세워졌다.

상허 이태준으로부터 1회 추천을 받았던 정진업은 그 후에 소설에 대한 열정이 식은 이유는 알 수 없다. 그러나 시에 대한 열정은 상당히 높아서 많은 작품을 발표했다. 그의 시는 상허 이태준이 끊임없이 요구했던 현장을 바탕으로는 하는 이야기가 주제를 이루고 있다. 그의 대표작 중에 하나로 평가받는 「낙동강」을 보면 다음과 같다.

1948년 2월 10일 부산일보에 실린 시 「낙동강」 전문이다.

뻗쳐 있는 정열이

유구 칠백 리에 이르러도

강 두렁 마슬에는

싸움이 그치지 않는다

(중간 생략)

옥답이 모래밭이 아니라서

강물이 고이는데

쌀이사 유명한 저 경상도 쌀

백옥인 양 쌓이는데

은혜 받아 본 적 없는 강물은

때로 누굴 위하여

하늘 대신

이리 노여워하였는가?

강아!

넘쳐 흘러 칠백 리

구비치는 탁류도

그예 바다로 가고야 마는

너의 정열이 나는 미쁘다

위에 시를 보면 낙동강변에 사는 가난한 사람들의 삶과 애환을 노래하고 있다. 강물처럼 묵묵히 흐르는 우리의 역사를 대변하려는 작가의 고독이 엿보이기도 한다. 그리고 정진업은 항상 채워지지 않는 예술 세계에 대해 끝없는 갈구를 시집「불사의 변」에 쓴 후기에 다음과 같이 남기고 있다.

'아무리 인간사회에 돌연변이가 생긴다 하더라도 한 시인의 문학정신에 있어 이미 확립되어진 개성이나 주관(그것은 사회, 인생, 세계의 관념이라 해도 좋다)에는 큰 변동이 있어서는 안 된다는 것을 우직하게 믿어 왔기 때문이다. 그러기에 타협을 모르는 나의 시도(詩道. 시를 짓는 방법)는 고독했고, 다난했고 또 그만치 빈궁했던 것이다.'

* 1회 추천 받은 작가 한병각(韓柄珏)

1회 추천을 받은 사람 중에는 한병각이 있다. 이 작가가 추천을 받은 작품은「소녀」인데 추후 문단 활동을 많이 하지 않아서 자료가 거의 없는 것은 아쉽다. 상허 이태준은 한병각의 작품을 아래와 같이 평을 하고 있다.

'그 중에서「소녀」를 택한다.「소녀」는 소녀 그대로 가련한 그림이다. 연계를(연한 닭고기)를 먹는 맛이다. 그러나 이만한 날카로운 눈치와 알뜰한

솜씨라면 으레 다음 작품을 기다려야 마땅하다.'

'한사람에게 한 작품을 뽑고 마는 것이라면「소녀」는 등장하지 못했을는지 모른다. 선자는 작품보다는 작가를 엿보기에 애쓴다. 소질과 성의와 공부 이 세 가지가 그가 앞으로 한 작가로서 헌신할만한가 못한가를.'

'다음 작품 기대할 수 있음에 뽑힌 것이다. 다음 작품들은 으레 첫 작품보다 곱절 우수하지 않으면 안 된다. 이미 뽑혀진 첫 작품의 정도의 것이나 두 편씩 더 쓸 수 있대선《문장》은 그들을 한 작가로라 세상에 추천할 용기를 갖지 못할 것이다.'

–《문장》,「소설 선후에」, 1939년

상허 이태준이 한병각을 추천한 것은《문장》5호였다. 작품에 대해서도 좋은 평가를 하지 않고 '만약 작가에게 한 작품을 뽑는 제도라면 선택되지 않았을 것'이라는 평가를 내리고 있다. 그리고 난 다음에 작품에 반영된 작가의 본연의 모습을 엿보려는 노력을 하고 있는데 이것은 앞으로의 발전 가능성에 대한 판단이다. 신인 작가의 경우에는 완성이 된 상태는 아니다. 마치 광산에서 바로 채굴된 원석과 같다. 같은 원석이라도 재질에 따라 가치 판단이 달라진다. 예를 들면 '다이아몬드', '석탄', '중석'의 주요성분은 탄소(원소기호 C)이다. 원자 배열이 어떻게 되느냐에 따라서 가치가 달라지는 것인데 석탄 덩어리를 아무리 가공을 해도 다이아몬드가 될 수 없는 것과 같이 상허 이태준은 신인 작가를 추천할 때 문학적 태생을 보는 것이라는 생각이다. 그리고 두 번째 추천작은 첫 작품보다 곱절 뛰어나지 않으면 안 된다는 충고를 밝히고 있다. 그 목표를 이루기 위해서는 각고의 노력이 필요하다는 점을 강조하고 있다. 그런데 문제는 이런 과정이 너무 힘이 들고 어렵기 때문에 포기하는 경우가 많은데 한병각도 지속적인 창작활동을 하지 못하고 그대로 사라진 것은 안타까운 일이다.

3회 추천이라는 제도는 항상 이야기했듯이 신진 작가들에게는 힘든 과정 중에 하나이다. 그래서 세 번 추천제도를 통과한 작가가 많지 않다. 이런 이유는 작가를 추천하는 상허 이태준의 결벽증에 가까울 정도로 깐깐한 심사도 한몫을 했다. 그리고 또 다른 이유는 건강이 나쁘거나 소설보다는 다른 분야에 관심이 높아서 소설을 포기하는 경우이다. 그런 사유로 《문장》에 한 번 추천을 받고 더 이상 등장을 하지 않는 작가가 여럿이 있다. 그런 작가들을 소개해 보면 유운향(柳雲鄕)과 허민(許民)이 있다. 우선 유운향은 소설을 포기하고 시와 평론으로 전향을 한 작가이다.

그에 대해서 알아보면 다음과 같다. 본명은 유영(柳玲1917.11.24.~2002.8.25)으로 호는 운향(雲鄕)이다. 경기도 용인군 용인면 남리 출생했다. 1938년 경성농업학교, 1943년 연희전문 문과, 1949년 서울대학교 영문학과 졸업했으며, 1988년 명예문학박사(미국 월드대학) 등의 경력이 있다. 문단의 등장은 경성 농업학교 학생이던 1939년 《문장》에 유운향이라는 필명으로 소설 「조갯살」을 발표하면서부터이다. 그 후 영문학에 관한 각종 연구논문과 더불어 시로 전향, 많은 시를 각 지상에 발표하였다. 그의 작품 경향은 낭만주의적 영시(英詩)와 한국적 서정시의 혼합을 해서 한국어의 순화·개척을 통한 언어예술의 승화를 배경으로 하고 있으며, 서구적 전통시의 관념인 인간 영혼과 우주혼(宇宙魂)의 탄생 및 조화를 궁극적으로 노래하려는 경향을 갖고 있다는 평가가 있다.

* 1회 추천을 받은 허민(許民)

경남 사천 출신. 본명은 허종(許宗)이고, 민(民)은 필명이다. 허창호(許昌瑚), 일지(一枝), 곡천(谷泉) 등의 필명을 썼고, 법명으로 야천(野泉)이 있다. 측량기사였던 아버지가 허민 생후 삼 일째 되는 날 요절한 이후 어머니와 외조부의 슬하에서 자랐다. 1929년 곤양공립보통학교를 졸업하였고, 어머니가 유엽 시인에게 청을 넣어 합천 해인불교전수학원(해인사 강원)에서 공부하였다. 1933년 해인사 강원을 수료하고, 해인사 사설강습소인 해명학원(海明學院)의 교원이 되었다. 1935년 이웃의 중매로 신채봉(愼采鳳)과 혼인하였고, 1937년 봄 진주로 내려가 동아일보 진주지국 기자로 일하였으며, 진주기예학교에서 국사와 동양사를 가르쳤다. 이 해부터 지병인 폐결핵을 앓다가 이듬해 기자직을 의원면직하고 합천으로 돌아왔다. 1943년 봄 29세를 일기로 별세하였다.

그의 문단 활동을 알아보면 1936년 12월 《매일신보문장》 현상 공모에 단편 「구룡산(九龍山)」이 당선되어 등단하였다. 1940년 시 「야산로(夜山路)」를 《문장》에 시인 유엽 추천으로 발표하였고, 1941년 단편 「어산금(魚山琴)」을 《문장》에 이태준 추천으로 발표하였다. 그의 소설 문체는 시적 자연 묘사가 두드러지고, 경남 지역어를 풍부하게 담고 있다는 점이 특징적이다. 또한 그의 소설 「구룡산」은 당대 민족 현실의 생생한 보고서로, 민담과 전설을 활용하여 산촌의 궁핍한 삶을 생생하게 형상화하고 있고 단편 「어산금((魚山琴)」은 악공의 장인정신을 형상화한 예술가소설로, 그의 자전적 체험이 담겨 있다는 평가가 있다.

허민은 시의 세계는 자유시를 중심으로 시조, 민요시, 동요, 노랫말에다 성가, 합창극에까지 이르는 다양한 갈래에 걸쳐 있는 것이 특징이다. 그는 시의 소재를 산·마을·바다·강·호롱불·주막·물귀신·산신령 등 자연과 민속 등을 삼았다. 또한 주제는 막연한 소년기 정서에서 부터 농촌을 중심으로 민족 현실에 대한 다채로운 깨달음과 질병(폐결핵)에 맞서 싸우는 한 개인의 실존적 고독 등을 표현하고 있는 것으로 분석되고 있다. 그의 대표 시 중에 하나인 「율화촌(栗花村)」은 자연애호에서 벗어나 인정이 어우러진 안온한 농촌공동체를 형상화함으로써 시적 비전을 제시하고자 한 것이 특징으로 분석되고 있다. 이런 재능을 가진 작가가 폐결핵으로 요절을 한 것은 우리 문단에 큰 손실로 평가된다.

상허 이태준이 추천 한 작가 중에 마지막으로 소개하는 사람은 《문장》10호에 「실인기」가 실린 선진수(宣鎭秀)이다. 이 작가에 대한 기록은 우리 문단에는 더 이상 남아 있는 것이 없다. 1회 추천 이후 문단에서의 활동은 없다. 그 이후 활동에 대한 공식적인 기록이 없는 가운데 남아 있는 것은 선진수를 추천한 소설평과 《문장》10호에 남아 있는 작품 1편이 전부이다. 그리고 우연치 않게 이용악 시인의 「월계는 피어」라는 시에서 「선진수 동무의 영전에」라는 부제가 붙어 있는 것을 발

견할 수 있었다. 시에 나오는 선진수(宣鎭秀)가 상허 이태준 이 추천한
사람과 동일하다면 그는 경기도 광주 지역에서 공산주의 활동하던 것
으로 기록되고 있다. 그 문제는 나중에 이야기하고 우선 이태준 선생의
작품 평을 인용해 보면 다음과 같다.

> 『실인기』는 처음으로 투고 한 분으로 상당히 재미있게 읽었다. 작품에
> 있어 '재미있게'란 말은 우선 필치의 세련을 의미하는 것이라 해도 과언
> 이 아닐 것이다. 일인칭이니까 이것만으로 실력을 단정할 수 없으나 심리
> 의 길을 이만치 탐심(探心)해 내는 사람이면 유망하다. 다음 작품을 위해
> 택한다.'
>
> ―《문장》, 「소설 선후에」, 1939년

위의 내용을 보면 선진수라는 작가는 문단에 처음 등장한 것 같다. 그
리고 상허 이태준은 글이 재미있고 문장이 상당히 세련되어 있다는 점
을 칭찬하고 있다. 그리고 사람의 마음을 찾아가는 과정에 무리가 없어
서 앞으로 상당히 기대되고 있다는 바람을 표하고 있다. 그리고 마지막
으로 '우리는 소설을 읽을 때 어서 무슨 일이고 터지기를 바란다. 생활
과 운명의 마찰이 전광석화이기를 바란다.'고 말을 해서 이야기의 전개
가 느린 것을 흠으로 지적을 하고 있다.

그렇다면 당대에 가장 까다로운 추천가로 공인 받는 상허 이태준으
로부터 능력 있는 작가라고 인정을 받은 선진수(宣鎭秀)에게 어떤 일이
벌어진 것일까. 1회 추천 이후 작품 활동을 전혀 하지 않은 것은 확실하

다. 다만 1936년 3월 17일《동아일보》와『한국향토문화전자대전』을 보면 아래와 같은 내용의 기사가 실려 있다.

'광주와 영등포를 중심으로 노동자와 상인을 망라하여 공산주의 사상을 선전하였다는 광주공산당협의회 사건의 관계자 삼십 명에 관한 치안유지법 위반사건...(생략) 다섯명은(선진수 포함) 기소중지로 이날 밤 석방하게 되었다. 6년 전에 광주읍내에 남한산 노동공조회를 조직하고 노동자와 농부 상인을 망라하여 공산주의 선전을 목적하고 야학 또는 강연회 등을 이용하여 공산사상을 선전하여오게 하였다.'

─《동아일보》, 「五명은 기소중지, 七명은 공판에」, 1936년

'1934년 12월 남한산노동공조회는 광주공산당협의회로 조직을 개편하면서 사회주의 운동을 강화하였다. (생략) ... 선진수(宣鎭秀), 강달영(姜達榮), 이순응(李順應), 김귀용(金貴用) 등이 세포 조직원으로 활동하였다.'

─『한국향토문화전자대전』, 경기도 성남시 독립 운동가, 서승갑

인용된 활동을 보면 선진수 소설가는 1939년 소설을 발표하기 전부터 공산주의 활동을 한 것을 알 수 있다. 1936년 일제에 검거되었을 때는 혐의가 약해서 기소중지로 처벌을 받지 않은 것으로 나타나고 있다. 동아일보에 난 기사를 보면 '야학 또는 강연회'를 이용한 혐의를 보면 문맹퇴치 운동에 나섰던 것을 추측할 수 있다. 이후에도 사회활동을 계속하다가 사망을 한 것으로 판단되는 글이 이용악(李庸岳, 1914~

1971)의 시에서 추모 형식으로 발표되고 있는데 소개해 보면 다음과
같다.

월계는 피어

　　－선진수 동무의 영전에서　　　　이용악

숨가삐 쳐다보는 하늘에

먹구름 뭉게치는 그러한 때에도

너와 나와 너와 나와

마음속 월계는 함빡 피어

꽃이팔 꽃이팔 캄캄한 강물을 저어간 꽃이팔

산성을 돌아

쌓이고 쌓인 슬픔을 돌아

너의 상여는 아득한 옛으로

돌아가는 화려한 날에

다시는 쥐어 못 볼 손이었던가

휘정휘정 지나쳐버린

어느 골목엔가 월계는 피어

마. 《문장》 3회 추천제도 변화

《문장》의 3회 추천제도는 많은 신진 작가들에게 부담이 되었던 것 같다. 대부분의 작가들이 1회 추천을 받고 후속작품을 응모하지 않거나 작품 수준의 미달 탓인지 다시 등장을 하지 못하고 있었다. 그런 상황에서 소설은 시와 시조에 비해서 잡지의 지면을 많이 차지하고 창작 기간도 짧지 않다는 측면에서 신인 작가 배출이 만만치 않았던 것이 상허 이태준의 소설평에서 아래와 같이 언급되고 있다.

'매월 응모되는 작품은 곱쟁이씩 불어난다. 배고프듯 탐내 읽으나 먹기에 피곤한 음식들이다.'

'이번에 읽어야 할 응모작품을 반밖에 읽지 못하고 다음 달 분으로 넘기는 것은 오직 내가 시간을 얻지 못한 때문이다.'

'다달이 이 추천소설을 뽑는 것이 내 큰일이 되었다. 이달이 제일 많이 밀려 있었고, 이달처럼 적당한 작품이 얼른 잡히지 않아 애쓴 적도 없다.'
　　　　　　　　　　　　　　　　　－《문장》, 「소설 선후에」, 1939년

위의 글은 작품이 계속 밀려오고 있지만 다 읽지 못할 지경이라는 사정을 말하고 있다. 응모작이 너무 많아서 심사를 제대로 하지 못할 정도가 된 것은 새로운 작가를 발굴해내는데 제약이 될 수밖에 없었다. 그러면서도 작품 숫자에 비해 눈에 드는 것이 없다는 하소연도 같이 하고 있다. 문제는 가뜩이나 3회 추천제도가 어려운데 심사를 맡은 상허 이태준이 시간이 없어서 쫓긴다는 것은 다른 방식으로 변화 즉 1인 전담 추천 방식의 변화가 필요하다는 것을 암시하고 있다. 만약 이대로 놔둘 경우 응모한 작가들에게 신뢰를 잃게 되는 일이 벌어지게 된다. 작품을 응모했는데 평을 제대로 받지 못한다는 상허 이태준에 대한 불신으로 번질 가능성이 있다.

또 다른 문제는 특정 작가는 자신의 문학 세계와 같은 색채를 띠는 작품에 눈길이 갈 수밖에 없다. 이것은 1인 추천의 한계이고 문학의 다양성이라는 문제에는 스스로 발목이 잡히는 사태가 된다. 그런 연유로 현대문학 심사는 여러 작가가 합동으로 하고있는 것이다. 따라서 1인 심사 추천제도를 고쳐야 하는 시대의 요청이기도 했었다는 판단이다.

'그러나 두 번째 추천받을 실력만 있는 작품이라면 증 페이지를 해서라도 넣을 성의는 있으니 좋은 작품을 보내기만 하라.'

'이번에 새 사람들의 것보다 한번 당선되었던 사람들의 것을 주로 읽어보았다.'

'될 수 있으면 첫 이름으로 소개하고 싶음과, 또 될 수 있으면 두 번째, 세 번째의 작품을 패쓰시키어서 한 사람의 완성 신인을 내이고 싶은 두 가지 욕망이 늘 다툰다.'

　인용한 글을 보면 소설에서 새로운 신인을 내고 싶은 생각을 많이 갖고있는 것이 보인다. 소설에서 배출한 시인을 언급하면서 소설은 지면을 더 만들어야 한다는 점에서 는 것은 두 번째 추천작품이라면 잡지를 증면해서라도 넣고 싶다는 생각과 한번 당선된 사람들 작품을 집중적으로 읽었다고 할 정도로 새로운 작가 탄생을 기대하고 있는 것이 보인다. 그러면서도 '새로운 작가 발굴과 새로운 신인을 등단시키고 싶은 마음이 공존'하고 있다.

　이런 문제점을 해결하기 위해서 새로운 방식의 추천제도가 등장하게 된다. 그것은 '3회 추천제도에서 1회 추천제' '상허 이태준 전담에서 다른 작가도 추천할 수 있는 자격 부여'로 바뀌게 된다.

　결국 《문장》의 자존심이라고 할 수 있는 3회 추천제도를 고치게 된다. 고치는 이유는 정확하기 알려지지 않았지만 '너무 가혹하다.'는 지적이 많았던 것으로 추측된다. 그리고 새로운 신인을 빨리 얻고 싶다는 욕심도 있었던 것 같다. 특히 1회 추천을 받고 다시 도전하지 않는 작가들이 늘어난 것도 한몫한 것으로 보여 진다. 새롭게 개정된 추천제도는 다음과 같이 《문장》 19호에 공지되었다.

　새로 도입한 신인 추천제도를 보면 우선 시나 소설 모두 기성작가 1회 추천을 받으면 등단작가로 인정을 하는 것으로 바뀐다. 누구나 자기가 사숙(私淑)하는 작가에게 추천을 청해서 추천문을 받도록 하고 있다. 이럴 경우 기성작가 누구나 추천 작가가 되도록 해서 신인과 기성 작가 모두 《문장》의 문을 여는 파격적인 변화라고 볼 수 있다.

그리고 기존에 추천을 받았던 사람의 경우 처리하는 방법이 애매모호해 진다. 이것을 정리하기 위해 2회 추천받은 사람은 마지막 3회를 위해 노력을 할 것을 부탁하고 있다. 그리고 1회 추천을 받은 사람에 대한 명확한 언급이 없는 상태이다. 그러나 그런 경우 2번 추천을 더 받아야 하는 것은 새로운 1회 추천제도와 상충되기 때문에 언급을 피한 것으로 보인다. 이렇게 파격적인 변화를 도입한 결과가 어땠는지는 상허 이태준의 소설평에서 자세하게 나타나고 있는데 인용해 보면 다음과 같다.

'추천제도를 좀 완화 시키자 추천작품이 배나 늘었다. 그러나 한 가지 엄연한 사실을 깨달게

되는 것은 적시에 나타날만한 사람은 진작부터 나타났던 것이다. 아직 새 이름 속에서 그리 뛰어나는 작품을 얻지 못한다. 더욱더 노력해 주기를 바란다.'

'어떤 시인은 시를 다 나에게 보낸다. 나에게 보낸 시면, 또 읽어보나 마나다. 이런 분은 우선 문장 공부도 좀 필요하다.'

―《문장》, 「소설 선후에」, 1940년

위의 소설평을 보면 추천제도를 완화해도 좋은 작품이 나오지 않는 것을 '적시에 나타날만한 사람은 진작부터 나타났던 것' '새 이름 속에

서 그리 뛰어나는 작품을 얻지 못한' 것을 지적하고 있다. 상허 이태준은 3회 추천제도를 바꾸는 것을 탐탁하게 여기지 않는 것 같은 느낌을 전하고 있다. 그런 내면이 드러나 보이는 것이 '소설가인 자신에게 시의 추천이 온다.'는 지적으로 추천 작가를 문단 선배들에게 개방하는 방법도 완곡하게 거부감을 보이고 있다. 이것은 당대 최고《문장》의 유일한 소설 추천 작가라는 자신의 위상에도 영향을 미치는 것으로 환영할만한 일이 아닐 것으로 판단된다.

그래서 그런지 몰라도 상허 이태준은《문장》21호에서는 새로운 신인 작품에 대해서는 언급을 하지 않고 자신이 2회 추천을 했던 임옥인의 「후처기」를 3회 추천작품으로 선택하고 있다.

'이번에 임옥인양의 전제(전에 3번 추천제도)에 의한 세 번째 「후처기」를 뽑았다.'

－《문장》, 「소설 선후에」, 1940년

新推薦制(신추천제)

본지의 신인추천제도가 좋은 새 시인과 작가를 얻은 것은 비단《문장》의 성공으로만 여기지 않습니다. 다만 한 사람이 세 번씩이라는 것과 고선자(등단 추천 작가) 고정해 있음이 신인에게의 기회가 좀 좁고 더딘 것 같아서 이번부터는 좀 더 자유스럽게, 넓게 고칩니다.

   * 시, 시조, 소설 모다 기성작가 추천 한 번이면 됩니다.

   간략한 추천문이 첨부되어야 합니다.

   누구던지 자기가 사숙하는 작가에게 보내서《문장》에 추천을 청할 것입니다.

   그러면 문단의 모든 선배가 더 고선자가 되는 겁니다.

   *과거 규정에 의해 두 번까지 추천되었던 분은 전 규약에 의한 약속을 이행해 드립니다. 계속해서 세 번까지 추천되도록 노력해 주십시오.

                  8월15일(1940년)

                  文章社編輯部白

   추천제도를 세 번에서 한 번으로 고치고 난 뒤에도《문장》의 소설 추천 코너는 활발하지 않았다. 상허 이태준은 임옥인을 추천하고는 의욕이 상실해서였는지 아니면 바빠서 그랬는지 새로운 작가 추천을 하지 않았다. 대신《문장》에 신인 소설작가를 추천한 사람은 백철(白鐵, 본명 백세철, 1908~1985)이었다.

참고로 백철에 대해서 알아보면 평안북도 의주 소지주 집안 출신이다. 1927년 신의주고등보통학교를 졸업하고 일본에 유학하여 1931년 도쿄 고등사범학교 영문학과를 졸업했다. 일제 강점기 후반 일왕을 찬양하는 글들을 발표하며 친일파로 활동하였다. 일제 강점기에는 1934년 제2차 카프 검거 사건으로 전주 형무소에서 약 1년 반 동안 수감 생활을 겪고 난 뒤에 문화적 경향 변화를 보였다. 1950년대의 평론에서는 문학의 역할에 대한 견해가 우파적으로 변경되었고 1966년에 대한민국예술원 회원이 되었고, 대한민국 국문학계의 현대문학사 분야에서 많은 영향을 끼쳤다. 예술원상, 국민훈장 모란장, 서울시 문화상, 3·1문화상 등을 수상했다.

이 백철이 《문장》에 추천한 작가는 임화의 부인인 지하련(池河連)의 「결별」과 임서하(任西河) 「덕성」이다. 우선 지하련에 대해서 알아보면 본명은 이현욱(李現郁)이다. 경상남도 거창 출생을 하였고 1935년 시인이자 문학평론가인 임화(林和)와 결혼하였다. 광복 직후 남편 임화와 함께 조선문학가동맹에 가담하였고, 역시 임화와 함께 월북하였다. 임화는 1953년 8월 미국의 스파이라는 누명을 쓰고 북한 당국에 의해 처형되었고 그 소식을 만주에서 들은 지하련은 급히 평양으로 돌아와 대동강변을 미친 사람처럼 돌아다녔다고 한다. 그 뒤에 그녀는 평북 희천 근처에 있는 교화소에 수용되었다가 1960년 사망을 한 것으로 알려지고 있다.

지하련의 주요 문학적 업적으로 광복 전에 발표한 작품으로는 「체향초(滯鄕抄)」(《문장》, 1941.3)·「가을」(《조광》, 1941.11)·「산길」(《춘추》, 1942.3) 등이 있고, 광복 후에 발표한 작품으로는 「도정(道程)」(《문학》, 1946.8)·「광나루」(《조선춘추》, 1947.12) 등이 있다. 이 작품들은 예외 없이 섬세한 필치로 젊은 남녀의 심리를 추적한 것들이다. 창작집으로는 1948년 《백양당(白楊堂)》에서 간행된 『도정』이 있다.

'지하련씨는 모 친우의 부인 되는 분으로 내가 기왕부터 경애해 온 분이다. 인간적으론 전부터 친숙하게 아는 분이지만... 이 「결별」을 읽었을 때의 나의 놀라움과 기쁨은 더 한층 크고 신선했다. 더욱이 빈약한 여성 문단에 큰 기여가 될 것을 의심치 않는 바다.'

–《문장》, 「지하련씨의 '결별'을 추천함」, 1940년

백철이 두 번째로 등단시킨 작가는 임서하(任西河)인데 출생과 사망은 물론 출생지도 알려지지 않은 작가이다. 임서하는 1941년 3월에 단편소설 「덕성(德性)」이 《문장》에 추천됨으로써 등단하였다. 광복 직후 조선청년문학가협회에 참여하였고, 한국전쟁 때 월북하였다. 이후 행적은 미상이다. 월북할 때까지 그가 발표한 작품으로는 「산으로 가는 사람」(야담, 1941.11.) 외 여러 편이 있으며 1930년대의 우리 소설계에서 중요한 흐름의 하나를 이루었던 이른바 심리주의의 계보에 연결되는 자리에서 창작활동을 시작한 것으로 분석된다. 그의 데뷔작 「덕성」에서 정확히 나타나고 있다. 임서하의 활동은 미미했지만 아래의 신문에 나타난 자료로 어느 정도 알 수 있다.

* 플로베리의 예술 보봐리즘의 예술적 과제(2):《동아일보》1939년 9월 9일

* 플로베리의 예술 보봐리즘의 예술적 과제(3):《동아일보》1939년 9월 12일

* 전조선문필가대회 13일 오후 1시 종로 기독청년회관에서:《동아일보》1946년 3월 11일

* 민족문학 수립에의 열정! 전국청년문학가의 결성성대:《동아일보》1946년 4월 5일

* 전조선청년문학가협회 4월4일 종로기청회관에서 결성:《동아일보》1946년 4월 1일

* 한국문학가협회결성, 전향, 무속작가도 참가:《동아일보》1949년 12월 13일

'이 작가에 대해서는 너무 아는 것이 적다. 그의 위인에 대해서나 문학수업에 대해서나 「덕성」이라는 작품이 작가를 추천하는데 유일한 재료이다. 이 작품을 통해서 보면 中歐의 모모 근세 작가의 작품에 친숙해 온 분인 듯 하다.'

　　　　　　　　　　　　　　　　　　　　　　-《문장》, 「덕성」을 추천한 백철의 글, 1941

바. 《문장》 자진 폐간 배경

순수문학 잡지를 추구하던 《문장》이 1941년 4월 갑자기 자진 폐간을 하게 된다. 당시 최고 인기를 구가하던 《문장》이 폐간이라는 결단을 내린 것에는 여러 가지 시각이 있다. 그렇게 된 배경에는 해석이 다양하다. 우선 그 시대의 배경을 알아보면 《문장》이 창간되었던 1939년은 일본의 진주만 습격 사건으로 2차세계대전이 발생했다. 전시 체계가 되자 일본은 내부 단속을 강화하기 시작을 했다. 조선 사람들을 자신들의 전쟁에 참여시키기 위해 '황국신민화' '내선 일체 사상'을 강요하고 '한국어 말살 정책'을 추진했다. 돌연 국민연맹과 국민문학연맹(國民文學聯盟: 최재서가 발행한 친일잡지 국민문학에서 따온 말)이 생기면서 우리 민족을 친일화에 박차를 가하게 된다.

국민총력조선연맹은 1940년 조선총독부 차원에서 조직된 친일단체로 주요 활동은 ① 기관지 《국민총력》의 발간, 라디오 프로 '국민총력의 시간' 운영, 황민사상 및 황민생활 고취, ② 지역, 직역(職域)연맹과 애국반을 통한 공출, 물자 절약, 징병-징용 독려, ⑤ 신궁참배단-병영견학단-황군위문단 파견과 대전과(大戰果) 감사 국민총진격대회 등의 개최를 통한 전쟁의식 고취 등이었다.

더하여 일본의 황국신민화 추진 과정을 알아보면 아래와 같다.

① 1931년의 만주 강점이 성공되자 만주국 특명전권대사에 임명되어
    사실상의 만주 총독노릇을 해온 미련하고 저돌적인 인물 남취낭이

1936년 8월 조선총독으로 부임

② 「황민화」해 일본사람으로 만들어 놓아야 저희들의 대륙침략에 후
환이 없을 것이라고 생각했었는지 조선총독이 되자마자 「황민화」
정책을 강력하게 불도저식으로 밀고 나감

③ 그때까지의 「내선융화」를 「내선일체」로 바꾼다음 「국어상용」「신사
참배강요」「지원병제도 실시」「조선어 폐지」「조선문신문폐지」, 그리
고 「창씨개명의 실시」로 조선사람을 깡그리 일본사람으로 만들어
가려는 작업을 강력하게 급속히 추진.

④ 1937년 7월 노구교사건을 각본대로 일으켜 중일전쟁이 터지자 남
총독은 즉시 『전시체제령』을 발표해 조선사람의 손발을 꽁꽁 묶어
놓아 선에서는 그나마 허용되었던 정상적인 문화활동을 할 수 없
게 됨.

⑤ 상허 이태준은 1939년2월부터 순수문예잡지 《문장》을 창간하여
쓰러져 갈지도 모르는 우리나라의 우리말로 된 문학에 한 가닥의
혈로를 타개 함.

당시의 상황은 일본의 국경일에는 각 가정에서 1인이 의무적으로 신
사 참배에 참여를 강요해서 절을 하고 기미가요를 불러야 했고, 미혼
여자들을 정신대로 공출하기 위한 준비 작업으로 일본어로 된 제식 훈
련 실시했고, 남자들은 징용을 피해서 산으로 숨고 더 산골을 찾아 도
주했으며, 일부 지역에서는 일본어를 못하거나 일어로 된 황국신민서
사를 외우지 못하면 차표를 살 수 없도록 한 등의 조치를 취해 한국어

말살 정책을 실시했다. 이 정책은 일제의 일간지에 대한 검열과 통제에서부터 처음 시작되었다.

> 동아일보 창간 때에 수야 정무총감이 「신문가로수설」을 주장했다… 가지가 너무 뻗쳐 성가실 때에는 가지를 쳐버리는 정간이라는 약을 쓰고, 조선일보같이 잘 될성부른 때에는 조금 이상한 조짐이 보여도 역시 정간이라는 극약을 써서 아주 못 자라게 만드는 그런 정책을 번갈아 가면서 써 왔다.
>
> 종로경찰서에는 고등계주임에 삼륜이라는 조선말을 잘하는 자가 있어서 강연회 때면 이 자가 꼭 임석하는데, 이 자는 조선말을 어떻게 잘하는지 연사의 말투가 그들이 말하는 불온한 말이 나올 듯하면 미리 중지시켰다. 불온한 말을 해버린 다음에 중지시키면 효과가 없으니까 미리 말이 못 나오도록 중지시키는 것이다.
>
> 신문을 검열하는 경무국 도서과도 서촌·복강·광나 등 순사 출신의 우리말을 잘하는 자가 있어서 이들이… 전화로 신문사에 향해 "여기는 도서과인데 윤전기를 정지해 주십시오."하면 그때는 압수고, 삭제고, 무슨 사고가 나는 것이다.
>
> ―《중앙일보》, 「조용만의 남기고 싶은 이야기들―30년대의 문화계」, 1984년

위의 내용은 일제가 당시 주민들이 보던 신문을 통제했던 것을 조용만이라는 작가가 회고담 형식으로 쓴 글을 인용한 것이다. 일본의 신문에 관한 기본 정책은 「신문가로수설」에서 볼 수 있듯이 너무 자라지

않게 하기 위해 조절을 해야 한다는 입장이었다. 신문들이 일본의 구미에 맞는 내용으로 꾸며지면서 애독자들이 신문을 끊는 경우가 늘어나면서 경영난에 봉착을 하게 된다. 또한 당시에 많이 유행을 했던 강연회에 일본말을 잘하는 사람이 입회를 해서 '자신들에게 불리한 말이 나올 기미가 보이면 중지시키는 방법'으로 반일 사상을 미리 막았다.

또한 사전 검열 제도를 실시하면서 한국어를 잘 아는 일본인을 배치해 기사를 확인한 다음 문제가 될 수 있는 부문이 있으면 '신문 윤전기를 돌리지 못하도록 하는 전화'로 통제를 하는 방식을 택하였다.

일본의 언론 통제 정책이 절정에 이르던 시대에 순수 국어 문학잡지인 《문장》이 발간된 것은 사람들에게 큰 호응을 이끈 것은 당연한 일이었다. 당시에는 순수문예 잡지를 표방한 《문장》이 있었고 최재서가 1939년 10월 평론을 주로 싣는 《인문평론》이 있었다. 《인문평론》의 경우에는 창간호에서부터 '동아신질서의 건설'을 역설할 정도로 친일적인 색채를 띠고 있어서 《문장》과는 다른 성향의 잡지였다.

일본의 문예지에 대한 간섭이 노골화되면서 《인문평론》의 경우에는 권두언에서 「삼가 황실의 이 번영을 봉송」, 「내선일 체의 문화적 이념」, 같은 친일적 논문을 실어왔고 《문장》도 어쩔 수 없이 「전선문학선」 일본 작가 좌등춘부의 「문화개발의 길」 이등정의 「국민문학의 기초」 같은 글을 게재하게 되자 1941년 4월 사고로 다음과 같은 내용을 공고하게 된다.

謹告(근고)

　본지 《문장》은 금번, 국책에 순응하야 이 제3권 세4호로 폐간합니다.

　다만 단행본 출판만은 종래대로 계속하오니 다름없이 애호하시기 바라오며 《문장》에 선금이 남는 분께는 오월 10일 내로 반송해 드리겠습니다.

소화 16년 4월 15일

文章社

　위의 내용을 보면 《문장》이 폐간한 이유로 국책에 순응하야라고 말을 하고 있다. 그렇다면 국책 즉 일본의 방침은 무엇이었는지가 궁금해진다. 그것은 당사자들이 직접적으로 증언한 자료가 없다. 다만 일본의 태도를 보면 추측이 가능한데 아무래도 한글 문예지를 포기하고 순수 일본어 잡지 발간을 강요한 것이라는 판단이 든다. 왜냐하면 《문장》과 《인문평론》이 폐간 된 뒤에 그해 10월 순일본말만 쓰는 문학잡지 《국민문학》을 발간한 것이 반증을 하고 있다.

　그렇다면 《문장》의 폐간이 사전에 계획이 된 것인지에 대해서 알아보는 것이 필요해 보인다. 그것을 알아보기 위해 문장 폐간 직전호

(1941년 3월호)의 내용 중에 '여담' 코너에 상허 이태준이 쓴 내용을 인용해 보면 다음과 같다.

'2월호는 미리 증쇄를 했지만 이내 절품이 되어 사지 못한 많은 독자들에게 미안하게 되었다. 잘 팔려서 또 싼값에 삼십여 편이나 창작을 읽혀드릴 수 있어 즐겁기만 하나, 회계에서 말씀이 단가에서 칠 전씩 손해라는 것이다. 2주년 돌잔치를 너무 호사스럽게 지냈다.'

'전보로 왕복엽서로 헌책이라도 '34인집'을 보여 달라는 독자가 이루 헤일 수 없다. 여기서 문장사는 다소 책임을 느끼어 새 계획을 한 가지 세웠다.'

-《문장》, 「여묵」, 1941년

위의 글을 보면 《문장》 2주년을 맞아 30편의 소설을 모아 인쇄한 것이 인기를 끌어 매진이 되었고 헌책이라도 있으면 보내 달라는 독자들 요청이 빗발쳤다는 내용으로 당시 인기를 실감할 수 있다. 또 여기에 부응해서 새로운 계획을 세웠다고 한다. 그 계획은 이래와 같다.

'『현대단편문학선』이다. 조선문학의 정수는 아직도 단편진에 있다. 단편진에서 알뜰한 것만 뽑아 놓는다면 그것은 곧 조선문학의 精金美玉만 모일 것이다. 책은 종이도 좀 정백품으로 구하고 판도 文面은 사육판이라도 여백을 널직이 남겨 품위를 가지는 국판대 호화판으로 할 것이 이미 작정 되었다. 이번에는 단가에는 미찌지 않어야겠고 또 잡지보다는 부수도 적게 찍힐 것이라 책값이 자연 높아질 것은 양해 해주기 바란다.'

　위의 글을 보면 상허 이태준은 《문장》 2주년을 맞이하여 34명의 단편 작가 작품을 모아 발간한 것이 대성공을 거둔 것에 고무되어 『현대단편문학선』을 발간하는 계획을 수립한 것을 알 수 있다. 그것도 단편 작가를 중심으로 정수만 뽑아서 최고 좋은 종이에 국판대 호화판으로 출판할 계획을 밝히고 있다. 책도 많이 찍지 않을 계획과 손해 보지 않는 금액으로 발간할 야심찬 계획을 밝히고 있다. 이런 내용을 보면 상허 이태준은 《문장》을 폐간할 의향이 없음을 알 수 있다. 오히려 더 확장하겠다는 의지를 느끼게 한다. 그런데 갑자기 폐간이라는 결정을 내린 것은 잡지사의 사정이 아니라 일본의 입김이 작용한 것으로 판단된다. 그리고 상허 이태준이 자신감에 차서 밝혔던 『현대단편문학선』 발간 사업은 더 이상 추진되지 못한 미완의 꿈으로 남은 것은 두고두고 아쉬운 일이라는 생각이다.

사. 《문장》 속간호 발행

　한 시대를 풍미했던 《문장》은 자진 폐간을 하면서 문학의 마지막 자존심은 지키는 노력을 했다. 이렇게 명맥이 끊어졌던 문장이 1948년 10월 《문장》로 발간이 되었다. 잡지 출판을 주도했던 사람은 정지용이었고 자금은 김연만이 제공한 것으로 알려지고 있다. 그러나 이 《속간호》에는 상허 이태준 이름을 발견할 수 없다. 당시에는 이미 북쪽으로 발길을 돌린 뒤였기 때문이다. 그러나 잡지 편집부에서는 이름을 기억하기 위한 배려인지 몰라도 '박문호평서'라는 제목의 광고를 내면서 '이태준저 정보 문장강화 46판 350매 정가 280원' '이태준저 서간문강화 46판 170매 정가 170원'으로 기록하고 있다.

《속간호》의 발간사에서는 광복과 분단의 기로에 서 있던 문학인들의 갈등이 자세히 나와 있는데 그것의 중요 부분을 소개를 해보면 다음과 같다.

續刊辭

통일이냐 분열이냐 우리 민족사상 유래 없는 중대한 위기 위에서 8·15 삼 주년을 맞이하며 《문장》이 중간된다. 중간에 즈음하여 회고와... 《문장》은 1939년 2월에 창간 제1호를 내었고 1941년 4월 3권 4호의 지령으로 폐간을 당한 바 되었다. 창간과 폐간의 날짜를 지금 앉아 돌아볼 때 《문장》이 활동할 때가 세계 사상 얼마나 중요하고 또 비상한 역사적 시기이었던 것에 우리는 새삼스레 놀라지 않을 수 없을 것이다.

《문장》은 자기 활동과 생명이 지속되는 한 민족문화를 보호하고 일제의 말살 정책에서 민족문화를 최후적으로 방어 한다는 것을 중임으로 하였던 때문에 첫째로 문학자의 전 분야를 한곳으로 뭉치게 하는데 힘을 다하였다.

《문장》은 매몰되고 짓밟히는 우리 고전을 보살피고 파내기에 적지 않은 노력을 경주하였다.

이제 8·15 삼주년, 중간 되는 《문장》의 사명이 일제시대 그것과 동일할 리 없건만 민족문학건설 상 허다한 난관이 놓여 있는 지금 《문장》이 지닌바 정신과 전통을...

−《문장》, 「속간사」, 1948년

《문장》이 속간될 당시에는 해방의 기쁨도 잠시 남북 분단이 현실화되고 있던 시기였다. 그런 시대상을 반영이라고 하듯이 '통일이냐 분열이냐 우리 민족사상 유래 없는 중대한 위기'라고 화두를 던지고 있다. 그것을 극복하기 위해서는 일제에 항거를 하면서 문학인들을 하나로 묶어내던 《문장》의 역할이 필요하다는 것을 역설하고 있다. 그리고 《속간호》에서는 신인 추천 제도를 다음과 같이 운영을 한다는 방침을 밝히고 있는 것은 지속적으로 발간을 하겠다는 의지를 갖고 있다는 것을 반증하고 있다.

참고적으로 《속간호》는 《아문각》에서 발간되었고 문장사 주소는 서울 중구 을지로 1가 101번지이고 발행인은 김연만, 가격은 300원으로 책정되었다.

참고적으로 《속간호》에 안내된 추천제도를 알아보면 다음과 같다.

* 작품 추천제

《문장》을 부활하고 보니 8·15 이후 진정한 신인을 다시 얻어야 하겠다. 평론, 시, 소설, 희곡에 있어서 역량과 신념으로 주입한 신인을 골라 민주주의 민족문화 전선에서 다시 전진시켜야 하겠다. 사리지 말고 나오라.

- 시: 정지용 선, 1인 1회 3편 이내

- 소설: 설정식 선, 1인 1회 단편에 한하되 200자 60매 내외

- 희곡: 박태원 선, 1막짜리 200자 60매 내외

- 평론: 김동석 선, 1인 1회 1편 200자 30매 내외

* 규정

- 당선작품은 기성 작가와 동일한 고료를 지급함

- 추천은 세 번 얻는 작가에게 그 후부터는 기성작가로 대우 함

- 원고는 반환 아니 함

- 원고 끝에 주소 성명을 명기 할 것

- 피봉에 〈추천응모원고〉라고 쓸 것

- 매월 15일에 마감을 함

- 물론 맞춤법과 띄어쓰기를 정확히 할 것

이상과 같이 신인작가 추천 제도를 운영하는 것을 발표하는 것은 앞으로 《문장》을 지속적으로 발간을 하겠다는 의지를 보여준 것이라 할 수 있다. 그러나 이 《속간호》를 끝으로 더 이상 발간하지 못하고 '잡지 경영난을 이유로 폐간'을 하게 된다. 그러나 실제로는 자금을 대던 김연만이 《속간호》 발간인들에 대한 신뢰가 상허 이태준만 못했던 것이라는 의견이 많다.

X
일제 강점기 화전민 비극을 담은 「촌뜨기」

가. 시작하는 말

작가는 직접 보고 느낀 것을 바탕으로 써야 한다는 것이 상허 이태준의 작품관이다. 이 방식의 작법은 '어린 시절 고아 생활', '원산으로 가출 후 경험한 군상들 모습', '만주 안동현에서 조선으로 걸어오던 경험', '휘문고보와 짧게 끝난 일본 유학 시절' 등에서 체득한 경험에서 구축된 것이라 할 수 있다. 그러나 자신의 경험을 '곶감 빼 먹듯이' 쓰다 보면 한계에 부딪혀 문학 세계가 넓어질 수가 없다. 그런 점을 극복하기 위해 이태준 선생은 다음과 같이 작품 소재를 얻고 있었다.

잡기장이 책상에 하나, 가방에나, 포켓에 하나, 서너 개가 된다. 전차에서나 길에서나 소설의 한 단어, 한 구절, 한 사건의 일부분이 될 것이면 모두 적어둔다. 사진도 소설에 나올 만한 풍경이나 인물이면 오려 둔다.

참고뿐만 아니라 직접 제재로 쓰이는 수가 많다.

　나는 사건보다 인물을 쓰기에 좀 더 노력하는데 사진에서 오려진 인물로도 몇 가지 쓴 것이 있다.

─『무서록』,《서음출판사》,「명제 기타」, 1999년

　위에 인용한 글은『무서록』에 나오는 내용인데 상허 이태준은 사건의 흐름보다는 인물 표현에 집중을 하고 있다는 사실을 밝히고 있다. 작품 속에 인물은 상상의 산물이 아니라 쉬지 않는 메모와 잡지나 신문에 등장하는 사진의 인물을 모아 두었다가 쓴다는 사실을 이야기하고 있다. 또 주변에서 들었던 이야기를 메모했다가 글을 쓰기도 하는데 작품「촌뜨기」도 자신의 고향 철원에서 일어난 일을 바탕으로 쓴 글이다. 작가가 무엇을 이야기하려는지 명확한 주제를 보이고 있어 소개해 보고자 한다.

나. 작품 배경

　우선「촌뜨기」배경은 상허 이태준이 태어난 철원 용담 앞에 있는 산이다. 상허 이태준이 혹독한 고아 시절을 보내면서 사립 봉명학교를 졸업한 곳이 철원 용담이다. 용담 지역은 장기 이씨들의 집성촌으로 추석에는 비단옷을 서울에 가서 지어 올 정도로 부촌이었다. 또 사립 봉명학교가 있을 정도로 주변에 크고 작은 마을이 있었고 서로 연결되는 교통 요지였다. 그러나 용담에서 남쪽으로 보이는 산들이 금학산, 보개산 등인데 이곳이 계곡이 99개나 된다고 해서 안안골(안악굴)이라고 불렀다. 여기서 부대기(화전)를 경작하고 숯을 굽고 사냥을 하는 사람들이 모여 살았는데 그곳을 배경으로 하고 있다. 순진하면서 열심히 살던 주인공 장군이가 고향을 버리고 부부와 이별을 하는 과정을 담담하게 그려내고 있는데 그런 파국의 원인이 일본의 식민지 정책이라는 것을 고발하고 있는 작품이다. 모든 것을 다 버리고 아내까지 친정으로 보내는 빈손으로 전락하는 주인공을 통해서 일제의 가혹한 식민지 정책을 지적하고 있는 작품으로 1934년《농민순보》에 발표한 이 작품에서 주인공 장군이를 통해 당시 정책을 비판하고 있다.

다. 화전민들에게 가혹했던 일본의 정책

철원은 궁예(857년~918년)가 태봉국을 세운 지역이다. 왕건의 배반으로 권좌를 빼앗기고 강원도 세포군 삼방면 북촌 마을에서 서거를 했고 고려는 사후 26년 만에 왕으로 복위를 시켰고 '존경각'이라는 사당을 지어주었다. 그런 연유로 일제 강점기 전까지 태봉국의 수도였던 '풍천원'은 잡초에 버려진 땅이었다. 일본은 그 광활한 평야를 개간하기 위해 만주에서 우리 동포들을 귀국시켰다. 또 일본의『불이흥업주식회사(不二興業株式會社: 대표 후지 간타로 藤井寬太郎)』가 조선의 소작인들을 모집해서 철원 평야 개간에 나서게 만들었다. 이렇게 철원 지역 농업을 장악한 일본은 소작인과 화전민들에 대한 가혹한 정책을 펼치기 시작했다. 그런 내용을 소개해 보면 다음과 같다.

> 장군이는 스무 날 동안 열아홉 밤을 유치장에서 잤다. 밤마다 잠들기 전에 먹은 마음이었건만 경찰서 문밖에 나서고 보니 그 결심은 꿈에 먹었던 마음처럼 어리둥절해지고 말았다.
> "젠장! 한 20일 놀구 먹지 않았게…… ."
>
> *-《가람기획》, 「촌뜨기」, 2005년*

위의 글은 작품 「촌뜨기」의 시작 부분이다. 주인공 장군이 철원 경찰서에서 20일 구류 생활을 마치고 나오는 장면으로 시작을 한다. 보통 가정 같으면 아내, 부모 또는 자식, 친구들이 기다리다가 경찰서에서 나오는 사람을 맞아 주는 것이 정상이다. 그런데 이 작품에서는 혼자 나오는 것으로 시작되고 있다. 이것은 주인공의 가정, 가족, 친구 등이 없거나 마중 나올 형편이 안 된다는 것을 시사하고 있다. 그리고 중요한 궁금증은 주인공 장군이가 어떤 죄목으로 유치장에 들어갔었는지이다. 그것에 대한 설명이 작품 중간에 나오는데 이유는 다음과 같다.

> 장군이가 파놓은 함정이었다. 그래서 장군이는 쩔름거리는 순사장의 뒤를 따라 그의 묵직한 총을 메고 경찰서로 들어왔고, 경찰서에 들어와선 너무나 문화적인 전기 등 밑에서 알루미늄 벤또에다 쌀밥만 먹고 지내다가 스무 날 만에 집으로 나오는 길이었다. 그의 결심이란 다른 것이 아니라 살림

을 떠엎고 말리라는 것이었다. 살림이라야 가진 논밭이 없고 몇 대째인지는 몰라도 하늘에서 떨어져서는 첫 동네라는 안악굴 꼭대기에서 그중에서도 제일 외따로 떨어져 있는 오막살이를 근거로 하고, 화전이나 파먹고 숯이나 구워 먹고 덫과 함정을 놓아 산짐승이나 잡아먹던 구차한 살림이었다.

–《가람기획》, 「촌뜨기」, 2005년

주인공 장군이가 경찰서에 구류를 살게 된 것은 일본이 금지를 했음에도 불구하고 안악굴에 사는 모든 사람들이 함정을 파서 짐승을 잡는데 재수가 없어서 장군이가 파 놓은 함정에 사냥 나온 순사장이 빠진 것이 원인이었다. 그것이 억울하다는 심정을 '문화적 전기 등'과 '알루미늄 벤또(도시락)에다 쌀밥'을 먹고 살았다고 비꼬는 표현으로 나타내고 있다. 이렇게 일본의 정책에 반감을 가진 것은 그 시대 살았던 민초들의 감정이었다는 것을 작가는 말하고 있다. 이런 심리 표현이 가능했던 것은 철원군 한수이북에서 가장 먼저 3.1만세 운동을 벌일 정도로 지역 정서가 반일적 성향을 보이고 있었기 때문이다.

또 중대한 결심은 대대로 살았던 안악굴에서 더 이상 살 수 없기 때문에 살림을 떠엎고 고향을 떠나겠다는 것으로 「꽃나무 심어 놓고」에 등장하는 부부의 이촌향도 원인과 유사성을 갖고 있다. 「촌뜨기」에 작품 무대가 되는 안안굴에서 사는 화전민들에게 경작금지, 숯 굽는 것 통제, 사냥을 금지한 것은 떠나라는 가혹한 처사이다. 일제가 그렇게 한 것에는 분명한 원인이 있다. 그것은 안악굴을 중심으로 의병활동이 활발하게 전개 되었던 사실이 있었기 때문으로 보인다. 홍범도 장군의 경우에 처음 의병 활동을 결심한 것도 철원이었고 유인석 휘하에서 일본군과 전투를 벌인 곳도 안양골(안안굴) 보개산이었다는 점을 생각해 보면 확실하다는 판단이다.

라. 혹독한 세금 제도 비판

일제 강점기에는 조선에 대한 세금이 참으로 가혹했다. 본토의 부족함을 채우기 위해 수많은 세금 명목을 붙여서 수탈에 가까운 행위를 저질렀다. 소작인들에게는 이미 가혹할 정도로 소작료가 인상 된 상황에서 새로 만들어진 세금은 부담할 임계점을 넘어서고 있었다. 이런 사실을 상허 이태준은 작품 「촌뜨기」에서 노골적으로 비판하고 있다. 우선 일제 강점기에 조선인들이 부담했던 세금을 알아보면 다음과 같다.

  * 국세와 지방비와 면부과금
  * 학교의 부가금
  * 2월은 지세와 주세
  * 4월은 호세와 시가지세
  * 5월 가옥세, 차량세
  * 7월은 주세

* 9월은 호세

* 10월은 주가옥 시가지세

* 11월 차량, 연초, 역둔토

* 12월 지세, 제세, 호세

위의 내용을 보면 3월과 8월을 제외하고는 매달 세금을 납부해야 했다. 이미 지불능력을 상실한 조선인들이 겪어야 했던 일들은 상상을 초월하는 고초였다. 세금도 문제지만 더 힘들게 한 것은 정부나 지방 자치단체가 일반 국민으로부터 필요한 물자를 강제적으로 거두어들이는 공출이었다. 가장 불만이 많았던 것이 '식량 공출'이었다. 1941년부터 1945년 8월까지 일제에 의하여 주로 쌀과 보리가 대상이었다. 농민들로부터 강제적으로 매입하면서 법으로는 일정한 대가를 지불토록 하고 있었지만 실제로는 생산비 이하의 헐한 값으로 가져가서 공짜로 빼앗다시피 했다.

여기에다가 태평양전쟁(太平洋戰爭)으로 군수품의 조달이 어려워지자 공출의 이름 아래 미곡을 비롯하여 가축, 식기, 솥, 숟가락, 여성들의 비녀와 가락지까지 무려 80종에 달하는 물품을 강탈해 갔다. 조선인들은 가정에 있는 모든 쇠붙이가 공출되어 농사일에 어려움이 따랐다. 보습, 가마솥 등 생활용품과 농기구까지 빼앗겼다. 장작을 패는 도끼나 집을 짓는데 쓰는 기구, 선박을 짓거나 수리하는데 쓰는 연장 따위도 공출의 품목이 되었다. 조선총독부와 일본인 철공업자들은 소위 '고철회수운동(古鐵回收運動)'이란 것을 벌여서 모든 쇠붙이를 끌어모았다. 이것은 곧 '고철헌납운동(古鐵獻納運動)'으로 탈바꿈되고 각급 행정 기관과 친일 단체들이 앞장섰다.

전쟁 말기 조선의 농촌이나 도시의 건물에는 쇠붙이 하나 남아 있는 것이 없었다. 심지어 식

칼도 빼앗아 가서 나무로 만든 칼로 무와 배추를 썰고 나무 보습으로 쟁기질을 하는 웃지 못 할 일도 생겨났다. 또 그릇, 국그릇을 빼앗기고 숟가락까지 탈취당해 나무젓가락으로 밥을 먹는 일이 벌어졌다. 이런 상황에서 세금을 제대로 내는 사람이 많지 않았다. 일제는 그런 사람들의 재산에다 차압을 붙여서 수거를 했다가 다시 주민들에게 공매를 했다. 작품 「촌뜨기」에서는 면사무소 앞에서 공매를 하는 것을 본 주인공 장군이가 시비를 거는 장면이 등장한다. 이것은 조선인들의 몰락을 안타깝게 바라보는 작가의 시각이 담겨 있는데 그 내용은 아래와 같다.

촌사람들은 모두 낯선 사람들이었다. 그리고 그들이 둘러서서 하나씩 손에 들고 손톱으로 긁어도 보고 손가락으로 튕겨 소리도 내보는 것은 모두 부엌 때가 묻은 주발, 대접, 국자 같은 놋그릇들이었다. 면소의 사환인 듯한 아이는,

"사려거든 얼른 사구 돈이 없거든 물러서요. 딴 사람이나 사게……"

하고 통을 준다. 장군이는 얼른 보아 전에도 두어 번 구경한 적이 있지만 면소에서 내놓은 경매 물건인 것을 짐작하였다.

―《가람기획》, 「촌뜨기」, 2005년

위의 글을 보면 경매에 나온 것이 부엌물건이다. 통상적으로 음식을 하는 그릇들은 경매를 하지 않는데 그것이 있다고 묘사를 한 것은 일제의 세금정책이 얼마나 가혹했는지를 단적으로 보여주고 있다. 그렇다면 밥을 해 먹는 그릇들을 경매 당한 사람들은 무엇으로 음식을 먹었을까 상상을 해보도록 하면서 당시 일제 정책을 우회적으로 비판하고 있다. 거의 일년내내 세금을 징수해 가면서 그것을 못낸 조선인들 부엌 도구들까지 차압으로 공매를 자행했던 당시 상황을 사환이 '돈이 없으면 물러나라는 식의 오만함'으로 표현하고 있다는 판단이다. 정식 직원도 아니고 면사무소 사환이 부모 뻘쯤 되는 사람들에게 이렇게 오만방자한 태도를 보이는 것은 당시 일본 앞잡이들 위세가 상당했다는 것을 단적으로 암시하고 있다.

"사려거든 유기전에 가 새걸 사슈. 새걸 못 살 형편이거들랑 헌 것 두 살 생각 마슈."

"글세, 삼곱 아니라 오곱을 주더라도 말요. 형세에 부치는 사람은 장만할 때뿐이지 저런 건 남의 물건 되기가 쉬운 거요. 언제 집달리가 나와 저렇게 집어다놓는지 알오? 당신은 세납 안 밀린 게로구려······."

하고 장군이가 이죽거리고 먼저 한 걸음 물러서니 그 갓쟁이도,

"허긴 노형 말도 옳소."

하고 들었던 주발을 슬며시 놓고 돌아섰다.

－《가람기획》, 「촌뜨기」, 2005년

상허 이태준은 주인공 장군이 말을 빌려서 형세에 부치는 사람은 누구나 세금을 제 때에 내지 못하고 집달리(경매)를 당할 수 있다는 당시 상황을 설명하고 있다. 정말로 살 능력이 된다면 새 물건을 사라고 하면서 '당신은 세납이 안 밀렸냐?'고 묻는 것은 당시 조선 사람들 대부분이 세금이 체납될 지경에 이르렀다는 것을 시사하고 있는 대목이다. 이야기가 이렇게 전개되는 과정에서 상허 이태준이 소설 작법에서 지적한 것처럼 주인공의 성격이 고스란히 드러나고 있다. 작품「촌뜨기」 주인공 이름은 장군이다. 이름에서는 덩치가 크고 음성도 괄괄하고 불의를 보면 참지 못하는 의병장의 느낌이 난다. 그런 장군이는 못마땅한 일에 '이죽거리는 성격'을 갖고 있다는 보여주고 있는데 실제 일제강점기 정책에 반대하고 있다는 것을 묘사하고 있다.

마. 화전민들이 참숯을 굽는 것을 막은 일본

상허 이태준 소설「촌뜨기」를 보면 일본의 침탈에 대해서 서민들의 삶을 빌려서 비판하는 내용이 다양하다. 그중에서 친구 광셍이를 등장시켜서 숯의 일본 독점에 대해서 비꼬고 있다. 당시 철원은 '금강산과 원산의 환승역'으로 많은 승객들이 몰려들었고 숙박을 하는 경우가 많았다. 따라서 철원역 주변에는 대규모 숙박 시설이 있었다. 숙박객들을 위한 음식점이 많았고 여관에서도 식사를 준비하였다. 철원 출신으로 일제 강점기를 직접 경험한 유용수 씨의 자서전「고향 철원 실버드

나무꽃 한 쌍」에 의하면 새벽 2시 30분 원산에서 출발하는 특급 열차에는 갓 잡은 싱싱한 해산물이 4시 전에 도착을 했고 이것을 받아서 아침 준비를 한 것으로 알려지고 있다. 이런 식사 준비를 할 때 가장 필요한 것이 숯이었다. 이 숯은 「촌뜨기」 주인공 장군이가 살던 안악굴 화전민들 손으로 만들어져 대량으로 공급이 되었다. 그런데 일본이 이 숯을 굽는 것을 금지하는 행정 조치를 취했다. 화전민 입장에서는 주요 수입원이 감소하는 참담한 상황이 되었을 것이다. 다행인 것은 숯을 굽는 것은 막으면서 '화로, 아궁이'에서 나오는 뜬숯(장작을 때고 난 뒤에 꺼서 만든 숯. 또는 피었던 참숯을 다시 꺼 놓은 숯)은 팔게 했다. 이것은 많은 사용되는 고급 숯은 자신들이 독점을 하고 서민들을 위해서 질이 낮은 숯은 팔게 만드는 정책을 펼친 것을 비꼬고 있는 내용이 아래와 같이 나온다.

"거 광생이 아냐?"

조짚으로 친 섬에다 무엇인지 불룩하니 넣어 지고 꾸벅꾸벅 땅만 보고 걸어오던 광생이가 이마를 찌푸리며 눈을 들었다.

"아, 오늘이야 나오나? 그래 욕보지 않았어?"

"욕은커녕 서너 장 동안 막 놀구 먹구 나오네. 거, 뭔가?"

"뜬숯……경찰 놈에게 경만 치지 않으면 그 속이 되려 편하지 이 짓을 해먹어."

"거 꽤 많이 만들었네 그려……뜬숯은 허가 없이두 괜찮은지……?"

"아, 그럼! 화롯불 꺼서 만드는 것 뭐…… ."

위의 글을 보면 장군이 친구인 광쌩이가 숯을 팔러 장에 나오는 모습을 그리고 있다. 당시 철원의 상가는 상당히 발달 되어 있었다. 지금 관전리 철원교회 건물 맞은편에는 철원극장이 있었고 주변에는 상권이 형성 되어 있었다. 또 시골에서는 드물게 백화점이 있었고 (독립 유공자 이학수의 손녀 이영숙씨의 증언으로는 그곳에서 근무를 했고 해빙 후에는 북한 백화점으로 바뀌었다고 함) 「촌뜨기」에 나오는 떡전거리가 있었다. 이런 상가에 사람들이 많이 모이기 때문에 광쌩이는 숯을 팔기 위해 나선 것이다. 우선 작품에서 작가가 이야기하려고 했던 내용을 알아보면 다음과 같다.

① 조짚 – 당시 철원에서는 조 농사를 많이 지었다. 지금처럼 수리시설이 완벽하게 이루어지지 않아서 높은 지대에는 천수답으로 농사를 짓거나 물이 없어도 되는 조 농사를 많이 지었던 것을 설명하고 있다.

② 경찰 놈에게 경만 치지 않으면 – 당시 경찰은 가난한 사람들에게 폭압적 대상이었다. 특히 화전민들에게는 화전 금지, 사냥 금지, 돈이 되는 참숯 금지 등을 명령하는 기관으로 서민들에게는 불만의 대상이었다는 것을 보여 준다.

③ 뜬숯은 허가 없이두 – 주인공 장군이가 살던 마을에서 유일하게 할 수 있는 것이 화롯불이나 아궁이에서 때던 숯을 식혀서 만든 뜬

숯이라는 것을 말하고 있다. 전문 시설을 가지고 대단위로 참숯을 만드는 것과 집에서 사용하는 아궁이나 화로에서 만드는 것과는 이미 경쟁력에서 밀리고 있다는 것을 암시하고 있다. 이 부분에서 상허 이태준은 이익이 많은 참숯은 일본인들이 독점하고 싸구려 숯으로 연명을 해야 하는 식민시대 사람들을 대변하고 있는 것으로 판단된다.

④ 화릿불 꺼서 만드는 것 뭐 – 이 부분을 읽어 보면 화롯불을 꺼서 만든다는 것을 설명하고 있다. 일제 강점기 집집마다 사용하던 화로는 가정용이라서 크지 않았다. 여기에다가 불을 피우고 생산하는 뜬숯의 양은 많지 않았을 것이다. 또한 주인공 장군이가 등장하는 촌뜨기 시기는 머루와 다래가 익는 초가을이었는데 많은 뜬숯을 만들었다는 것은 한여름에도 화로를 피웠다는 것을 생각해 볼 수 있다.

⑤ 꾸벅꾸벅 땅만 보고 걸어오던 광셍이 – 여기에 등장하는 광셍이가 땅만 보고 있다는 것은 미래 희망이 없다는 것을 시사하고 있는 부분으로 상허 이태준은 식민지 시대에 가난한 사람들에게 미래가 없다는 것을 묘사하고 있다.

바. 화전민들 화전 금지한 일본

농사가 천하의 큰 근본이라는 뜻을 가진 농자천하지대본을 근간으로 중농주의 정책을 펼친 조선 사회가 일제 식민지가 된 것은 농업의 몰락이다. 이런 일이 벌어진 것은 일제의 토지조사사업과 상허 이태준이 「돌다리」에서 묘사한 것 같이 일제의 약탈적인 토지정책의 결과였다.

작품 「촌뜨기」에 등장하는 화전금지는 화전민들의 무지로 일본이 실시한 토지조사사업에 제대로 응하지 않은 결과 삶의 터전을 빼앗긴 것으로 보인다.

> 그래도 자기 아버지 대에까지는 굶지는 않고 남에게 비럭질은 하지 않고 살아왔다. 그렇던 것이 언제 누가 임자로 나서 팔아먹었는지, 둘레가 100리도 더 될 큰 산을 삼정회사에서 샀노라고 나서가지고는 부대를 파지 못한다.
>
> -《가람기획》, 「촌뜨기」, 2005년

위의 내용을 보면 화전민들이 대대로 화전을 하던 산을 누군가 팔아먹었고 삼정회사(三井 みつい. 미쓰비시, 스미토모와 함께 일본의 최대 기업 집단 중 하나)에서 부대기(화전)을 금지하는 조치를 취하게 된다. 아마 이 토지를 빼앗긴 것은 화전민들이 부쳐 먹는 화전은 자신들의 땅이 아니었기에 일본이 실시한 토지조사사업에 응할 수 없다는 특별한 상황이었기 때문으로 예상되고 있다. 일본이 실시한 토지조사사업은 조선 땅을 자신들 소유로 만들기 위한 술책으로 다음과 같이 악용된 것으로 보인다.

일본 강점기에 실시한 토지조사사업(土地調査事業)이란 것은

1910~1918년 일본이 한국의 식민지적 토지 소유 관계를 공고히 하기 위하여 시행한 대규모의 국토조사사업이었다. 일본은 을사늑약(乙巳勒約)으로 통감부(統監府)가 설치된 1910년 3월 토지조사국을 설치하여 국권피탈과 함께 한국토지조사국의 사무를 조선총독부로 이관, 총독부 안의 임시토지조사국에서 전담하였다. 이 사업의 결과 이제까지 실제로 토지를 소유해왔던 수백만의 농민이 토지에 대한 권리를 잃고 영세소작인 또는 화전민-자유노동자로 전락하였고, 반면 조선총독부는 전국토의 40%에 해당하는 전답과 임야를 차지하는 대지주가 되었다. 총독부는 이들 토지를 국책회사인 동양척식주식회(東洋拓殖株式會社)를 비롯한 후지흥업(不二興業)·가다쿠라(片倉)·히가시야마(東山)·후지이(藤井) 등의 일본 토지회사와 일본의 이주민들에게 무상 또는 싼값으로 불하하여 일본인 대지주가 출현하게 되었다.-[네이버 지식백과] 토지조사사업 (두산백과)

일본인 대지주들은 상상을 초월하는 임대료 인상과 강제적인 각종 비용 증가로 우리 농민들의 삶의 터전을 빼앗아 철원 용담에서 살던 소작인 부부가 서울로 이사를 해서 벌어진 비극을 그린「꽃나무 심어놓고」와 같은 일들이 벌어지는 단초를 제공한 것이 토지조사사업이다. 이런 토지조사사업이 시작되고 난 뒤인 1938년 조선총독부에서 발간한 조선소작연보를 보면 지주가 3.5% 자작농이 16.3% 자작과 소작을 병행하는 농민이 25.4%이고 나머지 소작농이 54.8%로 나타났다. 실제 소작농은 80.2%(자작 소작농 + 소작농)에 달해 조선의 농업 기반이 무너진 상태이다. 즉 지주 3.5%가 조선반도 농업을 장악하고 있는 것을 보여주고 있다.

따라서 《농민순보》에 발표된 단편 「촌뜨기」가 1934년도인 것을 생각해 보면 일제의 토지 침탈이 극에 달하고 있던 시대 상황을 작품에 담고 있었다는 판단이다. 그리고 추수한 곡식들을 방아를 찧어야 일본은 1930년대부터 대형 정미소를 지어서 막대한 수익을 올린 것으로 나타나고 있는데 「촌뜨기」에서는 장군이가 빚을 내서 물레방아를 만드는 시대에 뒤떨어진 일을 벌여 상황을 더 악화시키고 있다.

사. 신문물에 적응하지 못하는 실상을 고발

촌뜨기 작품에 등장하는 안악굴은 지금의 안양골이다. 이곳에는 화전민, 사냥꾼, 숯을 굽는 사람들이 모여 살고 있었다. 그런데 이것들을 모두 금지 시키면서 화전민들은 생계가 막막해졌다. 그래서 여러 가지 방법을 생각하게 된다. 주인공 장군이도 살기 위해서 새로운 일을 모색하는데 그것은 물레방앗간이다. 당시 사람들에게는 곡식은 물레방앗간에서 찧는 것으로 알고 있었다. 그러나 세상은 전기를 통해서 바뀌고 있는데 그것을 파악하지 못한 것이 문제였다. 상허 이태준은 새로운 변화에 적응하지 못하면서 경쟁에서 밀려난 사람들은 그려낸 경우가 많다. 무지한 사람들이 밀려나면서 발생하는 이익을 당연히 일본이 가져가는 상황이 벌어지고 있음을 지적하는 것을 작품에 담고 있는데 이것은 현실적 아픔의 반영이라는 점에서 주목할 만한 일이라는 판단이다.

　　장군이는 가을에 들어 이것으로 쌀되나 얻어먹어볼까 하고 여름내 보통을 낸다. 돌각담을 쌓는다, 빚을 마흔 냥 가까이 내어가지고 방아채 재목을 사고 목수 품을 들이면서 거의 끝을 맞춰가는데 소문이 나기를, 새술막 장풍언네가 발동긴가 무슨 조화 방아인가 하는 걸 사온다고 떠들어 들 댔다.

　　　　　　　　　　　　　　　　　　　　　　－《가람기획》, 「촌뜨기」, 2005년

　　이 물레방앗간이 실패를 할 수밖에 없는 이유가 여러 개 있다. 우선 물레방아의 경우 벼 두어 섬만 찧으려도 밤늦도록 관솔불을 켜서 북새를 떠는 것이 너무 느리다. 또 까브름새를 모두 곡식 임자가 가서 거들어 줘야 하기 때문에 올 사람이 없었다. 이렇게 상황이 되면서 주인공 장군이는 여름 내내 물레 방아터를 잡느라고 세월만 허비하고, 게다가 빚까지 지게 되었는데 어쩔 수 없이 사업을 포기하게 된다. 이렇게 손이 많이 가는 물레방아 대신 발동기는 아래와 같은 장점이 있었다.

　　장풍언네는 아들이 서울 가서 발동기를 사오고, 풍채를 사오고, 그리고는 미리부터 찧는 삯이 물방아보다 적다는 것, 아무리 멀어도 저희가 일꾼을 시켜 찧을 것을 가져가고 찧어서는 배달까지 해준다는 것을 광고하였다.

　　　　　　　　　　　　　　　　　　　　　　－《가람기획》, 「촌뜨기」, 2005년

새로 들여온 발동기는 하루 쌀을 몇백 말도 찧을 수 있으니 수공업 수준의 물레방아가 경쟁력이 없고 또 운영하기에도 많이 불편한 상황이 되었는데 이것은 조선에 있던 모든 물레방아가 폐업하는 심각한 사태가 벌어졌다는 것을 시사하고 있다. 실제「촌뜨기」에 등장하는 발동기는 물레방아보다는 생산성이 뛰어나지만 일본의 농업 자본들이 세운 정미소들은 조선의 농업을 장악하는 사태가 된다. 이렇게 되면서 농민들은 '과거보다 비싼 임대료' '각종 비료 가격 부담' '농약 값 부담' '수세 부담' '경지 정리 비용 부담' 등에다가 방아를 찧는 비용이 증가하는 일이 벌어지게 된다. 1930년대 최저의 소작료는 수확량의 40%를 수취하는 것이 통상적이었다. 이것을 기준으로 삼아도 실제의 소작료는 50% 이상이었을 것으로 판단된다. 왜냐하면 앞에서 이야기한 것처럼 잡다한 공조(公租) 공과(公課)와 수리조합비 등을 소작인에게 전가하는 것이 당시의 하나의 관습이었기 때문이다. 이런 부담을 생각해 보면 실제 보통의 소작료율도 50%를 상회하였을 것으로 판단된다. 결국 조선의 소작농들은 더 이상 농촌을 지키지 못하고 작품「꽃나무를 심어 놓고」주인공들처럼 무작정 고향을 떠나게 될 수밖에 없었다.

아.「촌뜨기」에 숨겨진 일제의 화전민 소개 정책

상허 이태준 작품「촌뜨기」에는 일본의 사냥에 대한 정책이 일관성을 갖고 있지 않다는 사실을 지적하고 있다. 일본이 우리 철원의 안악굴(안양골)에 거주하는 화전민들의 생활 근거를 없애서 쫓아내려는 시도가 있었다. 안악굴에 사는 주민들에게 사냥을 금지함으로서 많은 사람들이 함정을 파서 생활을 하고 있다. 이 함정은 숨길 수가 없기 때문에 일본 경찰이 마음만 먹으면 언제라도 단속을 할 수 있는 것으로 주민들을 효과적으로 통제하는 수단이 될 수 있었다. 그 대표적인 사례가 장군이가 파 놓은 함정에 일제 순사 부장이 빠지는 일이다. 그런 내용을 소개해 보면 다음과 같다.

* 경찰서에서는 멧돼지 함정이나 여우 덫은 물론이요, 꿩 창애나 옥누 같은 것도 허가 없이는 못 놓는다 하고 금하였다.
* 안악굴에서 멧돼지와 노루의 함정을 파놓은 것이 이 장군이 한 사람만은 아니었다. 그날, 하필 사냥을 나왔던 순사부장이 빠진다는 것이 알고 보니 여러 함정 중에 장군이가 파놓은 함정이었다.
* 그래서 장군이는 쩔름거리는 순사장의 뒤를 따라 그의 묵직한 총을 메고 경찰서로 들어왔고, 경찰서에 들어와선 너무나 문화적인 전기등 밑에서 알루미늄 벤또에다 쌀밥만 먹고 지내다가 스무 날 만에 집으로 나오는 길이었다.

위의 내용을 보면 안악굴 사람들은 모두 범법자가 될 수밖에 없는 상황이었다. 그런 가운데 주민들은 통제를 하면서 '일제 순사부장이 사냥을 나온 것'은 행정이 약자들에게만 가혹했다는 사실이다. 자신들은 사냥을 하면서 화전민들만 금지한 것은 다른 목적이 있었음을 보여 주고 있다. 여기서 한 가지 눈여겨볼 것은 주민들에게 모두에게 사냥을 금지한 것이 아니라는 점이다. 그런 내용이 1942년 2월 잡지 《춘추》에 상허 이태준이 발표한 「사냥」이라는 단편에 자세히 나와 있다.

> 여기서도 오리는 올라가야 해마다 해보아 모리에 익숙한 사람들이 있는 산마을이 있고 그 마을 뒷등부터가 곧 노루며 멧도야지며 때로는 곰까지 나오는 몫이 산갈피마다 무수히 있어 대여섯새 동안은 날마다 새골작이를 떨어 볼 수 있다는 큰 사냥터라는 것이었다.
>
> ―《춘추》, 「사냥」, 1942년

인용한 소설 「사냥」에서는 주인공이 동창 친구를 원정역에서 만나 주변으로 사냥을 하는 이야기를 중심으로 엮어져 있다. 일제가 개척한 들판에서는 꿩 사냥을 하였고 주변 산을 섭렵하면서 짐승 사냥을 하고 있다. 특히 위의 내용을 보면 엿새 동안 새로운 골짜기를 찾아서 사냥이 가능하고 또 모리꾼들도 있었다는 점과 짐승 잡는 것을 금지한 「촌뜨기」의 작품 무대 안악굴과는 상당한 차이를 보이고 있다. 그 원인은 여러 가지가 있겠지만 안악굴 화전민들에게 '숯 제작금지'와 '화전 금지'와 '사냥금지'라는 극약처방을 내린 것은 특별한 이유가 있었다는 추측을 하게 만든다. 그것은 구한말 의병 활동 본거지가 안악굴이었기 때문으로 보인다. 실제로 철원 안악굴(보개산)을 근거지로 의병투쟁을 했던 기록들이 많다. 그것에 대해서 알아보면 다음과 같다.

* 허위(許蔿): 출생-사망(1854.4.1 - 1908.9.7)

1907년 일제에 의해 大韓帝國 군대가 해산되자 같은 해 9월 경기 연천, 적성, 강원 철원 등지에서 義陣을 구성하여 일본군과 전투하고 附日 인사들을 처단하였다. 1908년 6월 영평에서 체포되어 같은 해 10월 21일 서대문형무소에서 사형 순국했다. 2004년 1월의 독립운동가로 선정 되었다.

* 송의선(宋義宣): 출생-사망(1887 - 1926.7.3)

본적: 강원도 철원鐵原 要 113

의병으로 활약하다 1911년 피체되어 징역 5년을 받았으며 그후 1919. 3. 10 수백의 군중과 함께 철원읍내 시위에 가담하여 동월 11일 철원역에서 군중과 함께 독립만세를 고창하며 활동하다 체포되어 징역 10월을 받은 사실이 있음.

* 신태식(申泰植): 출생-사망(1864.11.22 - 1923.1.15)

1907년 8월 3일 단양에서 의병 수백명을 모집해서 부대장에 취임을 한 뒤에 강원도 지역에서 활동을 하였는데 철원에서 많은 활약을 한 것으로 알려지고 있으며 1923년 1월 15일 병으로 사망을 함

* 제갈윤신(諸葛允信): 출생-사망(미상-1910.1)

1907년 7월 군대 강제 해산 이후 연기우 의진의 부부대장으로 활동을 하였고 1910년 1월 철원에서 4회 교전을 벌이던 중 일본군의 야습으로

순국을 함

* 홍범도(洪範圖): 출생-사망(1868.8.27 - 1943.10.25)

1895년 10월 11일 음력 8월 23일, 강원도 철원군에서 황해도 서흥 포수 김수협과 반일의병거사에 관한 합의를 본 이래 1895년 11월 강원도 철원 보개산에서 류인석 휘하의 100여명 의병과 연합을 해서 투쟁을 전개하였음

위와 같은 의병의 본거지가 상허 이태준의 「촌뜨기」 주인공 장군이가 살던 안악굴(보개산)이었기 때문에 근거지를 없애기 위해 화전민들을 내쫓기 위한 정책을 펼친 것으로 보인다. 이런 점을 비판하기 위해 주인공은 화전민과는 어울리지 않은 '장군이'라는 이름의 주인공을 등장 시킨 것으로 보인다. 즉 안악굴과 주변 산을 근거지로 투쟁을 했던 의병장들을 생각해서 붙인 이름이 아닌지 분석해 봐야 한다. 항상 하는 지적이지만 상허 이태준은 자신의 작품에서 일본의 정책에 대해서 분명한 반감을 보이고 있다. 당시 혹독했던 일제검열을 피하면서 우리 정신을 찾으려는 작가 양심은 반드시 재평가 받아야 한다는 생각이다.

자. 「촌뜨기」를 배경으로 한 문학길

상허 이태준은 자신이 직접 보고 느낀 것을 작품 소재로 삼고 있다.

단편 「까마귀」에 등장하는 주인공처럼 '괴벽한 문체(文體)를 고집하여 독자를 널리 갖지 못하는' 작가가 아니었다. 그럼에도 상허 이태준은 수필 「남의 글」에서 '남의 글처럼 내 글이 쉬웠으면, 하는 생각을 가끔 한다.'는 답답함을 드러내고 있다. 이런 문제를 해결하기 위해 남다른 노력을 기울인 것이 작품 속의 현장성이라고 할 수 있다. 많은 작가들이 작품 배경이 되는 지역을 소홀하게 다루는 경향이 있다. 이에 반해 상허 이태준은 이야기와 현장 지명이 잘 어우러지게 작법한 소설가였다. 단편 「촌뜨기」에는 현장 지명이 정확하게 설명되어 있으면서 배경으로 등장하고 있다. 이런 것을 확인하고 상허 이태준 촌뜨기 길이 만들어져 있는데 그것을 소개해 보면 다음과 같다.

① 강원 철원군 철원읍 관전리 노동당사 옆 철원경찰서 터(철원군 철원읍 사요리 162)

　－ 주인공 장군이 철원 경찰서에서 나옴

② 강원 철원군 철원읍 관전리 노동당사 옆 철원읍 사무소(철원군 철원읍 관전리 276)

　－ 장군이가 경매 물건을 파는 사환과 신경전

③ 강원도 철원군 철원읍 소이산 입구 삼거리(철원군 철원읍 사요리 389)

　－ 뜬숯을 만들어 장에 내다 팔려는 친구 광셍이 만남

④ 강원도 철원군 사요리 언덕(철원군 철원읍 사요리 472)

　－ 장군이 마음먹었던 고향을 떠날 결심

⑤ 강원도 철원군 사요리 지뢰밭 옆 둠벙(철원군 철원읍 사요리 759)

- 돈 40냥을 빌려서 추진하다 망한 물방앗간 생각

⑥ 강원도 철원군 사요리 지뢰밭 경계 웅덩이(철원군 철원읍 사요리 760)

- 돈을 던져서 장군이가 살림을 파하는 결심을 굳히는 웅덩이

⑦ 강원도 철원군 철원읍 안양골 입구(철원군 철원읍 율이리 390)

- 살림을 파하고 고향을 뜨기 위해 마을사람과 이별

⑧ 강원도 철원군 율리리 언덕(철원군 철원읍 율이리 676)

- 장군이 성황당에 앉아 자신이 3년 안에 돈을 벌어 올 것이니 친
정에 가서 기다리라는 이야기를 하면서 부인과 이별 준비

⑨ 강원도 철원군 율리리 삼거리(철원군 철원읍 율이리 321)

- 고향이 김화인 부인과 이별을 하던 곳

⑩ 강원도 철원군 율리리 들판(철원군 철원읍 율이리 324)

- 이별을 하고 서로 마주보면서 2km를 걸어가던 곳

⑪ 강원도 철원군 철원읍 지뢰밭 옆 도로(철원군 철원읍 사요리 754)

- 부인이 사흘이나 곡기를 끊고 평소 먹고 싶다던 이차떡이 생각나
다시 부인을 부른 곳

⑫ 강원도 철원군 철원읍 떡전거리(철원군 철원읍 관전리 32)

- 장군이 부부가 이차떡을 주문해서 먹던 떡전거리

⑬ 강원도 철원군 철원읍 관전리 굽은 도로(철원군 철원읍 관전리 111)

- 장군이 부부가 서로 돌아보며 이별을 하던 거리

작품 「촌뜨기」 변곡점이 되는 곳의 지명이 고스란히 남아 있다. 상허
이태준은 직접 현장을 확인하고 작품을 구상하고 쓴 것이 확실해 보

인다. 주인공 장군이가 등장하고 이야기를 풀어가는 장소는 '노동당사 옆 경찰서 – 율리리 언덕 – 철원읍 관전리 떡전거리'로 다시 오는 형태를 취하고 있다. 또 부인과 이별, 다시 만남 그리고 슬픈 이별로 전개되고 있어 마치 한편의 영화를 보는 것과 같다. 현재 이 길에 대한 소개는 유튜브 '이태준 작품 촌뜨기 길을 찾아서'(https://www.youtube.com/watch?v=aDtA6kNeVXw)란 제목으로 동영상이 올라와 있다. 이 문학길은 우리나라에서 가장 긴 5.4km에 이르고 있으며 아직까지는 본격적인 개발이 이루어진 상태는 아니다. 그러나 다듬어지지 않은 원석처럼 미래 우리나라 문학길 탐방을 책임지는 곳이 되지 않을까 한다.

상허 이태준 평설 2

2022년 12월 21일 1판 1쇄 찍음
2022년 12월 30일 1판 1쇄 펴냄

지은이   정춘근
펴낸이·편집장   윤한룡
디자인   윤려하
관리·영업   이소연
홍보   고 우

펴낸곳   (주)실천문학
등록   10-1221호(1995.10.26)
주소   남양주시 퇴계원읍 퇴계원로 52 405호
전화   02-322-2161~3
팩스   02-322-2166
홈페이지   www.silcheon.com

본 책자는 강원도와 강원문화재단의 지원을 받아 제작되었습니다.

ISBN 978-89-392-3130-6 03810